KB078525

내 S급 연예인

내 5급 연예인 5

고고33 현대 판타지 소설

초판 1쇄 찍은 날 § 2022년 1월 20일
초판 1쇄 펴낸 날 § 2022년 1월 27일

지은이 § 고고33
펴낸이 § 서경석

총괄팀장 § 황창선
편집책임 § 김우진
디자인 § 스튜디오 이너스

펴낸곳 § 도서출판 청어람
등록번호 § 제387-1999-000006호
등록일자 § 1999. 5. 31
어람번호 § 제1-3173호

본사 § 경기도 부천시 부일로 483번길 40 서경B/D 3F (우) 14640
편집부 § 서울시 구로구 디지털로 272 한신IT타워 404호 (우) 08389
전화 § 02-6956-0531 팩스 § 02-6956-0532
http://www.chungeoram.com
E-mail § chungeorambook@daum.net

ⓒ 고고33, 2021

ISBN 979-11-04-92415-6 04810
ISBN 979-11-04-92386-9 (세트)

※ 파본은 구입하신 서점에서 교환하여 드립니다.
※ 저자와 협의하여 인지를 붙이지 않습니다.
※ 이 책은 도서출판 청어람과 저작자의 계약에 의해 출판된 것이므로,
무단 전재 및 유포·공유를 금합니다.

MODERN FANTASTIC STORY
내 S급 연예인
고고33 현대 판타지 소설
5
도서출판 청어람

내 S급 연예인

목차

제1장 플레이리스트 II ·· 7

제2장 저주 ·· 23

제3장 청소년 베스트 오디션 ·· 61

제4장 이번 주 최고남 ·· 129

제5장 두 번 사는 남자 ·· 167

제6장 약속 ·· 239

제7장 전쟁의 서막 I ·· 287

제1장

—

플레이리스트 II

78452 (2시간 전)

뭐랄까, 금요일 오후에 일 다 끝내고 마음 진짜 편할 때 음료수 당겨서 밖에 나갔더니 햇살이 너무 좋은 것 같은 기분임.

구리구리 (4시간 전)

광고 보고 있으니까 기분 너무 좋아진다. 근데 여고생들 누구인지 아시는 분? 일반인?

달밤 (1시간 전)

이런 게 광고지. 제품이 녹아들잖아. 보고 또 보고 싶은 광고. 윤소림 광고는 다 좋네. 회사 열일하는 듯.

최승호 (1시간 전)

윤소림 진짜 예쁘다. 2000년대 디테일도 좋고. 지금 봐도 그때 헤어스타일 너무 예쁨!

보아짱 (1일 전)

윤소림도 윤소림인데, 노래가 찰떡이네요. 성지훈 노래 지금도 가끔 듣는데, 어쩐지 조회수가 갑자기 치고 올라오더라니.

come (1일 전)

나는 지금이 더 여유롭긴 한데, 마음만은 그때로 돌아가고 싶다. 광고 보는데 기분 좋으면서 슬픈 건 왜일까.

ang (1시간 전)

Влюбилась в эту песню, забыв, что живу в 2018!

성지훈은 눈을 깜박거리며 고개를 도리질했다.

그래도 댓글은 여전했고, 광고에서는 자신의 노래가 흐르고 있었다.

"최고남… 이 자식이 진짜 무슨 짓을 하고 있는 거야?"

아무리 생각해도 이런 짓을 가능하게 만들 놈은 최고남밖에 없다.

광고에 윤소림이 나오고, 지난번에 그 꼬맹이가 나오는 걸 보면 백 프로.

"여기가 성지훈이 하는 식당이래."

"와, 이런 곳에 있었어?"

"분위기 좋다."

계단을 올라오는 소리가 들리자, 성지훈은 난처한 얼굴로 식당 안을 살폈다.

테이블이 만석이다.

광고 이후, 정확히는 은별이라는 애가 유튜브에 브이로그를 올리면서 위치가 노출된 이후로 과거의 팬들을 자처하는 손님들이 식당을 찾고 있었다.

"어머! 오빠!"

"진짜, 성지훈이네!"

오는 손님들은 하나같이 환한 얼굴로 식당에 들어왔다.

악수하고, 그동안 어떻게 지냈냐는 안부 인사도 하고, 과거의 추억을 얘기하는 과정을 몇 번이나 되풀이한다.

"근데 어쩌죠. 자리가 없는데."

"저희 밖에서 기다려도 되죠?"

"미안해서 어떻게 하지. 그럼, 커피 마시면서 좀 기다리세요."

"예!"

손님이 갑자기 늘어서 급하게 예전에 함께 일했던 직원들에게도 SOS를 쳤는데, 그들도 서빙하느라 정신없이 바쁘다.

"사장님."

"왜?"

서빙하던 친구가 카운터에 기대고 그를 불렀다.

"손님들이 무대는 왜 있냐고 물어보시는데요? 한 곡 하셔야 하는 거 아니에요?"

"하긴 뭘 해. 적당히 잘 둘러대."

"왜요, 나도 듣고 싶은데. 사장님 노래 부르는 모습."

"됐어, 됐어."

손을 휘휘 젓는다.

아닌 게 아니라, 손님들이 자주 물어왔다.

"저놈의 무대를 치워 버리든지 해야지."

변화는 이뿐이 아니다.

[성 사장님! 나예요! 지난번에 내가 다른 것 때문에 스트레스를 받아서 그랬어요, 월세 천천히 내요. 성 사장님, 파이팅!]

건물주가 월세를 미뤄주질 않나.

[이거 성지훈 씨 번호 맞죠? 저 스카이데일리 마영환 기잡니다! 인터뷰하고 싶은데, 시간 되세요? 연락 주시면 제가 바로 찾아가겠습니다!]

기자들한테 연락이 오고.

[성지훈 씨! 저 MNC 정윤찬 피디라고 합니다! 이번에 성지훈 씨 모시고 프로그램 하나 만들고 싶은데요. 산티아고 순롓길을 저와 함께 걸어보시는 건 어떻습니까? 연락 기다리고 있겠습니다!]

"돌겠네 진짜. 안 한다고, 안 해!"

그런데 자꾸 손님은 오지, 문자도 오지, 실시간 차트는 자꾸 오르고 있었다.

"15위? 뭐야, 이거?"

이게 다 그놈 탓이다.

잘 살고 있는 사람 찾아와서 벌집 쑤시듯 쑤셔대고 가버린 그놈.

"오빠, 저희 계산할게요!"

"아, 예!"

다시 정신 차리고 포스기를 두드린다.

테이블이 하나 비었으니, 아까의 그 손님들을 불러와야 할 차례였다.

성지훈은 바쁜 걸음을 내디뎠다. 하지만 얼마 못 가서 입구에서 우두커니 멈춰 섰다. 그놈이 계단을 올라오고 있었다.

느릿느릿, 뭘 잘했다고 개선장군처럼 말이다.

.

.

.

"너지? 네가 그랬지?"

다짜고짜 뛰어 나오길래 왜 갑자기 날 반기나 싶었는데, 성지훈이 내 멱살을 부여잡았다.

"정말 무대에 미련 없어요?"

"미련 없다니까!"

"저기 저 기타."

턱짓했더니, 성지훈이 인상을 쓰면서 무대를 바라본다.

"지난번에 만져보니까 조율이 돼 있더라고요. 먼지도 없고. 매일 만진다는 거지."

뜨끔했는지, 성지훈이 머뭇거리다가 잡고 있던 멱살을 놓았다.

"난 그래서 니가 싫어! 다 아니까!"

"그럼 그냥, 못 이기는 척해요."

"가! 너, 이제 다신 오지 마!"

씨름 선수도 아니고 틈만 나면 날 밀어낸다.

결국 어어 하면서 삐그덕거리는 나무 계단을 도로 내려와야 했다.

[자, 다음 플랜은 뭔가요?]

저승이가 계단에 앉아 묻는다.

'다음은, 버티기지.'

[버티기요?]

'오늘 비 온다고 하던데, 맞냐?'

[예. 조금 있으면 올걸요.]

나는 씨익 웃었다.

.

.

.

"사장님, 저분 아직도 저러고 계신데요?"

"에잇씨!"

비가 추적추적 내리고 있었다.

그런데, 최고남이 그 비를 몽땅 맞고 서 있는 게 아닌가.

"저 미련한 자식 같으니라고!"

"어떻게 해요?"

"내버려 둬! 감기 걸리면 지 팔자지 뭐!"

하지만 10분이 지나도, 20분이 지나도 놈은 여전히 비를 맞고 있었다.

그러니 일이 손에 잡힐 리가 없었다.

그러고 보니 언젠가 둘이 같이 비를 맞은 기억이 있는 것도 같다.

언제였더라.

서로 네가 써라, 형님이 써라 티격태격하다가 비닐우산이 찢어지는 바람에 아무도 우산을 쓰지 못했었는데.

비를 쫄딱 맞으면서 너 때문에 우산 못 쓴다고 투닥거리다가 실없이 웃었던…….

"젠장!"

성지훈은 우산 하나를 챙겨서 비를 뚫고 최고남에게 갔다.

미련한 놈이 그때처럼 웃는다.

그 모습을 보니 더는 화도 나지 않고, 오히려 이상한 기분만 든다.

앞에 있는 최고남이, 예전의 그놈인 것도 같고.

외모도 그때랑 달라진 게 없어 보이고.

"그래… 한다, 해!"

"진작 좀 하지. 추워죽겠네."

최고남이 입술을 바르르 떤다. 하얀 입김이 퍼져 나간다.

* * *

본격적인 촬영 레이스가 시작됐다.

성지훈은 가게를 잠깐 닫고 인터뷰를 스타트로 방송 복귀 준비에 들어갔다.

몸도 가꾸고, 피부과도 가고, 연습도 하고.

그건 마치 10년이란 세월 동안 쌓인 먼지를 털어내는 과정처럼 보였다.

퓨처엔터 직원들이 그를 챙겼지만, 나도 가끔 몰래 가서 연습하는 모습을 지켜봤다.

윤소림도 계획된 촬영을 착착 이어갔다. 물론 두 사람이 만나서 미팅도 했다.

프로그램의 정점은 공연.

팬클럽 회원들을 초청하면 좋겠지만, 10년의 세월 동안 팬클럽이 유명무실해졌다.

더구나 끝이 안 좋았기 때문에 제작진은 방청권을 배포해서 무대를 채웠다.

듣자 하니 다양한 연령층에서 방청권을 신청했다고 한다.

그리고 오늘, 성지훈은 두 곡을 무대 위에서 펼친다.

한 곡은 발라드라서 보컬에 집중했고, 한 곡은 댄스곡이라서 굳어버린 몸에 윤활유를 치는 과정이 필요했다.

어느 쪽도 녹록지는 않았다.

그래도 성지훈은 열심히 준비했다. 공연 전날인 어젯밤까지 쉬지도 않고.

아침이 밝자, 촬영팀은 성지훈과 같이 움직였다.

숍에 가서 헤어를 하고 의상을 준비하는 모습, 무대 리허설, 대기실에서의 초조해하는 모습까지 카메라에 온전히 담겼다.

나는 그 옆에서 말없이 모든 것을 지켜봤다.

오늘 주인공은 오로지 성지훈이니까.

"선배님, 괜찮으세요?"

무대 뒤 대기실.

인터컴을 찬 엄 피디가 최종 점검을 하려고 들어왔다.

스태프의 도움으로 인이어를 귀에 차던 성지훈이 고개를 끄덕인다.

엄 피디는 간단한 주의 사항부터 알려주었다.

윤소림이 무대에서 방청객들과 함께 그동안 촬영한 영상을 시청할 거다.

그러고 나서 성지훈을 소개하면, 그때 무대에 올라가면 된다.

얘기를 듣는 동안 성지훈의 목울대가 쉼 없이 움직인다.

긴장이 되는 모양이다.

내내 가만히 있던 나였지만, 이번만은 나서야 할 것 같았다.

그래서 천천히 다가가 그의 어깨에 손을 얹고 꾹 눌렀다.

잠깐 서로를 바라봤지만 아무 말도 하지 않았다.

고개만 끄덕이고, 나는 엄 피디와 함께 장소를 옮겨서 무대 옆으로 자리를 옮겼다.

마침 무대에 서 있던 윤소림이 날 발견하고 손을 살짝 흔든다.

"촬영 시작합니다!"

엄 피디가 인터컴에 대고 속삭인다.

카메라에 불이 들어오자, 조연출이 방청객의 박수를 유도했다.

"안녕하세요. 배우 윤소림입니다."

조금 걱정했었다. 이런 자리는 소림이도 처음이니까.

다행히 생각보다 여유로워 보인다. 이제 카메라 앞에 서는 게 익숙해진 모양이다.

"저는 오늘 여러분과 함께 이 노래의 추억을 공유하고 싶어서 이 자리에 나왔습니다."

목소리도 깔끔하다.

"아마 제가 노래 제목을 알려 드리면, 여러분도 기억이 새록새록 떠오르지 않을까 싶습니다."

윤소림은 잠깐 얘기를 멈추고, 큐카드에서 시선을 떼고 미소 지었다.

"성지훈의 그리워서."

이제 무대 스크린에 시청자들이 보게 될 영상이 재생된다.

과거 영상 자료를 시작으로 그동안 윤소림이 사람들을 만나면서 성지훈의 노래와 얽힌 추억들을 찾는 영상이 흘러나왔다.

윤소림은 의자에 다소곳이 앉아 영상을 바라봤다.

방청객의 모습이 다양하다. 무미건조해 보이는 사람도 있고, 흥미진진하게 보는 사람도 있다. 눈물을 글썽이는 사람도 있었다.

영상이 모두 끝나고, 윤소림이 다시 일어났다. 그리고 손을 살짝 내밀며 뒤를 돌아본다.

"여러분, 소개하겠습니다. 가수 성지훈입니다."

이번에는 조연출이 박수를 유도할 필요가 없었다.

성지훈이 등장하자마자 환호와 박수갈채가 쏟아졌다.

가슴이 벅차는지 그는 잠깐 동안 아무 말도 하지 못했다.

엄 피디가 신호를 주자, 윤소림이 무대에서 내려오고 무대 위 조명이 어두워졌다. 전주가 흘러나온다. 노래가 시작되면서 제작진도 바빠졌다.

작가들이 서두르는 모습이 보인다.

나는 잠시 뒤에 중년 여성의 옆모습을 볼 수 있었다.

수소문 끝에 찾은 성지훈의 팬클럽 회장으로, 제작진의 스페셜 카드였다.

주먹을 꼭 쥐고 있는 모습이 긴장한 티가 역력하다.
두 번째 무대가 끝나고…….
"선배님, 오늘 어떠셨어요?"
다시 무대에 오른 윤소림의 질문에, 성지훈이 땀에 젖은 얼굴로 환히 웃었다.
눈시울이 붉다. 땀이 아니라 눈물일지도 모르겠다.
"뭐라고 말을 못 하겠네요."
"사실 지금 제작진에게 연락이 왔는데, 선배님의 열렬한 팬이 되고 싶은 한 여성분이 꽃다발을 준비했다고 하네요."
"꽃다발이요?"
아무도 알려주지 않았기 때문에 성지훈은 당황한 표정이 제대로 드러났다.
"예. 바로 올라오시라고 할까요? 성지훈 선배님의 팬이 되고 싶은 분께서는 지금 올라와 주시겠어요?"
또각또각.
발소리가 무대로 이어지고, 그녀를 본 성지훈의 입이 살짝 벌어졌다.
오랜 시간이 흘러서 마침내 두 사람이 나란히 섰다.
성지훈의 눈동자에 팬의 얼굴이 선명하게 비쳤다.
한때 그를 울고 웃게 만들었던 팬.
"저기 오빠… 팬클럽 있어요?"
성지훈이 고개를 가로젓는다.
"그럼, 제가 1호 팬이 되어도 될까요?"
"나, 유통기한 많이 지났는데… 그래도 괜찮아?"

"방부제 드신 줄."

성지훈의 꾹 다문 입술로 눈물이 스며든다.

나는 잠깐 엄 피디에게 가서 속삭였다.

"피디님, 두 사람 모습 CG 처리로 젊게 할 수 있죠?"

"해봐야죠."

눈이 마주친 우리 둘은 같은 생각을 하며 같은 미소를 지었다.

촬영을 모두 마치고, 퓨처엔터로 돌아가는 길에 저승이가 물었다.

[도대체 무슨 빛이었어요?]

"마음의 빛?"

저승이가 머리를 짚고 한숨을 쉰다.

*　　　*　　　*

[비하인드 Scene]

"야, 물 들어오는데 노 저어야지!"

성지훈이 컴백한다는 기사에 노병기 대표는 마음이 급해졌다.

가지고 있는 저작권을 써먹을 때였다.

음반도 찍어내고, 관련 상품도 팔고.

돈이 넝쿨째 굴러오는 소리가 들리는 것 같았다.

"이야, 성지훈이 안 죽었네."

바이바이에서 성지훈 노래를 광고음악으로 쓰고 싶다는 연락이 왔을 때만 해도 긴가민가했는데, 갑자기 성지훈 열풍이 불어닥치고 있었다.

그 시발점은 요즘 대세라는 여배우 윤소림의 SNS.

광고가 나간 이후로는 불에 기름 끼얹은 형국이었다.

그래서 노병기 대표는 요즘 룰루랄라 휘파람을 불면서 돈 생각하기 바쁜 나날을 보내고 있었다.

"대표님, 손님 오셨는데요?"

"누구?"

직원의 뒤로 어디서 본 듯한 남자가 들어온다.

그는 다짜고짜 들어와서 노병기와 마주 앉았다.

"성지훈 저작권 찾으러 왔습니다."

"뭐, 뭐?"

눈이 마주친 순간, 그가 속삭인다.

"지금 내놓으면… 살려는 드릴게."

노병기가 눈을 번쩍 뜬다. 이 얼굴, 기억났으니까.

"최, 최……!"

[비하인드 Scene2]

탁.

"숙소에 내려주면 되지?"

"예."

윤소림은 지친 목소리로 대답을 하고 교복 상의를 꽉 여미었다.

병원에서 물리치료를 마치고 나오는 길이었다.

무릎이 쿡쿡 쑤시고 몸이 으슬으슬하다.

"물리치료 할 만하니?"

앞에서 질문을 했다. 히터 소리가 들린다.

"예."

"뭐가 예야. 별게 다 할 만하네."

뜬금없이 핀잔을 주더니, 그가 라디오를 틀었다.

무릎도 아프고, 몸도 피곤하고. 그래서 눈이 감기려는데 노랫소리가 흘러나왔다.

윤소림은 지그시 눈을 감았다. 노래나 듣고 싶었는데.

하아, 앞에서 또 노래를 따라 부르고 있다. 꼭 저런 사람들이 있다니까.

"보고 싶어서 또다시 그대 사진을 꺼내요……."

아이고, 팀장님 노래 진짜 못하네.

그래서 저도 모르게 웃음이 나올 것 같아서 윤소림은 입술을 꾹 다물었다.

"그대는 날 참 많이 사랑했는데… 워어어!"

비브라토까지? 그건 좀…….

무서운 팀장님이 조금 귀엽다는 생각이 든 어느 날의 오후였다.

제2장

—

저주

「상암동, 인근 카페」

“영심 씨, 실시간 차트 재생한 것 맞아?”

지배인이 눈살을 찌푸리고 천장을 바라봤다.

카페 스피커에서 옛날 노래가 나오고 있었기 때문이다.

“지배인님도 참. 복고 열풍 모르세요? 100위 차트에 옛날 노래가 다섯 곡이나 있다니까요?”

“그러네? 성지훈 노래가 13위잖아?”

긴가민가하며 모니터를 들여다본 지배인은 입술을 동그랗게 말고 감탄했다.

“그렇다니까요.”

알바생은 쿨하게 대꾸하고 홀을 응시했다.

바쁜 오전 시간이 지나가서 한산하다. 창가 쪽 한 테이블만 빼고.

자주 오는 방송국 피디가 어떤 여자와 대화 중이었다.

"영심 씨, 저 테이블에 이거 서비스로 가져다줘."

"예."

알바생은 작은 롤케이크가 담긴 접시를 들고 테이블로 향했다.

가까이 갈수록 두 사람의 모습이 선명해진다.

"손님, 저희 지배인님이 서비스로 드리는 거예요. 드셔보세요."

"아, 고마워요. 잘 먹을게요."

엄 피디는 지배인을 향해 살짝 눈인사를 한 후에 눈앞의 기자를 다시 바라봤다.

"기자님, 좀 드세요. 제가 쏘는 건 아니지만."

"여기 지배인님이 참 친절하시네요."

"그래서 자주 와요. 커피도 맛있고. 최 대표님도 여기 커피 맛있다고 하시더라고요."

"후후."

기자가 입가를 가리고 웃는다.

"왜요?"

"아니, 피디님 얘기에 최고남 대표의 비중이 얼마나 되는지 아세요?"

"아, 내가 그렇게 최 대표님 얘기를 많이 했어요?"

민망해서 뒷머리를 긁적거린 엄 피디를 보면서 기자는 질문을 이어나갔다.

"최고남 대표와 일하는 건 어땠어요?"

"인상 깊었죠."

"어떤 점이요?"

"추진력이 엄청나더라고요. 흐름이 결정되면 바로 움직이는데, 사실 이게 가능할까 싶은 것도 있었거든요? 근데 가능하더라고요. 그래서 옆에서 지켜보는 게 재밌었어요. 일이 착착 진행되니까."

"굉장히 좋게 보셨네요."

"좋게 볼 수밖에 없었죠. 제 프로그램에 산소마스크를 씌워준 분인데. 그리고 아이디어도 많이 주셨거든요. 피디인 저보다 제 프로그램을 빠르게 이해하고, 거기서 시청자들이 좋아할 만한 포인트를 잡고 움직이더라고요. 반하지 않을 수가 없었다니까요?"

"반해요?"

"비유, 비유."

서둘러 커피 한 모금을 마시고, 엄 피디는 다시 씨익 웃었다.

"무대 당일 현장 분위기는 어땠어요?"

"정말 끝내줬죠."

엄 피디는 그날 생각에 가슴이 벅차서 파르르 숨을 토해냈다.

성지훈의 무대는 완벽했으니까.

촬영이 끝나고 방청객들은 인터뷰에서 다양한 반응을 보였다.

오랜만의 향수를 느껴서 좋았다거나, 성지훈을 실제로 보니 너무 젊어서 놀랐다는 20대도 있었다.

그 시절에 성지훈을 직접 경험했던 대부분의 삼사십 대는 눈물을 흘렸다.

분명, 방송이 되면 한동안 성지훈을 향한 대중의 관심이 급증할 거다.

물론 정진모의 촬영 때도 반응은 폭발적이었다.

그쪽은 1세대 아이돌인 걸 그룹 3W를 섭외했는데, 해체와 동시에 멤버들이 뿔뿔이 흩어진 이후 12년 만의 완전체였다.

무대를 보기 위해 몰려든 팬들은 엄청난 반응을 보이며 기뻐했다.

성지훈 때와 다른 점은 3W 팬클럽이 아직 유지가 되고 있어서 방청 신청이 순식간에 끝났다는 점과, 남자 팬들이 압도적인 비율을 차지했다는 것이었다.

"오늘 공개될 티저 영상이에요."

엄 피디는 태블릿을 들고 영상을 재생했다.

기자의 안경알에 30초 분량의 짧은 영상이 스쳐 지나갔다.

"기자님, 성지훈 선배님 기사에는 표절 사건을 부각해 주세요. 그래야 반전이 되니까요."

"그래야죠. 팬클럽 회장을 찾는 과정도 스토리가 있었다면서요?"

"그 부분도 반전이 좀 있어요. 팬클럽 회장님인 줄 알았는데, 중간에 탈퇴하셨더라고요."

"예?"

"뭐 결국 돌고 돌아서 다시 오신 거긴 한데, 재밌는 건 지훈 선배님이랑 팬이랑 대기실에서 따로 대화하다가 둘이 갑자기 티격태격하더라고요."

"그것도 방송에 나오나요?"

"나와야죠. 얼마나 재밌었는데요."

기자가 태블릿 영상을 다시 한번 보고 나서 질문지의 마지막에 동그라미를 친다.

"윤소림 씨하고 일한 건 어땠어요? 어떤 사람 같았어요?"

어떠냐니.

엄 피디는 생각할 것도 없이 바로 대답했다.

"사랑스러운 사람이요."

*　　　*　　　*

「KIS 시사교양국」

"도착했습니다!"

김승권은 반듯하게 주차를 끝내고 차에서 내렸다.

권박하가 카메라를 꺼내 든다. 팬매니저 업무도 맡고 있어서, 윤소림의 스케줄에 가끔 동원해서 사진을 촬영하기 때문이다.

"아, 제가 도와드릴게요!"

트렁크에서 메이크업 가방을 꺼내 드는 차가희.

김승권이 대신 들어주려고 끼어들었지만, 그녀가 어깨로 툭 밀어냈다.

"됐어."

살짝 툭 쳤을 뿐인데, 김승권이 어어 하면서 한참을 옆으로 간다. 그 모습을, 방금 전 먼저 도착해서 주차하고 내린 최고남이 한숨 쉬면서 쳐다본다.

"다들 대기실 먼저 가 있어."

"대표님은요?"

"난 방 국장님 좀 뵙고 올게."

"알겠습니다! 다녀오십시오!"

김승권이 허리를 90도로 숙인다.

최고남이 또 한숨 쉰다.

"그럼 다녀올게."

"옙!"

멀어지는 최고남의 뒷모습을 보면서 김승권이 꾹 다문 입술을 끄덕거리다가 옆을 보고 화들짝 놀란다. 차가희가 눈을 게슴츠레 뜨고 쳐다보고 있었다.

"왜 그러세요?"

"승권 씨 뭐 좋은 일 있어? 요즘 또 왜 갑자기 의욕이 넘치지?"

"왜냐하면, 제가 연습생들 담당 매니저가 됐기 때문입니다!"

김승권이 주먹을 불끈 쥐었다.

최고남이 연습생들을 책임지고 관리하라고 한 의미는, 퓨처엔터의 미래를 맡기겠다는 거니까.

한마디로 레벨 업.

"애들이랑 얘기는 해봤어?"

차가희가 묻자, 김승권의 표정이 이번에는 시무룩해진다.

"요즘 애들은 친해지기가 힘드네요."

소연우와 권아라는 그나마 낫다.

걔들은 아직 학생이라서 그런지 시종일관 입을 멈추지 않으니까.

그리고 박은혜는 처음에는 말이 별로 없었지만, 은별나라 스튜디오에서 매일 보는 바람에 조금 나아졌고.

문제는 송지수.

대화를 시도해 봐도 금세 뚝 끊기고, 다가가려고 노력하면 할수록 어색해지기만 한다.

근데 또 최고남이랑 얘기하는 거 보면 꼭 그렇진 않단 말이지.

그런 생각을, 김승권은 주저리주저리 털어놓았다.

"진짜 어색하다니까요?"

"그렇게 숫기 없어 보이진 않던데? 뭐, 전에 소속사에서는 애들이랑 트러블이 있긴 했다지만, 계약할 때 보니까 의욕은 있어 보이던데."

차가희가 의아해하며 앞장서 걷자, 윤소림이 갈색 재킷을 꼭 여미며 곁에 붙어 말했다.

"급할 이유 없잖아요. 아이들도 생각이 많을 거예요. 서로 친해져야 한다는 부담감도 있을 테고, 연습생 생활을 시작하니까, 그것도 생각해야 하고. 오빠까지 신경 쓰기에는 벅차지 않을까요?"

"역시 그렇겠죠?"

그때, 권박하가 해결책을 꺼냈다.

"제가 팁 좀 드릴까요? 그래도 제가 애들이랑 제일 나이 차이가 적으니까."

"팁?"

"요즘 애들 말투 있잖아요. 그런 거 섞어가면서 대화하면 좋을 것 같은데."

일리가 있다. 김승권이 반색하며 고개를 끄덕였다.

"그러고 보니까, 애들끼리 쓰는 용어가 있던데."

"맞아요. 보통은 줄임말이죠. 자음 외계어도 있고."

"어떻게 하는 거예요?"

"거기까지 가는 건 좀… 전문가 영역이거든요."

"그럼 쉬운 거부터."

"우선 첫 번째. 애들은 애들 시선에 맞춰줘야 해요. 그리고 두 번째는 말투."

"시선과 말투."

김승권이 고개를 끄덕이며 따라한다.

그러자 권박하가 입꼬리를 올리고 이어서 말했다.

"어른들은 말투가 딱딱하니까. 애들이 경계할 수밖에 없거든요. 그래서 끝에만 살짝 톤을 올리는 거예요. 그게 포인트."

"귀엽게?"

"예를 들어서, 애들아 안녕↑ 오늘은 뭐 했어↑ 밥은 먹었어↑"

"아, 그렇게 하는 거구나."

특강은 대기실에 도착할 때까지 이어졌다.

윤소림이 바로 메이크업 화장대에 앉자, 차가희가 헤어 드라이기를 콘센트에 꽂는다.

그사이에도 권박하의 특강이 이어진다.

거울에 비친 두 사람의 모습을 보면서 차가희가 고개를 갸웃한다.

"소림아."

"응, 언니?"

"네가 보기에는 저게 통할 것 같냐?"

"후후."

윤소림의 미소가 거울에 비친다.

"뭐, 나쁘지 않은데?"

"그래? 내가 애들이면 죽빵 날릴 것 같은데."

속삭이며 헤어 드라이기를 켜자 윙 소리가 난다.

"얘들아 안녕↑ 오늘은 뭐 했어↑ 밥은 먹었어↑"

"그렇게요, 그렇게."

"저, 괜찮아요?"

권박하가 엄지를 척 내민다.

또다시 레벨 업을 했다는 생각에 흡족해진 김승권은 당장에라도 실험해 보고 싶어서 은별이에게 전화를 걸었다.

—응, 삼촌!

"은별아 어디야↑"

—왜 그래? 삼촌?

"오늘은 뭐 했어↑ 밥은 먹었어↑"

—하, 하지 마.

"왜에↑ 삼촌이랑 통화하니까 재밌지 않아↑ 나 귀엽지↑"

—…극혐.

뚜뚜뚜.

"…극혐이라니."

실망한 김승권이 권박하에게 원망을 돌리는 이때였다.

대기실 밖에서 노크 소리가 들렸다.

* * *

[단독] 윤소림 생애 첫 예능 출격한다!

—차기작 촬영을 앞둔 배우 윤소림은 얼마 전 TVX 새 음악 예능을 촬영한 것으로 알려졌다. 추억의 노래를 찾는다는 콘셉트의 프로그램으로 최근 불어닥친 복고 열풍 트렌드를 이어갈 것으로 보인다.

제작진은 첫 번째 가수를 초빙하는 과정이 쉽지 않았지만 윤소림의 소속사 대표의 노력으로 성사할 수 있었다고 한다.

한편 윤소림에 이어 배우 정진모도…….

러브유** 40분 전 [좋아요 553 싫어요 143]

기대된다 좋아요, 별로다 싫어요

답글 11

소림아** 30분전 [좋아요 153 싫어요 43]

방청객 후기에 초대 가수 이니셜 나왔음. S라고 함. 근데 S가 누구지?

답글 8

HEN** 20분전 [좋아요 111 싫어요 209]

윤소림은 드라마나 잘 찍지 무슨 벌써 예능? 그것도 음악 예능?

답글 3

ㄴ연습생이라더니 그쪽에 미련을 가진 듯.

ㄴ웬디즈 데뷔 늦춘 것도 모자라서 아직도?

ㄴ관상은 과학이다! 제 욕심만 챙기게 생겼잖아요!

"뭐가 이렇게 악플이 많아."

KIS 신입 아나운서 명수정은 태블릿 화면 속 인터넷 기사에 안절부절못하고 있었다.

아나운서국에서 윤소림을 9시 뉴스에 섭외하라는 심부름을 내줬는데, 만만치 않아 보였기 때문이다.

전통이라서 다른 신입 아나운서들도 돌아가면서 배우 섭외를 해야 한다.

그리고 꼭 아나운서 혼자 가서 섭외해야 한다.

그렇게 섭외된 배우들은 시사, 교양, 뉴스 프로그램에 출연하게 되는데…….

'왜 하필 윤소림이야.'

명수정 아나운서는 굉장한 겁쟁이였다.

오죽하면 입사하고 OT에 참여했을 때, 밤에 담력 테스트를 한다고 해서 진지하게 퇴사 생각을 했을 정도였다.

"악플 읽지 마."

스타일리스트가 걱정스럽게 쳐다본다.

"어떻게 안 읽어. 다 악플인데."

"괜찮아. 죽이기야 하겠어?"

정작 스타일리스트도 목울대를 끌어 올리긴 마찬가지였다.

웬만한 악플이어야지, 윤소림이 연습생 시절 마음에 안 드는 연습생을 주도적으로 왕따를 시켰다는 썰에서부터, 500살 마녀 촬영 현장에서는 공주 대접 받으려다가 배우 강주희랑 머리끄덩이를 잡아당겼다는 썰까지 다양했다.

"큰일이다 진짜. 오늘 꼭 섭외해야 하는데."

"걔는 왜 방송국에 온 거야? 그냥 드라마 촬영이나 하지."

"그쪽 소속사 대표가 시사 피디님한테 기획안을 들고 찾아갔대."

"기획안?"

"응, 프로그램 기획안. 뭔지는 모르겠고."

"열일하네."

"내 말이. 무슨 배우가 시사야? 아, 아니, 시사나 뉴스나 그게 그거긴 하지만."

"수정아, 별거 아니야. 걱정하지 마."

"언니도 같이 가자."

"내가? 안 돼. 나 바빠."

정색하는 스타일리스트.

"치사하게. 내가 커피 살게. 점심도 사고."

"안 돼. 나 그런 데 얽히기 싫어."

"같이 가자. 어?"

"그, 그럼 언니도 가요."

스타일리스트가 턱을 치켜들고 말하자, 메이크업 담당이 학을 뗀다.

"난 안 되지."

"왜 안 돼?"

"나, 나는 아나운서국 소속이 아니니까."

"나도 아니거든?"

“에이, 그래도 아니야. 그리고 악플을 보고 무슨 사람을 판단해. 그거 다 편견이야.”

“그거야 나도 알지. 근데, 저쪽은 막 매니저도 있고 회사 스태프들도 있잖아. 그런 곳에 나 혼자 덩그러니 있으면 불쌍하지도 않냐?”

명수정이 입술을 뾰로통하게 내밀었다.

“야, 그렇게 쳐다보는 거 반칙이야.”

“언니들.”

“아이, 안 되는데.”

“언니이.”

“에잇, 그래. 가자! 까짓것 수틀리면 머리끄덩이 붙잡고 싸우면 되지!”

“그래, 우리가 쫄 게 뭐 있어!”

“언니들! 사랑해!”

결국 명수정은 두 사람의 팔을 하나씩 꼭 붙들고, 윤소림이 있는 대기실을 찾아갔다.

[출연자 대기실(윤소림)]

대기실 문 앞에 선 세 사람은 동시에 침을 꼴깍 삼켰다.

명수정은 한 번 더 심호흡을 하며 목을 끌어당긴 후에 문고리를 붙잡으려고 손을 뻗었다.

그런데, 스타일리스트의 다급한 목소리.

“수, 수정아. 저기 봐.”

고개를 돌린 세 사람의 눈에 한 무리의 사람들이 이쪽으로 걸어오는 게 보였다.

대체 무슨 일이기에.

*　　　　*　　　　*

「KIS 드라마국」

씨익 웃으며 양주가 담긴 쇼핑백을 건넸더니, 방 국장이 눈을 가늘게 뜨고 묻는다.

"깨끗하겠지?"

"제가 직접 담근 담금줍니다."

피식 웃은 방 국장이 쇼핑백을 조심조심 날라서 구석에 감춘다.

"뭐 하고 계셨어요?"

"바둑 한 판 두고 있었지. 김 피디가 바둑 배우고 싶다고 해서 말이야."

"아니, 제가 언제요? 국장님이 막무가내로 저 붙잡고 계신 거죠."

"그래서 하기 싫어?"

"그게 아니라… 아니요."

김 피디의 목이 스르르 구부러진다.

직장인 인생이 참 힘들어 보인다.

안쓰럽게 보면서 자리에 앉는데, 얼굴이 따갑다는 느낌이 들어서 고개를 들었다가 침을 꼴깍 삼켰다.

날 보는 방 국장의 눈빛이 싸늘하다. 비수가 날아와 꽂힌다.

"흐흐흐……"

소름 끼치는 웃음소리.

방 국장은 어깨를 들썩거리며 날 쳐다봤다.

사냥개가 사냥감을 앞에 두고 침을 질질 흘리며 먹을지 말지를 고민하는 것 같은.

내가 사냥감인가 싶어 조금 쫄고 있는데, 앞에서 으르렁 소리가 들린다.

"개도 말이야, 키워준 은혜를 알아."

탁!

방 국장이 유리 테이블을 두드렸다. 찻잔 속 차가 출렁였다.

"그런데 넌! TVX 드라마로 튀더니, 이젠 TVX 음악 예능? 이건 배신이야, 인마!"

결국 올 것이 왔구나.

"이게 타이밍이 이렇게 된 거지, 사실 전부터 계획이 돼 있던 겁니다. TVX랑."

"흐흐흐."

또 소름 끼치는 웃음소리.

"김 피디야."

"예, 국장님."

"이놈이 나를 빙다리 핫바지로 보는데 어떻게 생각하냐?"

"가만둬서는 안 된다고 생각합니다."

이… 치사한 인간. 자기 살자고 날 버리다니.

"들었지?"

"그래서, 제가 KIS 문도 두드린 것 아닙니까."

방 국장의 눈썹이 꿈틀거리다가 내려간다.

"그럼 지금, 윤소림 여기 있어?"

"예. 시사교양국 대기실에 있습니다. 바로 데려오려다가 국장님 운동 좀 시켜 드리려고 저 혼자 왔죠. 일어나시죠."

실은 윤소림 앞에서 방 국장에게 양주 건네는 모습이 좀 그래서 말이지.

다행히 방 국장의 표정이 조금 누그러졌다.

일어나려는데, 그가 다시 유리 테이블을 툭 두드렸다.

"그런데 말이야. 내가 첩보를 하나 받았어."

"첩보요?"

이건 또 뭐지 싶은데.

김 피디가 날 보면서 실실 웃는다. 오늘 아주 혼 좀 나봐라 이건가.

"실은 아침부터 그것 때문에 굉장히 열이 받아 있었는데, 꾹꾹 누르고 있었지."

꿀꺽.

"대체 무슨 첩보……."

"우리 중에 배신자가 있다 이거야!"

방 국장의 두툼한 손이 유리 테이블을 재차 두드렸다. 찻잔 속 차가 거의 쏟아졌다. 김 피디가 서둘러 냅킨을 뽑아서 닦는데, 방 국장의 손이 그 손목을 탁 낚아챘다.

"감히, 김 피디 네가 TVX에 이적을 하려고 해?"

실실 웃던 김 피디의 눈이 동그래졌다.

아, 그래. 이쯤이지.

김재하 피디가 KIS를 퇴사했던 때가…….

한바탕 투닥거림이 있은 뒤에 우리는 윤소림이 있는 대기실로 내려갔다.

"아이고, 우리 KIS의 따님 잘 지내셨나 모르겠… 뭐야?"

힘껏 문을 연 방 국장이 눈살을 찌푸린다.

나도 당황해서 안을 기웃거렸다. 우리 퓨처엔터 식구들과 윤소림이 있어야 하는데, 무슨 시장통처럼 대기실 안이 사람들로 북적거렸다.

"다들 여기서 뭐 하는 거야?"

방 국장이 큰 소리로 물었다. 그러자 홍해 갈라지듯 인파가 반으로 갈리더니 그 끝에 볼펜을 들고 열심히 사인 중인 윤소림을 볼 수 있었다.

"아, 대표님?"

윤소림이 반갑게 웃는다.

*　　　*　　　*

"그러니까, 이게 다 명함이네."

김승권의 지갑이 터져 나갈 정도로 많은 명함이 내 눈앞에 있다.

KIS 피디란 피디들은 다 여기 왔다 간 모양이다.

자기들 프로그램에 섭외하려고, 친분 쌓으려고, 사인을 받으려고.

심지어 아나운서국에서도 왔다 갔다고 한다.

뭐, 요즘 대세니까.

나는 수긍하고 방 국장을 돌아봤다. 그는 윤소림과 함께 손가락 하트를 내밀며 사진을 찍고 있었다.

주책이다, 주책.

"어려운 거 있으면 언제든 나한테 전화하고."

"예, 국장님!"

윤소림의 한 톤 높은 목소리에 방 국장이 흐뭇한 미소를 끄덕거린다.

"최고남, 저 자식이 부려먹으면 말해. 내가 달려가서 엉덩이를 걷어차 줄 테니까!"

"제가 차이겠습니까? 도망치지."

"인마, 그래 봤자 너는 내 손바닥 안 이야. 지난번에 잡힌 것 벌써 잊었어?"

일부러 잡혀준 걸 아직도 모르고 있다니.

난 저래서 방 국장이 좋다. 사람이 은근히 순진해.

아무튼, 웃고 떠드는 것은 이쯤 하고 진지한 이야기를 할 때였다.

타이밍 좋게도 대기실 문이 열리고 피디가 들어왔다.

시사교양국 강기택 피디.

마흔 중반의 피디는 건조한 표정으로 들어와서 방 국장을 알아보고 꾸벅 인사를 했다.

"강 피디는 오늘도 진지하구만."

"시사 피디라서요."

싱거운 악수를 나누고 방 국장은 드라마국으로 쿨하게 돌아갔다. 가기 전에 윤소림에게 손가락 하트를 다시 날리긴 했지만.

나는 강기택 피디와 잠깐 밖으로 나와서 300원짜리 커피를 뽑아 마셨다.

"김나영 팀장님한테 전화받았습니다. 악플러가 잡혔다고요?"

강기택 피디가 커피를 호로록 마시고 물었다.

안경알에 서린 김을 닦는 그를 보면서 나는 고개를 끄덕였다.

"예."

미디어홍보팀은 최근까지 윤소림과 은별이에게 쏟아진 악플을 꾸준히 모아왔다.

그걸 이번에 고소하면서, KIS 시사교양국에 기획안과 함께 프로그램을 제안했다. 물론 김재하 피디와 방 국장의 도움이 있었다.

기획안의 요지는, '악플'이다.

"근데 조금 놀랐습니다. 바로 촬영할 거라고 하셔서."

"왜요? 소림 씨 스케줄이 안 돼요?"

"내레이션만 하는데 스케줄이랄 게 뭐 있습니까."

다큐 형식으로 촬영하고 윤소림은 내레이션으로 참여한다.

강 피디가 안경을 다시 쓰고 날 쳐다본다.

"사실 악플 관련해서 우리 쪽에서도 프로그램 하나 만들려고 했었어요. 그런데 적당한 스타가 없어서 미루고 있었는데, 대표님이 직접 찾아와 주셨지 뭡니까."

커피를 호르르 마시고, 그가 이어 말했다.

"그리고 무엇보다, 기획안이 좋더라고요. 오랫동안 생각해 두신 거예요?"

나는 고개를 끄덕였다. 아주 긴 세월 생각해 뒀던 기획안이다.

"고소를 한다고 해도, 악플은 사라지지 않잖아요."

"그렇죠. 원체 처벌이 약하니까."

악플러들도 사연이 있다.

그리고 가해자의 사정을 생각해 주는 좋은 사람들이 널리고 널렸다.

경찰, 검찰, 일부 네티즌들.

사정이 딱해서, 겨우 악플 몇개잖아, 연예인은 공인이잖아 등등…….

그렇기 때문에 민사 소송은 필수다.

현실적으로 가해자들의 피부에 가장 와닿는 것은 돈이니까.

"대개는 기껏해야 벌금형 정도에서 끝내죠. 실형이 나와봐야 집행유예 정도. 그나마도 항소까지 이어지면 반년은 훌쩍 지나야 결론이 나고."

그걸로 끝나면 다행인데, 한번 악플러는 계속 악플러라 또 악플을 남긴다.

한층 더 지능적으로 변해서.

"그래서 스타들이 악플을 더는 두려워하지를 않기를 바랐습니다."

"악플의 진짜 모습이라."

강 피디가 속삭이며 고개를 끄덕인다.

악플러는 어린 학생일 수도 있고, 인자한 선생님일 수도 있다.

전혀 안 그럴 것 같은 사람들이 가면 뒤에 숨어서 키보드질을 한다.

그래서 이 프로그램의 목적은 악플이 아닌, 악플러의 실체를 얘기하는 거다.

눈에 보이지 않는 그들에게 막연한 두려움을 안고 있는 악플 피해자들에게 그 실체가 별거 아니란 것을 알려주고 싶었다.

오늘 경찰에서 잡았다고 연락 온 악플러도 그런 케이스였다.

"아무튼 시작은 좋네요. 미혼모 악플러라니."

빈 종이컵을 쓰레기통에 버린 강 피디가 빙긋 웃는다.

오늘 처음 보는 미소였다.

"그럼, 소림이 인터뷰 따고, 바로 경찰서로 이동하시죠."

"그러시죠."

또 다른 프로그램 촬영이 시작됐다.

*　　　*　　　*

Q. 배우 윤소림에게 고소당했습니다.

안녕하세요.

서울 사는 24살 미혼모입니다.

제가 참 기구한 삶을 살았습니다. 부모님은 이혼하시고, 학교에서는 왕따를 당했어요.

자퇴하고 알바를 하다가 아이 아빠를 만났습니다.

하지만 결국 헤어졌고, 홀로 아이를 키웠습니다.

그런 삶이 너무 힘들고 지치던 차에 나와 같은 나이의 윤소림이 잘되고 행복해하는 모습을 보니 화가 났습니다.

네. 잘못한 거 압니다.

하지만 윤소림도 너무한 거 아닌가요?

돈도 많이 벌면서 말이죠.

궁금한 것은… 보통 이렇게 고소당하면 어떻게 되나요?

이따가 경찰서에 출석해야 하거든요.

감옥에 가고 그러나요? 가서 아니라고 우기면 될까요?

인터넷으로 검색하니까 걸려도 기껏해야 벌금 정도라는데. 그래도 혹시 모르잖아요?

알려주세요.

dudd** 님 답변

안녕하세요.

질문자님의 상황이 마음 아파서 위로하고자 몇 자 적습니다.

저는 연예인들이 악플이라고 하는 것들이, 사실 정말 악플인지에 대해서 생각해 봐야 한다고 생각합니다.

사실 인기로 먹고사는 사람들이잖아요?

악플이란 것도 어떻게 보면 인기의 반영인데 말이죠.

아무튼요, 지금 님의 상황은 고소 단계인 것 같습니다.

여기서 합의가 되면 취하해 주거나 하는데, 아니면 검찰로 넘어갑니다.

근데 쫄지 마세요.

어차피 벌금형이에요. 감옥 절대 안 가요.

벌금형도 돈 없으면 나라에서 어떻게 할 수 없대요.

그러니까 제 말은… 힘내세요!

댓글

ㄴ둘다 X신인가.

ㄴ네, 다음 악플러 나와주세요!

ㄴ질문자야, 인생은 실전이란다. 답변자야, 너도 곧 고소다.

ㄴ윤소림 소속사는 이거 캡처 떠서 고소장에 추가해라!

"어머, 여울이 왔어?"

화장대 거울에 헤어디자이너가 등장하자, 남여울은 핸드폰을 내려놓고 방긋 웃으며 그녀를 반겼다.

"예, 언니!"

"얼굴 많이 좋아졌다."

"그래요?"

"응. 요즘도 악플 달리고 그러니?"

질문에, 남여울의 표정이 시무룩해졌다.

디자이너는 그녀를 안쓰럽게 내려다봤다.

"참 사람들 못됐다. 네가 뭘 잘못했다고 악플이야. 안 그러니?"

"맞아요. 여울 언니 잘못도 아닌데."

디자이너의 뒤에 서 있던 견습생들이 고개를 끄덕인다.

"그러니까. 억울하게 욕만 먹고 하차하고. 나 진짜 이러다가 너 어떻게 될까 봐 걱정이라니까."

"고마워요, 언니."

눈동자가 촉촉이 젖은 남여울의 모습에 디자이너가 한숨을 쉰다.

"넌 화도 안 나니? 스캔들로 동정표 얻은 윤소림은 저렇게 잘됐는데? 인터넷 보니까 걔 정말 날라리였다며? 연습생 때 곁에서 본 네가 제일 잘 알 거 아니야? 확 고발해."

"다 지난 얘긴데요 뭐."

"넌 진짜 애가 착해서 문제다. 정작 벌받을 사람은 착한 사람 코스프레하는 윤소림인데. 얘들아, 안 그러니?"

"소름이죠. 그러면서 자기는 악플러들 고소하고. 방송 나와서는 생글생글 웃고. 으, 소름."

편들어주는 직원들을 보면서 남여울은 콧잔등을 찌푸려 웃고 눈을 감았다.

스타일링이 끝나고 나가는데 웃음이 피식 나온다.

하지만 보는 눈이 있어서 미소를 애써 억누르는데, 아는 얼굴들이 숍에 들어왔다.

'백애리, 유민주, 차아린, 곽설희.'

N탑 소속 걸 그룹.

"어머! 얘들아!"

헤어디자이너가 껑충 뛰어서 달려간다.

종일 서 있느라 지쳐 있던 숍 스태프들도 갑자기 환해져서 웬디즈를 반겼다.

마치 분위기가 한쪽으로 확 쏠리는 것 같았다.

모든 관심과 시선이 웬디즈를 둘러싼다.

왠지 못마땅해서 남여울은 입술을 잘근 씹고 속삭였다.

"확, 사고나 나버려라."

*　　　*　　　*

"저 미친년들."

백승준 매니저의 거친 욕설에 유유는 차 옆을 돌아봤다.

쫓아오는 택시, 그 안에서 눈을 희번덕거리는 사생팬들의 모습은 공포영화 그 자체다.

"맘 같아서는 쟤들 어디 상자에 쑤셔 박아서 두더지 잡기 하듯 뿅망치로 두들겨 패고 싶다. 아니면 싸잡아서 어디 로커 룸에 처박아 넣을 수 없나?"

지난번에도 쫓아오는 택시 피하다가 차가 뒤집힐 뻔했기 때문에 백승준은 짜증을 있는 대로 쏟았다.

하지만 곧 고가도로에서 사생 택시를 따돌린 백승준은 낄낄거리며 웃었다.

"유유야, 너 웬디즈한테 곡 주기로 했다며?"

"응. 다음 EP 앨범에."

"그래, 잘했어."

지난번 난리 이후로 유유는 많이 유해졌다.

까칠하던 모습도 줄고, 회사 일에도 가능한 협조하고 있었다.

그래서 직원들은 때로 깜짝 놀라기도 했다.

유유가 웬디즈에게 곡을 준다니까 A&R팀의 눈이 동그래졌을 정도니까.

"내일쯤 기사 날 것 같아. 서준혁이 진짜 단톡방 멤버라고."

유유는 고개를 끄덕였다.

낮은 콧바람을 흘리며 차창 너머를 바라봤다.

주황색 빛들이 도로에 내리 깔린다.

'…너만, 네 목적만 생각해.'

최고남이 했던 말이 떠오른다.

"형."

"왜?"

"퓨처엔터 연습생들 N탑에서 연습한다며?"

"응."

"퓨처엔터에 연락해서, 애들 내 녹음실로 한번 데려와 줄래?"

백승준이 고개를 끄덕인다.

"알았어."

"아니다. 전화 말고 형이 직접 가면 안 돼? 가서 물건 좀 하나 전달해 줘."

"물건?"

"우리 집 주차장이 꽉 차서 말이야."

"주차장이 꽉 차? 뭔 소리야."

"웬디즈 노래 듣자. 애들 목소리 좀 듣게."

프로듀싱을 하려면 노래 부를 가수의 목소리를 듣는 것은 필수.

고개를 갸웃한 백승준은 볼륨을 높이고 운전에 집중했다.

*　　　*　　　*

@kiqksx 언니들 그냥 죽어주시면 안 돼요?

@짱나리eid ㅋㅋㅋ 인조인간들이다! 최소한 양심 있으면 병원은 각자 다른 곳에서 해라!

@lamer8 병신 년아, 필터 끄면 별것도 아닌 병신들이. 내가 누군지 궁금하지? 절대 못 찾아 병신아!

"저희 성형 안 했는데요?"

리더 차아린이 빙긋 웃으며 말했지만 악플러들은 멈추지 않았다.

다른 팬들이 하지 말라고 악플러는 나가달라고 부탁해도 악플러들은 계속해서 악플로 도배를 하고 있었다.

차아린은 핸드폰을 노려보며 말했다.

"와, 대단하시네요. 근데 악플러 여러분이야말로 성형 좀 하고 오시면 안 될까요? 마음 성형이요. 뭐, 저희는 괜찮아요. 착한 팬 여러분이 항상 지켜주시니까. 그렇죠, 여러분? 악플러들 한 트럭 와도 지켜주실 거죠?"

작년 12월 데뷔한 소녀들은 지금까지 두 장의 디지털 싱글앨범을 모두 차트인 하면서 음악제국 N탑의 명성을 이어받았다.

하지만 아직은 1년 차.

적응해야 할 게 많은 소녀들. 그래서 악플도 적응하는 중.

그녀들이 작별 인사를 끝으로 핸드폰을 내려놓자, 마침 휴게소 매점에 갔던 매니저가 돌아왔다.

"어, 왜 빈손이에요?"

"너희들은 다이어트 중이잖아."

"아, 너무한다. 떡볶이라도 사 와야지. 치사하게 자기만 밥 먹고 오고."

투덜대는 멤버들의 모습에 매니저가 어깨를 으쓱한다.

"쏘리."

"그러지 말고 오빠, 우리 떡볶이 먹으면 안 돼요? 아니, 감자! 감자 먹자!"

휴게소의 달콤한 알감자.

"그 요청에 대한 답은 뭐, 이미 알고 계실 거고. 몸무게 오버하신 분이 그런 얘기 하니까 왠지 낯설고."

"너무해!"

"애리야, 이따가 숙소 가서 내가 맛있는 거 만들어줄게."

"뭐뭐?"

"닭가슴살, 흐흐."

"민주, 너 벌받을 거야. 닭들이 지옥에서 너 오기만을 기다리고 있을걸? 꼬꼬댁! 꼬꼬댁! 이러면서!"

"날갯짓해도 소용없어. 나는 팬들을 위해서라면 닭 킬러가 될 거니까!"

"나도 팬 있거든?"

"애리 팬들은 불쌍해. 최애가 애리라니. 최애가 애리라니!"

"아린아, 쟤들 좀 조용히 시켜줄래?"

"얘네가 제 말을 듣나요? 매니저님이 운전 중에 시끄러워서 심장마비가 오고, 그래서 살인자의 죄책감을 느껴봐야 조용히 하지 않을까요?"

"으, 아린 언니는 잔인해. 너무 못됐어."

"리더는 우리를 사랑으로 보살펴라, 보살펴라!"

"설희 언니도 우리 편이니까 같이 구호해!"

"설희는 내 편이거든?"

"아닌데!"

"아닌데?"

"맞아. 나 아린 언니 편."

"배신자!"

"윽, 룸메이트를 버리다니. 민주는 가슴이 아파."

매니저는 포기하고 차에 시동을 걸었다.

하루 이틀인가 뭐.

빨리 퇴근해서 이 지옥을 벗어나는 것만이 상책이지.

집에 가서 맥주 한 캔으로 오늘의 지옥을 벗어나고, 내일의 지옥을 맞이해야지. 암, 그래야지.

"참 재들은 사이가 나쁜 듯 또 좋아."

차가 출발하면서 들린 매니저의 혼잣말에 차아린은 미소를 머금었다.

예전에 이 넷은 서로 머리끄덩이를 잡으면서 싸웠을 만큼 악연 중 악연이었기 때문이다.

그래서 만약 그 사람이 없었다면 이 넷이 뭉친 웬디즈는 존재하지 않았을 것이다.

"오빠, 숙소까지 한 시간 안에 갈 수 있어요?"

"왜?"

"드라마 봐야 해서요."

"드라마? 아린이 너, 드라마 챙겨 보는 타입 아니잖아?"

"넷플렉스에 500살 마녀 올라왔잖아요. 요즘 그거 봐요."

두 꾀꼬리가 넷플렉스를 노래한다.

"1분이라도 늦으면 매니저 오빠는 아린 언니의 목조르기 공격 3회 받기!"

차아린이 피식 웃으며 고개를 가로젓는다.

"얘들아 안 돼. 그거 하면… 매니저 오빠 죽어."

"진짜, 너희들은 악마야. 자꾸 나 괴롭히면 실장님한테 얘기해서 딴 팀 갈 거야."

매니저가 액셀을 힘껏 밟았다. 1분이라도 빨리, 숙소에 도착하기 위해서.

*　　　*　　　*

"윤소림 소속사 대푭니다."

나는 강 피디와 카메라 한 대를 대동해서 경찰서에 들렀다. 악플러 고소를 의뢰한 법무법인 소속 변호사가 경찰서 앞에서 우리를 반겼다.

"촬영하는 건 조심해 주세요. 문제 될 수 있으니까요."

변호사의 당부를 듣고 우리는 경찰서에 들어갔다.

조사실로 들어갈 때는 카메라는 밖에서 기다리고 강 피디와 함께 들어갔다.

"어서 오세요."

형사의 손이 두껍다.

그가 굵은 손가락으로 키보드를 두드리더니 상황을 설명해 줬다.

"아직 검사님한테는 안 올렸어요. 애가 사정이 딱해 보여서."

그런건 관심 없고.

"어떤 앤데요?"

"나이는 윤소림 씨랑 동갑인데, 미혼모예요."

전화로 들은 대로다.

형사가 계속 얘기했다.

"뭐, 말로는 자기랑 동갑인 윤소림은 저렇게 행복하게 사는데, 자기는 인생이 너무 우중충하고 지옥 같아서 악플 남겼다고 하더라고요."

"누구나 다 이유는 있죠."

형사가 어색한 미소를 짓는다.

"그 악플러 지금 어딨습니까?"

"밥을 못 먹었다고 해서 요 앞 식당에 보냈습니다. 좀 있으면 올 거예요."

"알겠습니다."

"가해자가 어머니랑 같이 왔는데, 애가 여섯 살이라고 하더라고요. 뭐 거의 가해자 어머니가 키우는 것 같고. 애도 엄마한테 안 가더라고요. 엄마인 줄은 아나 모르겠네."

그거야 내 알 바 아니다.

심드렁해서 고개를 끄덕이니까, 경찰이 끙 하며 신음 소리를 내고 다시 말했다.

"학교 다닐 때 왕따였다네요? 그래서 자퇴하고 아르바이트를 하다가 남자 잘못 만난 거지. 덜컥 임신해서 계획도 없이 애를 낳고 인생 꼬인 거죠."

그거랑 악플이랑 무슨 상관이라고.

차라리 왕따 가해자들 SNS에 악플을 남겼으면 심정적으로 이해를 해주겠지만, 내 스타에게 한 짓은 용서할 수가 없다.

"제 생각에는 적당히 합의하시고……."

"형사님."

"예?"

"걔가 남긴 악플 읽어보셨습니까?"

"아, 뭐."

기억이 안 나는 건지, 아니면 제대로 확인하지 않은 건지 모르겠지만, 형사가 뒤늦게 우리가 제출한 서류를 뒤적거린다.

"교통사고 나서 죽어라, 아직도 살아 있네, 남자들이나 만나라 등등… 입에 담기도 거북한 말들이 수백 갭니다. 선처하지 않을 겁니다."

혹여 윤소림의 마음이 흔들릴까 싶어서, 고소하기 전에 신신당부를 했다. 선처한들 어차피 달라지는 것 없다고. 오히려 선처를 하면 악플러를 잡기 위해 고생한 사람들의 노력만 수포로 돌아간다고 말이다.

"오래 걸리네요. 저희 밖에서 기다리겠습니다."

"아, 그러세요."

형사가 이맛머리를 긁적이며 말했다.

그래서 자리에서 일어나 밖으로 나오는데, 윤소림 또래로 보이는 여자애가 들어왔다.

직감으로 알 것 같았다.

악플러다.

『평은? : 기축(己丑)년 무진(戊辰)월 을미(乙未)일』

『운명 : C』

『현생 : D』

『전생부(前生簿) 요약 : 타인을 음해하고, 뒷말을 옮기고, 저주하였다. 말로 만든 업이 쌓여 하늘을 가릴 정도다. 망자에게 다음 생이 있을지 알 수 없으나, 있다 하여도 같은 굴레를 벗어나기 힘들 것이다. 스스로 만든 굴레만큼 강한 것은 없기에.』

순전히 호기심에 생의 계획을 확인했다.

저승이가 혀를 찬다.

[좋은 말 적힌 게 하나도 없네. 전생이 어지간히 안 좋은 모양이네요.]

윤소림과 같은 나이면 스물넷이다.

전생이 어떤 것이든, 현생에서 저지른 잘못을 책임질 나이다.

여자가 날 알아봤는지 당황스러워했지만, 나는 그냥 지나쳐 버렸다.

그런데 나오는 나를 누군가 붙잡았다.

희끗한 머리, 안절부절못하는 얼굴.

[악플러 어머니예요.]

그 옆에는 어린아이가 쪼그려 앉아 있었다.

"저기, 그 대표님이시죠?"

"예."

"대표님, 정말 죄송합니다. 우리 딸이 정말 큰 잘못을 저질렀습니다."

"어머님, 이런다고 고소 취하하지 않을 겁니다. 실례하겠습니다."

"한 번만 봐주세요. 애가, 학교도 제대로 못 나왔어요……."

형사의 입에서 나왔던 것과 같은 얘기가 이어졌다.

하지만 우리는 악플러의 사연을 들으려고 온 것이 아니다. 그녀의 과거가 중요한 게 아니라, 그녀의 '현재'가 중요한 거니까.

"저, KIS 피디 강기택입니다."

강 피디가 내게 눈짓을 하고 명함을 건넨다.

인터뷰를 딸 생각인 듯해서, 나는 자리를 피해줄 생각으로 밖으로 나왔다.

마침 황 기자에게 전화가 왔다.

"변호사님, 전화 좀 받을게요."

"예. 전 담배 한 대 피우고 있을게요."

바로 전화를 받았다.

"어, 황 기자."

—지금 어디세요?

"왜? 무슨 일 있어?"

다급한 목소리였다.

—지금 N탑에 난리가 났어요.

"난리?"

—교통사고요, 웬디즈!

놀랐지만, 정신을 가다듬고 자세히 들었다.

신호 대기 중에 음주 운전 트럭에 치였다는 것이다.

후미를 제대로 박아서 차가 반파됐는데, 멤버들 중 한 명이 크게 다쳤다는 게 세러데이에 들어온 1보 소식이었다.

"누가 다쳤는지는 모르고?"

—아직이요.

"새로운 소식 있으면 좀 알려줘."

—예.

"아, 황 기자."

—예?

"차강준 단톡방 멤버 말이야. 그거 유유 아니고, 서준혁이었어. 그 자식이 유유 사칭한 거야."

—내 그럴 줄 알았다니까!

"내일 N탑에서 보도 자료 돌릴 거야. 타이밍 맞춰."

—으휴, 내가 진짜 우리 대표님을 미워하려야 미워할 수가 없어!

전화가 끊어지고, 나는 입술을 잘근 깨물었다.

[걱정돼요?]

고개를 가로저었다.

[그게 아니면요?]

"새삼… 내가 쓰레기라는 게 떠올라서 말이야."

웬디즈의 교통사고 소식을 듣자마자 머릿속에 이미지 한 컷이 떠올랐다.

누군가의 불행이 누군가의 기회가 되는 그런 시나리오 말이다.

그래서 잠깐 화단에 기대며, 강 피디와 대화 중인 악플러의 어머니를 바라보며 생각했다.

내 스타를 망가뜨리려는 악플러와 내 스타를 위해서라면 무슨 짓이든 할 수 있는 나.

악플러와 내가 다른 점은 무엇일까.

숨을 크게 내쉬고, 지갑을 꺼냈다. 오늘 받은 KIS 피디들의 명함이 꽉 차 있다. 그 안을 뒤적여서 명함 하나를 꺼냈다.

[스타두 엔터테인먼트 안용덕 실장]

정진모 매니저의 핸드폰 번호를 누르면서, 나는 지난번 미팅 날을 떠올렸다.

.

.

.

「〈플레이리스트〉팀 미팅 겸 회식」

"진모 씨가 인기 차트 일일 MC를 한다고요?"

"예. 웬디즈가 저희 OST 불러준 게 고맙기도 하고, 저희 드라마 좋아해 준 팬들에게 여운도 느끼게 해줄 겸 해서 웬디즈 컴백 시기에 맞춰서 출연하기로 했어요."

"오, 그거 괜찮은 생각이다."

엄 피디가 고개를 끄덕이자, 정진모가 술 한잔을 마시고 번들거리는 입술을 다시 열었다.

제3장

청소년 베스트 오디션

“마침 이번에 SBC에서 KPOP 타이틀을 걸고 야외 특설 무대를 한다고 하더라고요. 제가 가서 플레이리스트 홍보 제대로 하고 올게요.”

정진모가 넉살을 떨며 말하자, 엄란 피디도 좋아하는 기색을 감추지 않았다.

“이러다 우리 프로그램 국제적으로 뜨겠는데요?”

“하하, 그렇게 얘기하시니까 갑자기 제 어깨가 무거워지는데요? 이거 괜히 말 꺼낸 거 아닌가 모르겠네요.”

“사실, 우리도 공중파 음악방송 피디님들 한번 만나볼 생각이었거든요.”

“왜요?”

“우리 무대에 선 가수들이 추억 소환 한 번으로 끝내면 섭섭하잖아요. 공중파 무대에도 서봐야지. 뭐, 당장 출연할 수는 없겠지만, 우리 프로그램 방영되고 사람들 반응이 있으면 긍정적으로 검토하지 않겠어요?"

"그거 좋은 생각이네요."

정진모가 맞장구치자, 엄 피디가 제 턱을 톡톡 치며 우리를 쳐다본다.

"이왕 홍보하는 거, 둘이 같이 일일 MC 하면 더할 나위 없을 텐데… 그렇죠?"

한껏 기대하며 날 쳐다보는 엄 피디의 얼굴을 봤을 때만 해도, 나는 웬디즈에게 다가올 불행을 까맣게 잊고 있었다.

.

.

.

—예, 대표님!

정진모 매니저가 전화를 받았다.

지난번 만났을 때처럼 유쾌한 목소리였다.

나는 그에게 웬디즈의 교통사고 소식을 알렸다.

—이거 당황스럽네요. 웬디즈 컴백 무대 때문에 진모가 일부러 스케줄 뺀 건데.

"그래서 말인데, 일일 MC 건은 그대로 추진했으면 합니다."

스케줄이 잡힌 것이기 때문에 바뀌진 않을 거라고 생각하지만, 혹시 몰라서 미리 전화한 것이다.

—일단, 진모하고 상의해 보겠습니다. 하지만 이미 잡힌 스케줄이니까 바뀌진 않을 겁니다. 그러면… 소림 씨도 빠지지 않고 하는 거죠?

"예."
나는 힘주어 대답했다.

*　　　*　　　*

「SBC 방송센터」

"뭐 해?"
매점에 다녀온 매니저가 뭔가를 불쑥 내밀며 묻는다.
SBC 공개홀 매점에서 파는, 아이돌이 즐겨 먹는 샌드위치가 정진모의 눈에 들어온다.
"오, 이게 그 유명한 아이돌 샌드위치라 이거지?"
샌드위치를 받아 든 정진모를 보면서, 매니저가 다시 물었다.
"뭐 하고 있었냐고."
"3W 선배님들하고 까똑 좀 했지."
"스캔들이 아주 고프지?"
"스읍! 선배님들한테 무례하게."
"스읍! 나한테 무례하게!"
정진모와 매니저가 하얀 이를 드러내며 서로에게 으르렁거린다.
"그러는 형은? 그날 아주 사인 받고 날아다니던데?"
"당근이지, 여신 강림인데! 무려 세 분이나!"
권혜선, 슬기, 레니.
매니저는 그날 너무 행복해서 잘 때 눈물을 찔끔 흘렸을 정도였다.

"그러는 지는? 배우라는 놈이 윤소림 앞에 고등학생처럼 얼굴이 벌게져서 말이야. 왜에? 소리라도 지르지 그랬냐?"

"지를 거거든? 본방 보면서 아파트 떠나가라 지를 거거든?"

"내가 너희 부모님께 이를 거야. '아드님께서 지금 여배우한테 빠져서 큰일입니다'라고!"

"피차 마찬가지네. 나도 형 부모님 찾아갈 거야."

"야, 지난번에 네가 사다 준 장뇌삼, 아버지가 잘 먹었다고 전해 달래."

"몸에 맞으시대? 그거 아침 빈속에 이파리까지 꼭꼭 씹어 드셔야 하는데. 그렇게 했지?"

"어어, 기운이 넘치셔. 나 그날 게임하고 있다가 아버지한테 뒤통수 맞았잖아? 오랜만에 고딩 때 뒤통수 맞았던 생각이 날 정도로 강한 힘이었어."

"거기 삼 잘 키운다니까. 장뇌삼이라고 우습게 보면 안 돼. 암, 그라믄 안 돼."

"고마우이."

그런 그들을 눈살을 찌푸리며 보는 스타일리스트와 메이크업 담당.

"어떻게 얘기가 저렇게 빠져?"

"하루 이틀이냐. 저 둘은 얘기에 기승전결이 없어."

한숨 쉬던 그녀들이 고개를 돌렸다.

복도를 걸어오는 여자, 까칠한 스타두엔터 우예지 팀장이 볼일을 본 후 돌아오고 있었다. 그것도 모르고 저 두 사람은 계속 떠들고 있고.

"형형, 우리 이따가 피시방 들를까? 간만에 밤샘 콜?"

"오오, 그거 굿 아이디어인데?"
"굿 아이디어?"
불쑥 들린 목소리에 낄낄 대던 두 사람이 고개를 돌렸다.
"말했지? 또 피시방 가서 죽치면 너희 둘 내가 찢어버릴 거라고."
우예지 팀장의 경고에 두 사람이 끄응 소리 내며 제정신들을 찾는다.
정진모는 배우의 카리스마를 되찾고, 매니저는 급하게 스케줄표를 확인했다.
그때, 요란한 발소리를 내며 까치 머리 남자가 이들 앞에 헐레벌떡 뛰어왔다.
"아휴, 오래 기다렸죠? 미안미안, 오늘 정신이 없어요. 사건 사고가 끊이질 않거든. 이놈의 연예계는 진짜 마가 끼었나. 아, 우 팀장님도 오셨네요?"
"안녕하세요, 피디님."
인기차트 설민수 피디.
"예, 안녕하세요. 하하, 미안해요, 내가 좀 시끄럽죠? 배우랑 일하는 게 진짜 오랜만이라 들떠서 그래요."
"배우라고 뭐 특별한가요."
"아이고, 정진모 배우는 특별하죠. 제가 주식의 신을 몇 번을 봤는데요. 크, 목적을 향해 나아가는 주인공의 거침없는 카리스마! 역시 배우는 뭔가 달라."
설 피디는 감탄사를 열 페이지 분량 정도 쏟아내고 나서 본론에 들어갔다.
"급하게 연락드린 것은, 다름 아니고 웬디즈가 사고가 났답니다. 저도 지금 막 전해 들은 거예요. 기사도 방금 떴더라고요."

정진모를 비롯해 다들 핸드폰을 꺼내 들었다.

[속보] 걸 그룹 웬디즈 교통사고

기사를 본 우예지 팀장이 정진모를 돌아봤다. 수다 떨던 모습은 싹 사라지고 진지함만 남아 있었다.

"웬디즈 컴백 무대는 물거품이 된 것 같은데… 그래도 혹시나, 그럴 리 없겠지만, 우리 프로그램 출연 의사에 변동이 생길까 싶어서 이렇게 뵙자고 했습니다. 진모 씨는 웬디즈 때문에 출연하는 거니까. 근데 여기까지 오실 줄은 몰랐네요."

"마침 SBC에 볼일이 있었습니다. 괘념치 마세요."

드라마국에 인사할 일이 있어서 겸사겸사 들렀기 때문에 괜한 걸음은 아니었다.

정진모는 턱끝을 매만지다가 잠깐 딴 곳을 보며 생각을 정리했다.

설 피디가 고민하는 배우의 모습에 저도 모르게 빠져들 즈음, 그가 생각을 말했다.

"약속한 건데 당연히 출연해야죠. 웬디즈가 출연하지 않더라도요."

"아이고, 한시름 놨네."

하지만 설 피디가 아직 완전히 시름을 내려놓은 것은 아니었다. 눈치 보며 머뭇머뭇하다가 다시 입을 연다.

"그리고 퓨처엔터는……."

"아, 그쪽이랑도 통화했습니다."

"거기는 뭐라고……."

정진모 매니저는 고개를 끄덕이며 말했다.
"예정대로 진행될 겁니다."
변동 사항 없이 진행하자고 먼저 제안한 것도 퓨처엔터 쪽이었다.
웬디즈의 교통사고 소식을 어디서 입수했는지 모르겠지만, 기사가 뜨기도 전에 연락이 와서 일일 MC 건은 변동 사항 없이 진행하자고 제안했다.
"그래도 조금 아쉽네요. 윤소림하고 웬디즈하고 한 무대 서 있는 모습이 카메라에 담기면 끝내줬을 텐데."
설 피디가 조금 아쉬운 표정으로 중얼거리자, 정진모가 관심을 보였다.
"왜요?"
"같이 N탑에서 한솥밥 먹었잖아요. 듣자 하니 윤소림이 웬디즈에 합류할 뻔했었다고 하던데. 그 둘 사이가 좋을지 안 좋을지는 모르겠지만."
꽤 이슈는 될 만한 그림이었다.
"소림 씨가 출연한다고 한 거 보면 관계는 나쁘지 않았을 것 같은데요."
"그거야 모르죠. 나 이렇게 성공했다, 뭐 그런 과시일 수도 있지 않겠어요? 아, 그냥 해본 소리예요."
설 피디는 서둘러 손사래를 쳤다. 정진모의 눈빛이 살짝 안 좋았기 때문이다.
정진모가 깍지 낀 손을 무릎에 올리며 다시 입을 연다.
"그리고 피디님, 성지훈 선배님하고 3W 선배님이요."
"아, 걱정하지 마세요. 엄란 피디와 통화했고요, 저도 윗선에 얘기해서 무대 한번 추진해 볼 생각이니까."

복고 열풍을 넘어 뉴트로 열풍이 시작되는 지금, 음악 프로그램 피디로서 놓칠 수 없는 기회이기도 했다.

얘기가 잘 끝난 것 같아서 정진모는 흡족해하며 일어났다.

퓨처엔터 대표가 〈플레이리스트〉의 물꼬를 텄다면, 자신은 프로그램이 뒷심을 낼 수 있게 판을 만들었다. 만족할 만한 미팅이었다.

하지만 주차장으로 향하는 길에, 정진모가 우예지 팀장을 힐끗 보며 물었다.

"뭐가 잘못됐어요? 윤소림 얘기 나올 때부터 안 좋은 표정이던데. 우리 둘이 일일 MC를 하는 게 좀 그런가?"

그 시점부터 우 팀장의 표정에 금이 가 있었다.

"아니야, 플레이리스트 홍보에도 좋은 일이잖아."

"그럼 왜 그러세요?"

"걔네 소속사 대표."

"최 대표님이요? 그분이 왜요?"

그 질문에, 우 팀장이 차에 오르면서 속삭였다.

"개새끼라서."

*　　　*　　　*

유병재, 차가희, 김나영 팀장.

경찰서에서 돌아와 퓨처엔터 주춧돌들을 앞에 나란히 두고 상황을 정리했다.

"소림이는 어때?"

나는 유병재를 힐끗 쳐다보고 물었다. 팔짱 낀 곰이 한숨을 쉰다.

"웬디즈가 입원한 병원에 가고 싶다는 걸 겨우 말렸습니다. 정말 많이 놀란 눈치더라고요. 처음 봤습니다, 그런 모습."

"멤버들하고 각별한 사이니까. 기자들 분위기는?"

이번에는 꼿꼿이 선 스카프를 바라봤다. 김나영 팀장이 씁쓸한 미소를 기울인다.

"플레이리스트는 묻히겠는데요?"

이슈는 이슈로 덮인다.

〈플레이리스트〉와 관련한 기사는 이번 사고 소식에 묻힐 거다. 물론 전처럼 관심을 아주 못 끌지는 않겠지. 대세 윤소림이 출연하는 거니까.

하지만 만족할 수준은 되지 못한다.

차가희도 아쉬운 투로 속삭인다.

"에이, 스케줄까지 빼서 일일 MC 하게 된 보람이 없어졌네. 웬디즈는 무대에 못 설 테니까."

원래 내 그림은 단순했다.

그날 엄란 피디가 기대의 눈빛으로 날 바라봤을 때, 나는 윤소림이 무대에 올라가 웬디즈와 만나는 그림을 떠올렸다.

그것만으로 두 사람을 둘러싼, 어디서 시작됐는지 알 수 없는 악의적인 소문을 어느정도 종식시킬 수 있겠다는 생각이 들었다.

요란할 것도 없이 딱 그 장면만을 원했는데.

멍청하게도 말이지. 어떻게 이 사고를 기억하지 못했을까.

나는 기억을 뒤로하고 얘기를 정리했다.

"달라지는 건 없어. 스케줄대로 움직여. 윤소림은 스페셜 MC로 인기차트 무대에 설 거야."

"예, 알겠습니다. 그리고 예정대로 기사는 내지 않을게요. 웬디즈가 빠진 무대에 윤소림이 올라가는 것이 악플러한테는 좋은 먹잇감일 테니까요."

"아니, 기사 내."

"예?"

놀란 김나영 팀장에게 한마디를 덧붙였다.

"웬디즈 기사를 내."

"웬디즈 기사를요?"

황당할 수밖에.

윤소림도 아닌 웬디즈. 다른 기획사의 걸 그룹을 홍보하라는 거니까.

"어차피 웬디즈 기사가 쏟아지겠지만, 우리도 할 수 있는 만큼 뭐라도 관련 기사를 내봐. 가능하면 연습생 생활이 얼마나 됐는지, 어떻게 데뷔했는지 같은 기사를 내면 좋을 것 같아. 단, 윤소림이 언급되면 안 돼."

나는 이번 일로 대중의 신경이 1년 차 걸 그룹 웬디즈에게만 쏠렸으면 좋겠다.

웬디즈가 누구인지, 걔들이 어떤 팬을 가지고 어떤 노래를 가지고 있는지, 어떤 곡으로 데뷔했는지 등등.

그래서 사람들이 의아해했으면 좋겠다.

왜 무대에서, 저 웬디즈가 윤소림을 끌어안고 펑펑 울고 있는지.

저 둘이 무슨 관계길래…….

[웬디즈가 무대에 설 거라고요? 큰 사고라면서요?]

저승이가 명부를 바삐 뒤적이며 묻는다.

'지금 N탑은 단톡방 스캔들에 이어서 이번 일까지 터지는 거야. 그러니까 무리해서라도 애들 올려서 회사가 아직 건재하다는 걸 보여주려고 할 거야.'

지난번 단톡방 스캔들로 N탑 주가는 곤두박질쳐서 아직까지 회복하지 못한 상태다.

그러니 이번 악재까지 더해지는 것을 두고 볼 리가 없다.

내 기억이 맞다면, 메인보컬 차아린만 크게 다치고 나머지는 경상 정도에 그쳤다.

[그러면 교통사고를 당한 웬디즈, 그 컴백 무대의 일일 MC 윤소림…….]

저승이의 속삭임을 이어받아 나 역시 생각했다.

'연습생 시절 한솥밥을 먹었던 아이들이, 시련의 상황에서 한 공간에서 마주한다면 어떤 일이 벌어질까?'

머릿속 내 그림을 살짝 비쳐봤더니…….

저승이 이 자식, 지금 눈으로 나 욕한 것 같은데.

고개를 절레절레 흔든 녀석이 다시 날 쳐다봤을 때는 입꼬리가 올라가 있다.

[역시, 이래야 아저씨지.]

그래, 나는 이번에 웬디즈의 안 좋은 상황을 확실히 이용할 거다.

머릿속 그림이 더욱 선명해졌다.

*　　　*　　　*

띠딕.

박은혜는 교통카드를 기기에 찍고 버스에서 하차했다.

바람에 흩날리는 머리카락을 붙잡으며 가방에서 이어폰을 꺼냈다.

귀에 꽂으려는데, 저 앞에 뒷모습이 익숙한 여자애들 셋이 걸어가고 있었다.

두 명은 가까이 붙어 있고, 한 명은 조금 떨어져 있다.

그래서 걸음을 서둘러서 셋에게 다갔다.

"얘들아, 안녕!"

"언니!"

"안녕하세요."

"아, 안녕?"

각기 다른 인사를 하고, 박은혜가 물었다.

"무슨 얘기들 하고 있었어?"

그러자 소연우가 제 턱을 손으로 받치며 말했다.

"제가 우리 넷의 한 가지 공통점을 깨달았거든요."

"뭔데?"

"우리 넷 다 N탑 오디션에서 떨어진 사람들이라는 거요."

이제야 진실을 알게 된 소연우.

너무 놀라서 아침부터 대박이라는 말을 입에 달고 있었다.

권아라가 말했다.

"연우하고 저는 떨어질 만했어요. 최악이었거든요. 근데 언니들은 왜 떨어졌는지, 물어봐도 돼요?"

"난 성대결절 있었거든. 대표님이 그날 바로 알아채시더라고. 지적받고 나서 패닉 상태였어. 춤도 어떻게 췄는지 모르겠고."

박은혜가 잠깐 그날을 떠올리며 얘기하고, 옆을 쳐다봤다.

동그란 안경을 쓴 송지수가 머뭇거리다 입을 열었다.

"난… 준비를 많이 했는데, 너무 떨려서 실수를 많이 했어. 가사도 틀리고, 춤도 엉망이었고. 바보같이."

"아니야, 그게 왜 바보 같은 거야. 원래 다 떨려."

박은혜의 위로에 소연우가 눈을 가늘게 뜨고 끼어들었다.

"난 별로 안 떨렸는데. 아라, 너도 안 떨렸지?"

"떨었어. 너야 원래……."

말을 멈추고 그윽하게 바라보는 시선.

"뭐지? 그 눈빛은?"

"할많하않"

할 말은 많지만 하지 않겠다는 권아라의 철벽.

소연우가 거칠어진 숨을 들이마시고 후 뱉을 때, 박은혜가 분위기를 바꾸려고 농담을 꺼냈다.

"그럼 우리 회사에서 오디션에 한 번에 붙었던 사람은 소림 언니밖에 없는 거네?"

오디션에 붙었던 사람은 배우를 하고 있고, 떨어진 애들은 걸그룹을 준비하고 있는 묘한 상황.

농담이라고 꺼냈는데, 왠지 우울해지는 상황.

"근데, 그때는 청소년 베스트 오디션이었잖아요? 노래 못해도 뭐 하나만 잘나면 뽑혔대요."

소연우는 핸드폰을 뒤적였다.

연습생들이 즐겨 찾는 사이트에 들어가서 얼마 전 본 게시 글을 찾아 읽었다.

"소림이 언니랑 같이 오디션 본 사람이 올린 글인데, 그날 소림 언니가 유일하게 얼굴짱으로 뽑혔대요."

"진짠지 가짠지 어떻게 알아."

흐름을 깬 권아라가 걸음을 멈췄다.

네 사람은 건물 계단을 오르는 대신, 지하로 내려갔다.

퓨처엔터는 지난달부터 건물 지하층까지 임대해서 연습실로 꾸몄다.

N탑에 연습생을 위탁한다고 해도, 언제든 자유롭게 연습할 공간이 필요해서였다.

그런데 오리 새끼들처럼 나란히 계단을 내려간 네 사람은 연습실 앞에서 머뭇거렸다.

얼굴짱이 연습실에 있었기 때문에.

* * *

윤소림은 연습실 내부를 찬찬히 살폈다.

공사가 끝난 지 얼마 안 돼 티 없이 깔끔해 보였다. 구석에 놓인 공기청정기가 조용하게 돌아가고 있었다. 희미한 바람 소리를 들으면서, N탑 오디션에 합격하고 처음으로 연습실에 들어갔을 때를 떠올린다.

연습실 거울에 비친 제 모습을 처음 보면서 현기증이 느껴졌던 그때의 두근거림이 다시 느껴진다.

그래서, 무릎을 살짝 접었다가 쭉 펴봤다.

춤을 안 춘 지 1년이 넘게 지나서인지 통증은 없었다.

드라마 촬영 중에 가끔 통증이 느껴진 적은 있지만, 격렬한 춤 동작을 매일 연습하던 때와 비교하면 아무것도 아니었다.

500살 마녀 촬영이 끝나고, 장산그룹 '유복희'에 대한 생각을 계속했다. 유복희는 밥 먹을 때 무슨 생각을 할까, 유복희는 칫솔을 어떻게 쥘까, 유복희는 여기서 어떤 결정을 내릴까.

하지만 오늘은 아무 생각도 할 수가 없었다.

정확히는 사고 기사를 본 순간부터 머릿속이 어질러졌다.

"후."

윤소림은 핸드폰을 꺼내 블루투스 스피커와 연결했다.

대표님의 배려인지, N탑에서 쓰던 기종이어서 연결하는 방법은 어렵지 않았다.

잠시 뒤에 음악이 흘러나왔다.

춤 연습에 앞서 워밍업을 할 때면 어김없이 재생했던 음악.

1년 만에 다시 듣는 것이지만, 어제에 이은 오늘 같았다.

몸은 춤 동작을 잊지 않았다.

N탑 연습생들은 처음에 기본 춤 동작을 배우는데, 마흔 가지 춤 동작을 몸에 완전히 익히는 데 걸리는 시간은 연습생들마다 천차만별이지만 윤소림은 꼬박 6개월이 걸렸다.

N탑의 역대 연습생들 중 가장 빠른 습득이었다.

'너 지금 병원 찾아가면 기자들 먹잇감이 될 뿐이야.'

기사를 보자마자 웬디즈가 입원한 병원에 찾아가겠다는 그녀를 유병재가 말렸다.

그래서 전화를 해봤지만 연결이 되질 않았다.

문자를 보냈지만 답이 없었다. 웬디즈 멤버들 누구하고도 연락이 되질 않고 있었다.

"하아."

윤소림은 숨을 몰아쉬었다. 땀이 턱에 대롱 매달렸다.

무릎은 견딜 만했고, 스피커에서는 다음 노래가 흘러나왔다.

'대표님이 알아보셨는데, 차아린을 제외하고는 다들 타박상 정도라는 것 같아.'

'아린이는… 많이 다쳤어요?'

'아마, 이번 앨범 활동은 못 할 것 같아.'

김나영 팀장은 그녀를 불러놓고 웬디즈의 상황을 설명해 줬다.

컴백을 앞두고 큰 부상을 입었다는 것은 더 말할 필요 없이 최악의 상황이다.

앨범을 만들기 위해 흘린 땀, 관계자들이 쏟은 시간, 들어간 돈…….

모든 것이 엉망이 된다.

하지만 가장 크게 실망하는 것은 당사자들이다.

윤소림은 그 사실을 누구보다 잘 알고 있었다.

'상황이 이렇지만, 스페셜 MC 건은 변동이 없을 거야.'

얄궂은 일이었다.

웬디즈가 올라가지 못하는 무대에 올라가서 진행을 하게 됐으니까.

오랜만에 얼굴을 볼 수 있게 돼서 기대했는데, 최악의 상황이 돼버린 것이다.

머릿속이 얽히면서 음악 소리도 더는 들리지 않았다.

춤이 갑자기 불편해졌다. 몸이 통제할 수 없이 제멋대로 움직이는 것 같았다.

결국 발목이 삐끗거리면서 바닥에 주저앉아야 했다.

'언니, 괜찮아?'

'언니, 다치지 않았어요?'

'잠깐만요, 에어파스 가져올게요!'

귓가에 들리는 환청에 윤소림은 땀에 젖은 얼굴을 들었다.

백애리, 유민주, 곽설희…….

함께 데뷔를 준비했던 세 명의 얼굴이 아른거리다가 사라진다.

잠깐 넋 나가 있는 그 모습을 지켜보는 시선.

저승이는 허리를 산등성이처럼 구부리고 윤소림을 가까이에서 지켜봤다. 싸늘하지만, 미소가 곁든 눈웃음을 보이며 속삭인다.

[꽤 재밌네. 윤소림과 웬디즈의 관계는.]

그리고 이런 윤소림을 지켜보는 또 다른 시선.

저승이는 굳이 뒤를 돌아보지 않았다. 최고남의 걸음걸이, 몸짓, 시선을 보지 않아도 알 수 있었다.

윤소림이 고개를 든다. 저승이의 시선을 스치고, 그 옆을 올려다본다.

문득, 저승이는 지금 최고남은 무슨 생각을 하며 윤소림을 보고 있을지 궁금해졌다. 그래서 생각을 엿봤다. 사자로서의 권한이었고, 관리자의 의무.

최고남의 기억들이 눈앞에 펼쳐진다.

*　　　*　　　*

「2017년, N탑 엔터테인먼트」

"얘 지금 스물셋입니다. 열여섯 살에 연습생으로 들어와서 그만큼 나이를 먹었어요. 이번에 데뷔 못 하면 얘한테 희망이 없습니다."

"나도 알지. 근데, 걔 무릎 지금 폭탄이잖아. 걔 하나 때문에 그룹 색을 바꿀 수도 없는 거고. 최 부문도 알잖아?"

"아까워서 그럽니다. 재능이 아까워서요."

"우리 회사가 애들 재능에 올인하는 시스템이야? 유유 정도면 또 몰라. 그 정도는 아니잖아? 걔 하나 때문에 나머지 넷을 억누르면서까지 팀에 넣을 수는 없어."

"애들하고 쌓은 팀워크가 있으니까……."

"그 팀워크가 깨지고 있잖아."

그 말에, 최고남이 한숨을 쉰다.

홍보이사는 잠깐 그를 쳐다보다가 다시 말했다.

"최 부문답지 않아. 애 아끼는 건 잘 알지만, 나머지 애들도 생각해야지. 가서 정리해."

홍보이사가 자리에서 일어나더니 저승이의 몸을 뚫고 밖으로 나간다.

연기처럼 흩어졌던 저승이의 몸은 다시 모여서 최고남의 곁에 붙었다.

그는 책상에 놓인 종이를 보고 있었다.

종이에 적힌 이름은, 차아린.

—…언니는 데뷔하는 것이 무리라고 생각됩니다. 연습할 때마다 무릎에 무리가 갑니다. 데뷔를 하면 팀에 안 좋은 영향을 끼칠 거라고 생각합니다. 그러니까, 다른 멤버로 대체해 주세요.

눈살이 찌푸려지는 투고에 저승이는 콧바람을 싸하게 뿜었다.

최고남이 종이를 구기고 일어난다.
밖으로 나와서 고개를 돌린 그의 눈동자에 매니저와 상담하고 있는 여자가 비친다.
[차아린.]
눈이 마주친 그녀가 눈인사를 한다.
최고남은 고개를 끄덕이고 연습실로 향했다.
연습실의 작은 창 너머에서 차아린을 제외한 데뷔조 애들이 춤을 추고 있었다.
백애리, 유민주, 곽설희 그리고 윤소림.
지켜보는데, 윤소림이 삐끗하더니 넘어진다.
그러자 나머지 세 명이 하던 동작을 멈추고 윤소림을 챙긴다.
놀란 얼굴로 안절부절못하면서.
그 모습을 보면서 최고남은 한숨을 쉬고 연습실 문을 열었다.
달라붙는 아이들의 시선이 날카로운 얼음 조각 같았다.
"소림아, 얘기 좀 할까?"
최고남은 윤소림을 사무실로 불렀다. 먼저 올라가 있자, 윤소림이 조금 뒤에 올라왔다.
소파에 앉히고, 최고남은 책상에 올려둔 연습생 계약서를 손에 집었다가 다시 내려놓았다.
그러고는 앉아 있는 윤소림의 무릎을 바라봤다. 무릎 보호대 끈이 조금 풀어져 있었다.
그래서 다가가서 손을 뻗었다.
"아, 제가 할게요."
"가만있어 봐. 아까 보니까 손도 삐끗한 것 같던데."

보호대 끈의 찍찍이를 떼고 적당히 다시 조여준다.

그런 다음에 에어 스프레이를 뿌린다.

윤소림이 잠깐 고개를 돌렸다. 최고남은 손을 흔들어서 스프레이 연기를 흐트러뜨렸다. 그런 뒤에 윤소림과 눈을 마주했다.

"소림아, 여기까지만 하자."

윤소림의 얼굴이 굳어졌다.

"잘못했습니다. 열심히 하겠습니다. 노력하겠습니다. 성형도 할게요."

급기야 아픈 무릎으로 무릎을 꿇는다.

최고남의 얼굴이 일그러진다.

"나한테 빈다고 해결되는 일이 아니야. 너 충분히 재능 있는 것 같아서 나도 미련을 가지고 계속 뒀던 건데, 미안하다… 욕심부려서."

"부문장님, 저 지금 나가면 아무것도 못 해요. 어디로 가라고요. 엄마랑 아빠한테는 뭐라고 말해요?"

윤소림은 울고 또 울었고, 최고남은 턱 주름이 일그러질 정도로 안쓰럽게 그녀를 바라봤다.

"제발요. 저 아무것도 안 바라요. 그냥 연습실에 있게만 해주세요. 저 데뷔시켜 달라고 조르지 않을게요. 아니면, 저… 저… 아, 오디션 프로그램도 나갈게요. 나가서 N탑 이름 먹칠 안 할 테니까……."

"소림아."

최고남이 그녀를 불렀다.

"평범한 게 싫으니? 남들처럼 대학교 가서 엠티도 가고, 연애도 하고, 배낭여행도 가고, 수업도 땡땡이치고. 그게 싫으니?"

하얀 볼에 눈물이 흘러내린다.

윤소림은 흐느끼기 시작했다. 그러다가 신음을 파르르 토하며 대답했다.

"제 꿈이니까요."

그리고 저승이는 볼 수 있었다. 최고남의 표정이 뭔가 달라지는 것을.

"꿈이라. 꿈이라……."

.

.

.

최고남의 생각은 거기서 끝이었다.

저승이는 고개를 들고 지금 이 순간의 최고남과 윤소림을 바라봤다.

"머릿속이 정리가 좀 됐어?"

"예."

"웬디즈 애들, 보고 싶지?"

윤소림이 고개를 든다. 그러자 최고남이 미소 지으며 그녀에게 손을 내밀었다.

"안 일어나고 뭐 하고 있어. 애들 보러 가야지."

다음 순간, 윤소림은 자신에게 내밀어진 손을 힘껏 붙잡았다.

그런 두 사람을 보면서 저승이는 의구심이 들었다.

[악덕인 듯, 아닌 듯.]

두 사람을 뒤따라 연습실을 빠져나오면서, 저승이는 권아라와 소연우의 소곤거리는 소리를 들을 수 있었다.

"얼굴짱이 아닌데?"

"춤짱이었나? 으, 완전 기죽어."

*　　　*　　　*

「강남구, XX병원」

VIP 병동 앞에서 건장한 남자들이 서성거린다.

로비에는 카메라와 노트북을 든 기자들로 북새통을 이루고 있었다.

"저 사람들 누구야?"

"기자들입니다, 교수님."

"기자? 정치인이라도 입원했어?"

"아이돌이 교통사고 나서 저희 병원에 입원했거든요."

"아이들? 초등학생?"

교수의 반응에 뒤따르던 의사들이 빵 터질 뻔한 웃음을 꾹 누르고 말했다.

"아이돌이요, 걸 그룹."

"아."

고개를 끄덕인 교수는 기자들을 외면하고 로비를 가로질렀다. 하지만 몇 걸음 못 가서 그가 다시 물었다.

"누구야? 그 걸 그룹."

"웬디즈요."

"처음 듣는데? 유명해?"

"작년에 데뷔했는데, 아직 톱급은 아닙니다. 굳이 표현하자면, 잘나가는 인턴쯤?"

걸 그룹을 좀 아는 의사가 설명해 주자, 교수가 피식 웃으며 속삭인다.

"잘나가 봤자 인턴이 인턴이지."

의사들의 웃음소리가 엘리베이터로 이어질때, 핸드폰을 어깨와 목 틈에 딱 붙인 여자가 속삭이는 목소리로 통화하며 그들을 스쳐 지나갔다.

"여기 지금 N탑 매니저들 다 왔나 봐요. 분위기 살벌해."

—기자들은?

"당연히 개미 떼같이 몰려 있죠. 나도 뭐 그 개미 중 한 마리지만. 아, 서준혁 건 고마워요. 그거, N탑에서 보도 자료 돌리기 직전에 우리 쪽에서 먼저 내기로 했어요."

황 기자는 왠지 어색해서 쓸데없이 엉덩이를 털고 로비 의자에 앉았다.

—순순히 그러래?

"안 그러면 오늘 낸다고 그랬지."

—악덕이네.

"와, 나 대표님한테 그런 소리 들으니까 당황스럽네."

툴툴거리면서, 황 기자는 주변을 좀 더 살피고 말했다.

"근데, N탑이랑 지난번에 응어리진 거 다 푼 거 아니었어요?"

—연 대표님 얼굴도 못 봤어.

"징그럽다. 그렇게까지 도와줬는데?"

—대가를 받았잖아. 기브앤테이크지. 근데 왜 전화했어?

"아니, 뭐 딱히 볼일이 있는 건 아니고요. 고맙다는 얘기도 할 겸… 그리고 혹시나."

—혹시나?

"웬디즈 병문안을 올 생각이 있으신가, 궁금하기도 하고."

—지금 거기에 우리 소림이가 가면 무슨 일이 일어날 것 같아?

"당근 난리 나죠."

—대답 됐지?

툭 끊어진 전화.

황 기자는 입맛을 다시며 속삭였다.

"하여간 정이 없어."

*　　　　*　　　　*

웬디즈 멤버들은 목 보호대를 한 채 병실 한편에 놓인 소파에 앉아서 차아린을 기다리고 있었다.

응급실에 실려 온 이후로 벌써 몇 차례나 이어진 추가 촬영이었다.

그리고 그때마다 부상 부위가 늘어나고 있었다.

멤버들도 다치지 않은 것은 아니지만, 차아린에 비하면 경미한 편이었다.

"예, 대표님."

대기하고 있던 홍보팀 직원 중 한 명이 전화를 받으며 밖으로 나갔다.

유민주는 눈을 동그르르 굴려서 병실을 살폈다.

너무 울어서 눈이 퉁퉁 부은 백애리는 잠이 들었고, 곽설희는 멍하니 잡지책만 쳐다보고 있다.

응급실에서는 약 냄새가 희미하게 코에 와 닿았는데, VIP 병실

안은 마치 호텔처럼 깔끔하고 아무 냄새도 나지 않았다.

코를 킁킁거리다가 흥미를 잃고 꺼져 있는 TV를 물끄러미 바라본다.

사고가 워낙 순식간에 나서 무슨 일이 있었는지 기억이 나질 않았다.

'아, 소림이 언니랑 까똑 중이었지.'

생각이 불현듯 떠올랐지만, 핸드폰은 어디 갔는지 보이질 않았다.

"언니, 소림 언니한테 연락 안 왔어?"

곽설희에게 물었지만, 그녀도 고개를 가로젓는다.

"나도 핸드폰 잃어버렸어."

아마도 사고가 난 차 안에 있는 것 같았다.

그렇다고 자고 있는 애리를 깨울 수가 없어서, 유민주는 고민하다가 홍보팀 직원에게 다가갔다. 그녀는 이어폰을 끼고 핸드폰을 보고 있었다.

"언니."

나직이 부르자, 그녀가 이어폰을 귀에서 빼다가 핸드폰을 떨어뜨렸다.

"아, 미안해요."

"괜찮아. 근데 왜?"

"저, 전화 좀 하게, 핸드폰 좀 빌려주실 수 있어요?"

"그래."

쿨하게 핸드폰을 건넨다.

그렇게 핸드폰을 가지고 병실을 조심스럽게 나왔다.

전화를 걸려고 핸드폰을 보니 유튜브 영상이 멈춰져 있었다.

"이거 어떻게 끄는 거야."

쓰고 있는 핸드폰과 달라서 화면만 더듬다가 실수로 재생 버튼을 툭 눌렀더니.

—안녕하세요, 여러분! 퍼프의 신 차가희예요! 오늘 차 스타일의 주제는 완벽한 변신입니다! 자, 그럼 함께할까요? 고고고!

"뭐야."

*　　　*　　　*

「퓨처엔터」

"얼마 만에 애들 보는 거야?"

나는 메이크업 중인 차가희의 등을 보며 물었다.

그녀는 눈앞의 입술 라인을 정성 들여 그리는 중이었다.

"한 1년 정도요."

입술 라인의 주인이 고개를 살짝 옆으로 내밀고 날 보며 말했다.

"그동안 연락은 계속 한 거지?"

"…예."

윤소림이 뒤늦게 고개를 끄덕이자, 차가희가 중얼거린다.

"참네. 이산가족도 아니고 같은 서울 안에 있으면서 얼굴을 못 보는 게 말이 되는 거니."

"그러게."

여러 가지 이유가 있었다.

N탑과 나의 불편한 사이, N탑을 나와서 퓨처엔터에 들어온 윤

소림, 바빠진 일상.

그런 것들이 합쳐지면서 아이들은 점점 더 만날 수가 없게 됐다.

“역시 조금 이상하네요.”

“뭐가?”

차가희가 잠깐 떨어져서 윤소림을 바라본다.

그래서 나도 볼 수 있었다. 윤소림이 씁쓸하게 미소 짓고 속삭이는 모습을.

“오랜만에 만나는데, 변장까지 해야 하니까. 애들이 나 못 알아보면 어떻게 하죠?”

지금 웬디즈가 입원한 병원에는 기자들이 개미 떼처럼 모여 있을 거다.

그런 기자들의 시선을 피하려면 변장 아닌 변장을 해야 했다.

차가희가 평소보다 더 손끝에 힘을 주는 이유이기도 했다.

“못 알아볼 수도 있지. 너무 예뻐져서 말이야.”

“예?”

윤소림이 고개를 갸웃한다.

메이크업 전에 주근깨도 그리고, 피부 톤도 어둡게 한다고 그랬기 때문이다.

차가희가 피식 웃고 얘기했다.

“대표님이, 너 되게 예쁘게 만들라고 그랬어.”

“아까는…….”

“그거야 너 놀리려고 그랬던 거고.”

“에휴.”

이 맛에 놀리는 거지.

윤소림이 배시시 웃는다.

"근데, 그렇게 했다가 기자님들이 알아보면 어떻게 해요?"

"모자 눌러써야지. 선글라스도 쓰고. 사복 입으면 괜찮을 거야. 그리고 지하 주차장으로 들어가니까 눈에 띌 일도 없어."

메이크업이 끝나고, 차가희가 나한테 손가락 도장까지 찍을 기세로 묻는다.

"약속하신 거예요?"

오늘, 그녀 인생의 역작을 만들어내면 내가 은별나라 스튜디오에서 유튜브 영상을 촬영해도 된다고 허락했기 때문이다.

그리고 잠시 뒤, 옷을 갈아입고 나온 윤소림을 보면서 나도 모르게 입꼬리를 올리고 말았다.

어깻죽지까지 내려오던 윤소림의 긴 머리가 망아지 꼬리가 됐다.

우윳빛 얼굴은 한층 정돈돼 문자 그대로 한 듯 안 한 듯.

선글라스를 써서 얼굴은 바로 알아볼 수가 없을 것 같다.

스타일링은 또 어떻고. 평소 윤소림이 입는 차분한 스타일이 아니었다.

라이더 스타일 재킷에 짧은 팬츠, 앵클부츠를 신어서 도발적이고 섹시한 느낌이 확 밀려왔다.

"삐."

나와 김나영 팀장이 경고음을 내자 차가희가 두 손을 올리며 왜 그러냐고 어필한다.

"Why?"

"너무 눈에 띄잖아. 옷은 다른 걸로 바꿔."

"아니, 이게 베스트트데. 유복희 스타일 몰라요?"

"지금 병원에 몰래 잠입하려고 하는 건데, N탑 매니저들한테 캐스팅 당할 일 있어?"

잠시 후 윤소림이 다시 옷을 갈아입고 나왔다.

조금 애매하긴 한데, 이 정도면 합격.

출발하려는데, 차가희가 내 팔을 붙잡는다.

"왜?"

"어허, 대표님이 제일 눈에 띄는 거 모르세요?"

"설마."

"그 설마."

결국 붙잡혀서 나도 차 스타일의 케어를 받아야 했다.

스타일 콘셉트는 야구 모자를 즐겨 쓰는 동네 오빠인데, 감기가 제대로 걸려서 마스크를 쓰고 있는.

뭐 그 정도인데, 최대한 눈에 띄지 않는 것이 핵심이다.

공들인 준비 과정을 끝내고 우리는 바로 병원으로 이동했다.

기자들을 피해서 지하 주차장에 차를 세웠지만, 누가 기자인지 알 수 없는 상황이라 경계를 유지하며 차에서 내렸다.

다행히 저승이가 주위를 한 바퀴 살펴보고 내게 알려줬다.

[저기 기자 하나 있는데, 딴 데 보고 있어요.]

'오케이.'

나는 윤소림과 함께 걸음을 서둘렀다.

엘리베이터를 타고서야 겨우 한숨 돌렸더니, 윤소림이 옅은 미소를 띠고 날 쳐다본다.

"왜? 나 이상해?"

"재밌다고 생각하면 안 되는데, 이 상황이 조금 웃겨서요."

"이렇게라도 해야 너 빨리 마음 털어내고 '유복희'에 집중할 수 있을 거 아니야."

"정말 애들 많이 안 다친 거죠?"

"곧 볼 텐데, 가서 눈으로 직접 봐."

윤소림이 고개를 끄덕인다.

엘리베이터가 멈췄다. 기자들 눈은 피했지만, 이제부터는 N탑 직원들 눈을 피해야 한다.

[이거 스릴 있는데요? 윤소림도 감쪽같고. 아저씨는 뭐.]

'내가 뭐?'

[그렇다고요.]

껄렁껄렁 앞으로 나간 저승이가 고개를 좌우로 두리번거린다. 그러더니 날 향해 눈빛을 보낸다.

[병실에서 나온 직원이 지금 막 화장실 가는데요?]

"가자."

다시 걸음을 재촉했다. 그때였다.

"거기 누구세요?"

고개를 살짝 돌려봤더니, 간호사가 우리를 쳐다보고 있었다. 기자들이 호시탐탐 기삿거리를 노리고 있어서인지 의심의 눈초리다.

"지금 면회 시간 끝났는데요."

그녀가 다가오는데, 화장실 가던 N탑 직원이 고개를 힐끗 돌린다.

이런. 달리 방법이 없어 보였다.

그래서 내가 미친 척하고 시선을 끌어볼까 생각할 때였다. 옆에서 불쑥 손이 들어왔다.

"간호사님, 괜찮아요. 저희 직원이에요."

유유 매니저 백승준이었다.
녀석이 고갯짓을 하자, 윤소림이 서둘러 병실 문을 붙잡았다.
문을 열기 전에 나를 돌아보길래 살짝 고개를 끄덕여 줬다.
밖은 걱정하지 말고, 안에서 멤버들과 실컷 회포를 풀라고 말이다.

*　　　*　　　*

깜빡깜빡.
차아린은 눈을 깜빡였다.
하지만 아무리 깜빡여도 장소가 바뀔 리 없었다.
병원이었고, 병실 침대에 누워 있는 것이 현실이었다.
고개를 돌렸다. 옆에서 위로해 주던 멤버들은 회사와 가까운 병원으로 옮겼다.
억지웃음을 띠고, 일부러 크게 웃으며 티격태격하던 멤버들이 떠나자 VIP 병실은 적막이 맴돌았다.
"앗……."
다리가 욱신거린다.
꺼진 TV에는 머리에 붕대를 감고 있는 제 모습이 비친다.
그래도 진통제 덕분에 전신에 느껴지던 욱신거리는 통증이 많이 사라져서 그나마 견디고 있었다. 몸은 나른하지만.
"그래도 다행이다. 애들이 크게 안 다쳐서."
차아린은 말꼬리를 흐리고 멤버들을 생각했다.
원래라면 머릿속에 셋이 아닌 넷이 떠올라야 했다.
하지만 그날, 그 투고 이후로 웬디즈 멤버는 한 명이 사라졌고 회사에서 더 이상 윤소림의 얼굴을 볼 수가 없었다.

그래서 지금도 벌을 받는 기분이었다.

"이번 앨범 진짜 많이 노력했는데……."

웬디즈는 데뷔와 동시에 대중의 주목을 받았다. 팬덤도 일찍 만들어졌다.

하지만 그건 멤버들의 실력이 뛰어나서라기보다는 음악제국 N탑의 후광이 컸다.

방송국에 갈 때도 피디가 그녀들을 대하는 태도는 힘없는 작은 엔터 회사의 아이돌을 대할 때와 확연히 차이가 났다.

그래서 지금까지는 데뷔해서 기쁘기보다는 살아남았다는 생각이 더 컸다.

이번 앨범은, 그래서 더 각오가 남달랐다.

음악으로 실력을 보여주고 싶었고, 웬디즈의 색을 확고히 하고 싶었다.

매일 A&R팀과 미팅을 하면서 녹음실과 연습실에서 살다시피 했다.

멤버들 모두가 잠을 아껴가며 노력했다.

그랬는데, 무대에 한 번도 서보지 못하고 그동안의 노력이 너무도 허무하게 물거품이 되어버렸다.

몸이 아픈 것보다 그게 더 속상하다.

하지만 차아린은 이런 마음들을 터놓을 상대가 없었다.

매니저와 직원들은 사고 수습을 하기 바빴고, 걱정하는 멤버들을 신경 쓰게 하고 싶지 않았다.

리더니까.

윤소림이 건네주고 간 자리니까.

그러니까 견뎌야 한다고 생각했다.

견뎌야 한다고…….

툭.

손등에 눈물이 투둑 떨어졌다.

누가 볼까 싶어, 차아린은 서둘러 눈물을 훔쳤다. 팔에 꽂힌 링거 줄이 출렁거린다.

그때, 병실 문이 열렸다.

화장실 갔던 직원이 돌아온 모양이었다.

"눈에 뭐가 들어……."

정신없이 변명하던 차아린은 다음 순간 말을 잇지 못했다.

또각또각.

다가오는 모습을 보면서 눈물이 하염없이 흘러내렸다.

오늘 가장 보고 싶었던 사람.

끅끅거리며 울음을 참던 그녀는, 윤소림이 다가와서 옅게 웃자 끝내 울음을 터뜨렸다.

"언니!"

엉엉 울음소리가 병실을 채운다.

윤소림은 차아린을 조심스럽게 품에 안고 등을 토닥토닥해 주며 속삭였다.

"괜찮아. 괜찮아."

"언니, 미안해요……."

"뭐가 미안해."

"언니가 안 아팠으면 했어요."

그래서 투고했는데.

"우리 때문에 언니가 버티는 거라고 생각했어요."

그랬는데…….

거친 흐느낌 속에서 차아린은 고해성사 하듯 그동안 전하지 못한 말을 꺼냈다.

미안하다는 말도 계속 했다.

너무도 오랜만에 둘이 마주 앉아서 우는 것이었다.

월말 평가에서 좋지 못한 성적을 받거나, 꾸중을 들으면 함께 이렇게 운 적이 많았다.

물론 항상 울기만 했던 것은 아니다.

밤에 몰래 숙소를 나와 떡볶이를 먹으러 가기도 하고, 영화를 보러 가기도 하고, 노래방에 가기도 했다.

윤소림, 백애리, 유민주, 차아린, 곽설희.

데뷔조로 다섯이 묶인 1년 반 동안 함께했던 수많은 시간들.

울음소리가 가시고서야 윤소림은 차아린의 머리를 쓰다듬어 주며 말했다.

"바보."

차아린이 배시시 웃는다. 실컷 투정 부리고 엄마한테 맛있는 거 해달라는 소녀처럼.

"울다가 웃으면, 큰일 나는데."

윤소림의 속삭임에 차아린은 웃음을 터뜨렸다.

떡볶이를 나눠 먹던 그때처럼.

*　　　*　　　*

[피투성이 된 몸으로 멤버들부터 챙긴 웬디즈 리더 차아린]

['활동 올 스톱' 차아린 대퇴부 골절 수술 불가피, 오늘 수술]

[가장 큰 부상을 당한 웬디즈 리더 차아린 '이마만 20바늘']

[경찰, 가해 운전자 측 소환!]

[이번 주 컴백 예정이던 웬디즈, 활동에 적신호!]

[웬디즈는 누구? 멤버 전원 '청소년 베스트 오디션 출신']

[단독] N탑 엔터테인먼트, 나머지 세 멤버 상태에 따라 활동 여부 결정짓겠다!

교통사고 발생 직후부터 웬디즈의 기사는 포털사이트 메인을 차지했다. 관련 기사가 계속 올라왔고, 실시간검색어에도 웬디즈가 오르내렸다.

N탑 홍보팀은 걸려오는 전화와 관심에 침착하게 대응했다.

얼마전 〈차강준 단톡방 스캔들〉로 이미 홍역을 치러봤기 때문에 신속하고 차분하게, 밤을 지키며 상황을 수습했다.

긴 밤이 물러나고 아침이 오자, 당직 근무자들과 출근한 직원들이 지금까지의 상황을 빠르게 인수인계하고 물갈이하듯 자리를 바꿨다.

오전에 홍보, A&R, 매니저, 경영지원, 프로듀싱팀이 모인 대표님 회의가 진행되기 때문에 전 직원이 발 빠르게 움직여야 했다.

"뭐 해? 서둘러!"

홍보팀 직원이 모니터에서 눈을 떼지 못하고 있자, 박수경 팀장이 눈살을 찌푸린다.

직원은 눈살을 찌푸려 모니터를 한 번 더 들여다보고 그녀를 쫓아갔다. 그리고 방금 눈으로 본 것을 속삭이며 엘리베이터에 오른다.

“웬디즈, 엠스트리밍 1위 했습니다.”

“그래?”

박 팀장은 선공개된 컴백 타이틀곡이 음악스트리밍 어플에서 1위를 차지했다는 소식을 미리 예견했다는 듯이 대수롭지 않은 반응이었다.

사고로 네티즌의 관심이 급증한 결과일 뿐, 어차피 1위를 할 곡이었으니까.

경영지원팀 사무실에 직원들이 속속들이 모였다.

다들 정해진 회의 시작 시간에 늦지 않고 자리를 채웠다.

말없이 파일철을 뒤적이거나 커피를 홀짝거리던 직원들은 연성만 대표의 등장에 다들 엉덩이를 주춤 들고 일어났다가 앉았다.

“지금 병원에 누가 나가 있어?”

“어젯밤에는 홍보팀 직원이랑 백승준이 나가 있었습니다. 아마 지금쯤 교대했을 겁니다.”

매니저 1팀장이 보고했다.

“병원에서는 뭐래? 다른 소식 있어?”

“차아린은 수술이 불가피하고, 나머지 멤버들은 며칠 쉬면 괜찮아질 거라고 합니다만, 춤은 어려울 것 같습니다.”

“웬디즈 앨범에서 퍼포먼스 없이 부를 만한 곡이 뭐가 있지?”

“그게…….”

A&R팀장이 파일철을 뒤적인다.

웬디즈는 아직 정규앨범을 내지 않았다. 이번이 세 번째 싱글앨범이었고, 내년에 미니앨범과 정규앨범을 낼 계획이었다.

"아, 2곡 정도 있습니다. 'A child' 하고 'Big Start'."

"Big Start도 퍼포먼스 있잖아?"

"약한 편입니다."

"녹음해 둔 다른 곡은 없어?"

"쓸 만한 게, 리메이크 곡인 'Shining Time'이 있습니다."

"Shining Time?"

"미국 밴드 곡인데, 이것 때문에 부문장님이 현지까지 가서 저작권 협의하고 왔었습니다."

팀장은 간단하게 설명을 하고 연 대표를 바라봤다.

그런데, 연 대표의 표정이 딱딱했다.

자신이 뭘 잘못했나 싶어서 눈동자를 이리저리 흔들던 팀장은 그제야 아차 싶었다.

"아, 죄송합니다."

주눅 든 모습에, 연 대표는 눈을 한 번 깜빡이고 1팀장을 돌아봤다.

"이번에 인기차트에서 야외 특설 무대 한다며?"

"예, KPOP 타이틀을 걸고 진행한다고 합니다."

1팀장이 눈살을 찌푸리면서 대답했다.

KPOP 열풍에 방송사들은 너 나 할 것 없이 특설 무대를 추진하고 있는데, 해외까지 나가서 촬영하는 일도 부지기수였다.

그때마다 스케줄을 조정해야 했기 때문에 가수들 소속사 측에서는 딱히 반가운 무대가 아니었다. 차라리 행사를 하나 더 뛰지. 돈도 안 되는 일이니까.

"일요일까지면 애들 좀 괜찮아지겠지?"

"예."

팀장은 연 대표가 무슨 생각을 하는지 알 것 같았다.

"좀 전에 말한 두 곡으로 준비해서 무대 올려. 미공개 곡이라는 거 기사 내고."

"A child, Shining Time… 알겠습니다."

직원들은 결정 난 상황을 메모하면서 이어진 회의에 집중했다.

*　　　*　　　*

「SBC 방송센터」

"정말 가능하겠어요?"

인기차트 설민수 피디는 재차 확인했다.

"예. 의사도 그 정도 무대는 괜찮다고 하네요."

"그리고 한 곡은 미공개 곡이라는 거죠?"

"예."

N탑 팀장이 재차 확인해 주자 설 피디의 머릿속에서는 폭죽이 터졌다.

원래 웬디즈의 컴백 무대는 웬디즈 팬들의 축제였다.

하지만 지금 상황에서 웬디즈의 무대는 모두의 축제.

"근데 이거 포장 잘해야겠는데요? 잘못하면 욕만 먹겠어요. 다친 애들 무대 올렸다고."

물론 욕 따위는 겁나지 않지만.

"기사는 저희가 알아서 내겠습니다. 무대만 신경 써주십시오."
"걱정하지 마세요. 스페셜 무대로 꾸며드릴 테니까."
지금 순간 설 피디의 머릿속에는 무대 순서를 정리한 큐시트가 펼쳐졌다.
여기서 키포인트는 웬디즈가 무대에 서는 것이 아니다.
메인은 무대에 서기까지의 과정.
웬디즈에 대한 기대감을 만들고, 사고의 안타까움을 강조하고, 응원하고 싶게 만들어서 벅찬 감동을 만드는 것.
'아휴, 가슴이 뛰네.'
재료는 충분히 넘치고 넘친다.
무엇보다 지금 가장 먼저 설 피디의 머리에 떠오른 한 사람.
'윤소림!'
생각대로만 된다면, 시청률은 따놓은 당상 아닌가.
"혹시, 웬디즈와 관련한 영상 자료 같은 거 없을까요?"
"흠, 영상 자료야 많죠. SNS에 올린 영상도 많고, U라이브 영상도 많고요. 연습생 시절에 다큐에도 출연한 적이 있었고."
N탑 팀장이 턱을 긁적이며 기억을 더듬는다.
"다큐요?"
"별거 아닙니다. 연습생들 관련한 프로그램이었는데, 몇 컷 나온 게 전부예요."
"그것들 좀 저희가 쓸 수 있을까요? 저희 작가들 N탑으로 보내겠습니다."
"예, 알겠습니다."
흔쾌히 허락까지 떨어지자, 설 피디는 신이 나서 얘기를 계속했다.

“진짜 잘됐네요. 사고가 안타깝기는 하지만, 이번 무대는 분명 웬디즈한테는 도움이 될 거예요. 이번 곡도 벌써 스트리밍 사이트 1위라면서요? 곡도 좋고.”

“아무래도 관심이 쏠리니까요.”

“지금도 이런데, 무대에서 윤소림하고 만나면 난리 나겠네요.”

주변은 온통 눈물바다가 될 테고, 실검은 치솟을 테고, 어쩌면 인기차트 역대 시청률을 갱신할지도 모른다.

달콤한 상상의 나래를 펼치던 설 피디는 문득 싸늘한 느낌이 들었다.

N탑 팀장이 눈을 부릅뜨고 있었다.

“지금 뭐라고 하셨습니까?”

“난리… 날 거라고 했는데요?”

“그 전에, 윤소림이라고 하셨는데. 그게 무슨 소리예요?”

“이번에 스페셜 MC로… 정진모 배우하고 윤소림 씨가 오르거든요.”

얘기를 하면서, 설 피디는 괜한 말을 꺼냈다는 것을 확실히 깨달았다.

* * *

“윤소림이 무대에 오른다고요? 스페셜 MC로?”

홍보2팀 박수경 팀장이 찌푸린 얼굴로 쳐다보자, 1팀장은 한숨을 쉬면서 고개를 끄덕였다.

“노린 걸까요?”

최고남의 계획?

"그건 아닌 것 같아. 설 피디가 말을 가리긴 했는데, 정진모가 지난번 웬디즈가 OST 불러준 게 고마워서 스페셜 MC를 자청했었고, 이번에 윤소림과 함께하는 음악 예능의 홍보도 할 겸 해서 같이 오르기로 했다는 것 같아."

"와, 어떻게 타이밍이 이래."

"내 말이."

"그러면 어떻게 되는 거야……."

박수경 팀장은 제 입술을 톡톡 두드리며 생각했다.

지난번 유유 일은 고맙긴 해도, 아직 N탑과 최고남의 관계는 꼬인 매듭이 풀리지 않았다. 특히 연성만 대표와의 사이는 여전히 빨간불이고.

무엇보다 네티즌들이 바라보는 윤소림과 웬디즈의 관계.

어디서부터 시작됐는지는 모르겠지만 찌라시 버금가는 얘기들이 오가는 상황에서 웬디즈 무대에 윤소림이 올라온다?

논란은 둘째 치고 포커스는 웬디즈의 시련이 아니라 윤소림 쪽에 맞춰질 게 불을 보듯 뻔한 일이었다.

"방법은 하나네요."

"어. 윤소림이 스페셜 MC 자리에서 빠지는 거."

1팀장은 바로 본부장실로 향했다.

숨을 한 번 크게 들이쉰 다음 본부장에게 얘기를 전달하고 나서 같이 대표실로 움직였다.

얘기를 듣는 연 대표의 시선이 서슬 퍼렇다.

"제가 전화해 보겠습니다."

"됐어. 애먼 피디 놈 붙잡고 얘기해서 뭐 해."

연 대표는 그 자리에서 바로 핸드폰을 꺼냈다.

가득 찬 전화번호부를 뒤적인 그가 눈살을 찌푸린다.

[SBC 예능국 본부장 손주영]

"본부장님, 잘 지내셨습니까?"

—저야 잘 지냈죠. 제가 먼저 전화드렸어야 했는데, 불편하실까 봐 연락을 못 드렸습니다.

예능국 본부장이 반기며 전화를 받는다.

연 대표는 신변잡기 얘기를 조금 하다가 본론을 꺼냈다.

"이번에 윤소림이 인기차트 스페셜 MC를 한다고 하던데요? 그거, 재고해 주셨으면 합니다. 윤소림만 아니면 됩니다."

잡다한 이유 길게 설명할 것 없었다.

N탑 대표가 이렇게 얘기했고, 저쪽은 당연히 알겠다고 하면 될 일이었다.

그런데.

—죄송합니다, 대표님. 그건 좀 곤란하겠습니다.

연 대표의 미간에 주름이 패였다.

"본부장님, 내 부탁인데 안 된다는 겁니까?"

—이미 얘기가 다 끝난 일이라서요. 대표님께서 왜 윤소림을 신경 쓰시는지 잘 모르겠지만…….

"흠, 알겠습니다. 미안하지만, 부사장님과 통화해야겠네요."

*　　　*　　　*

[짜장면!]

'지금 짜장면이나 먹을 때냐?'

몸을 배배 꼬며 짜장면 타령을 하는 저승이를 보니 한숨만 나온다.

[다 이유가 있어서 그럽니다!]

'이유? 무슨 이유?'

[못 먹은 지 오래됐잖아요?]

'그런 이유면 나는 이렇게 말하고 싶다. 꺼.지.세.요.'

[하하, 망자가 감히!]

'이제 그거 안 쫄린다. 그만해라. 힘 빼지 말고 앉아 있어. 말 잘 들으면 저녁에 네가 좋아하는 중국집 갈 테니까.'

[오케이! 그러면 저기, 오늘 와인도 한잔 까면 안 될까요?]

'중국집에서 무슨 와인이야. 중국집은 고량주지.'

[고량주?]

저승이가 눈을 반짝인다.

'알아?'

[그럼요. 중국 출장 다녀온 선배 저승사자가 거기서 제삿밥 먹고 와서 고량주 타령을 한 적이 있거든요.]

'중국 출장?'

[대한민국 사람이 꼭 대한민국에서만 죽습니까?]

할 말 없네.

[와, 궁금했는데. 무슨 맛인지.]

아무래도 나는 오늘 고량주를 먹어야 될 팔자인 모양이다.

저승이에게서 시선을 떼고 눈앞의 사람을 바라봤다.

'SBC 예능국 본부장 손주영.'

피디 출신인 그녀는 나와 프로그램 몇 개를 한 적이 있다.

물론 내가 N탑에 있을 때였다.

카리스마 있고, 적당히 타협할 줄 알고, 그러나 계산이 명확한 사람.

그녀가 지금 내가 잘 아는 사람과 통화 중이다.

—본부장님, 내 부탁인데 안 된다는 겁니까?

“이미 얘기가 다 끝난 일이라서요. 대표님께서 왜 윤소림을 신경 쓰시는지 잘 모르겠지만…….”

손주영 본부장의 말투는 조심스럽지만, 그녀의 결론은 확고했다.

—흠, 알겠습니다. 미안하지만, 부사장님과 통화해야겠네요.

“어떻게 하죠? 이 건, 이미 부사장님 컨펌 받은 거라서요. TVX 쪽이랑도 관계가 얽혀서 윤소림을 빼는 게 어렵습니다. 그러니, 이번은 대표님이 한 번만 양해 부탁드립니다.”

—…….

“그 대신이라기에는 뭐하지만, 이번에 웬디즈 무대는 제가 나서서 최대한 신경 써서 꾸며 드리겠습니다.”

손 본부장은 그나마 부드러운 말투로 통화를 마무리하고 핸드폰을 내려놓았다.

그녀가 입꼬리를 슬쩍 올리며 날 쳐다본다.

나는 천천히 고개를 끄덕였다.

“수고하셨습니다.”

* * *

“N탑 나왔다는 소리 듣고 코빼기도 안 비치길래 최고남도 별수 없구나 싶었는데 말이야.”

“코 비친다고 반기실 분인가요.”

“그렇지? 공과 사는 명확히 해야지. 빈손으로 와서 징징 짰으면 손절했을 거야.”

웃으면서 말하지만 충분히 그러고도 남을 사람이다.

“근데, 조금 세게 나가신 거 아니에요?”

연 대표를 너무 자극한 것 같아서 살짝 걱정을 했더니, 손주영 본부장이 내 옆을 쳐다보고 턱짓하며 속삭였다.

“세기는, 저쪽 얼굴이 세지.”

나는 그 세다는 얼굴을 보려고 옆을 돌아봤다.

TVX 노용길 본부장이 꿍한 표정으로 앉아 있다.

〈플레이리스트〉 티저 영상이 공개되고 예상보다 훨씬 좋은 반응을 얻고 있었다.

그래서 TVX도 본격적인 프로그램 홍보에 들어갔는데, 노 본부장까지 직접 나섰다.

우리 셋이 함께 앉아 있는 이유다.

“오랜만에 만나서 남의 얼굴 디스나 하고 있고.”

“놀라서 그렇지. 최고남이 언제쯤 날 찾아오나 했는데, 멧돼지 같은 사람이랑 불쑥 찾아왔으니 안 놀라?”

“작년이나 올해나 여전하네, 그 성깔은.”

“할많하않.”

“뭐? 할 말 뭐?”

“할많하않. 할 말은 많지만 하지 않겠다는 뜻이야. 요즘 애들 쓰는 말 몰라?"

"갑분싸라는 말은 알아?"

두 사람이 투닥거리는 모습을 오랜만에 구경한다.

실실 웃는 내 모습에 손 본부장이 고개를 저으며 말했다.

"연 대표가 너무 변했어. 뭐가 마음에 안 들면 출연 안 하겠다, 쟤는 우리 회사 나갔으니 빼라… 우리도 슬슬 인내에 한계를 느끼던 차였거든."

"우리 쪽 피디들도 요즘 말이 나오고 있어. 이건 뭐 갑질도 아니고 말이야."

"오륙 년 전만 해도 열정이 있으셨는데."

"이제는 N탑 오디션에 참석도 안 한다잖아."

두 본부장은 연 대표 귀가 살짝 가려울 정도로 그의 얘기를 주고받다가 날 쳐다봤다.

"넌 그렇게 되지 마라."

말문이 막혀서 입을 열 수가 없다.

손 본부장이 내게 턱짓하며 말했다.

"윤소림이 스페셜 MC 해. N탑에서 뭐라 하든 막아줄 테니까."

"고맙습니다."

"이 정도는 해줘야지. 우리가 뽑은 앤데."

N탑은 청소년 베스트 오디션에 각 분야의 전문가를 심사 위원으로 초빙하기도 한다. 그때마다 방송국 피디나 유명 작곡가 같은 사람들이 참여했다.

그리고 7년 전, 우리 세 사람은 그해의 청소년 베스트 오디션에서 심사 위원으로 만났다.

"그때 내가 그랬잖아. 오디션장에 걸어 들어오는 거 보자마자 쟤라고."

손 본부장이 허공을 향해 손가락을 내밀며 말했다. 노 본부장도 질세라 입을 연다.

"먼저 찜한 건 나였지. 오디션 참석자 수백 명이 줄 서 있는 데서 내가 딱 보고 알았잖아. 쟤라고."

"아니죠. 두 분은 제가 '걔 어때요' 하고 물으니까 그제야 눈 뜨고 보신 거죠."

나도 질세라 지분 좀 꺼내봤더니, 두 사람이 사납게 쳐다본다.

"웃기는 소리 하네. 너 그때 그냥 쳐다만 보고 있었어."

"맞아, 나도 기억나. 오디션장에 애가 딱 들어왔는데, 최고남 너는 그냥 앉아서 멀뚱히 쳐다만 보고 있었다니까?"

"멀뚱히가 아니라, 놀라서겠죠."

"뭐, 그건 인정한다. 너무 예뻤지."

"어떻게 남자들은 예쁘고 안 예쁜 것만 눈에 들어와? 난 그때 애 보고 너무 고와서 TV 나오면 사람들이 얼마나 놀랄까 싶었는데."

"예쁜 거하고 고운 거하고 뭐가 달라?"

"다르지. 예쁜 거는 생긴 모양을 얘기하고, 고운 거는 생김새, 행동거지 같은 전반적인 분위기를 의미하니까. 아니, TVX는 본부장 자리에 왜 이렇게 무식한 사람을 앉혔어?"

"나이 먹으니까 입이 더 거칠어졌네. 안 그러냐, 고남아?"

"뭐, 틀린 말 하신 것도 아닌 것 같은데요?"

"이놈 보게? 지금은 인기차트가 우선이라 이거지?"

"오랜만에 얼굴 뵈었는데, 편들어줘야죠."

한바탕 왁자지껄 웃고 나서, 두 본부장은 앞으로 성지훈과 3W를 활용할 방안에 대해서 간단하게 논의했다.

예능 출연 같은 기본적인 것에서부터 시작해서 예능국 간의 긴밀한 협조를 약속한다.

눈치를 보다가 먼저 일어나려는데…….

"왜 이렇게 오래 걸린 거야?"

손 본부장이 책망하듯 묻는다.

그럴 수밖에 없다. 그해, 우리 셋이 한마음으로 뽑은 연습생이 이제야 빛나고 있으니까.

"그러게요. 너무 오래 걸렸네요."

*　　*　　*

[단독] 웬디즈 무대 강행!

—멤버 차아린을 제외하고 부상이 경미한 세 사람은 걱정해 주는 팬들을 위해서 무대를 강행하기로 했다. 하지만 N탑 관계자는 컴백 무대가 아닌 스페셜 무대 형식이 될 것이라며, 향후 활동은 미정이라고…….

ㄴ언니들 너무 멋있어요!

ㄴ웬디즈 파이팅입니다!!

ㄴ차아린 불쌍해… 찾아가서 응원하고 싶지만 이렇게 기운 보냅니다.

ㄴ어떤 무대 보여줄지 기대!!

ㄴ웃기고들 있네. 닉 보니까 악플 달던 년들이네. 동정여론 뜨니까 악플 싹 지웠네? 정상인 코스프레하니?

ㄴ악플이 어딨어? 분탕질하지 말고 꺼져!!

ㄴ내가 너 거 PDF 땄거든? N탑에 보냈으니까, 곧 선물로 경찰 초대권 도착할 거다!

ㄴ저기요, 저랑 얘기 좀 하시겠어요?

[웬디즈는 누구? 멤버 전원 '청소년 베스트 오디션 출신']

—지금은 없어졌지만, N탑은 3년 전만 해도 '청소년 베스트 오디션'을 매해 개최했다. 차아린, 백애리, 유민주, 곽설희는 그해의 베스트로 선정돼 연습생이 된 케이스로 수년의 연습생 생활 끝에 작년 12월 데뷔 후 두 장의 디지털싱글을 발매, 모두 차트 인에 성공했다.

[배우 정진모, SNS에서 웬디즈 멤버들의 쾌유 빌어!]

—정진모는 얼마 전 종영한 '주식의 신' OST에 참여해 준 웬디즈 멤버들의 교통사고에 안타까움을… 한편 정진모는 이번 주 웬디즈의 무대를 위해서 인기차트 스페셜 MC를 자처했다.

[단독] 배우 윤소림 악플러 고소!

—배우 윤소림은 이달 초 강남경찰서에 고소장을 제출한 것으로 알려졌다. 소속사 퓨처엔터테인먼트는 허위 사실과 인신공격의 난립을 더는 용인할 수 없다고 판단해서 악플러들을 고소했으며, 어떠한 경우에도 선처는 없을 거라며 강경 대응을 예고했다.

ㄴ와, 지금 누구 때문에 웬디즈는 고생고생하고 있는데… 할많하않!

ㄴ윤소림 팬클럽에서 나왔습니다. PDF 땄다는 사실을 알려 드립니다. 굿럭.

ㄴ웬디즈가 일찍 데뷔했으면 다칠 일도 없었을 테죠.

ㄴ윤소림 팬클럽에서 나왔습니다. PDF 땄다는 사실을 알려 드립니다. 굿럭.

ㄴ공인이잖아요. 악플과 비판은 구별해 주세요!

ㄴ윤소림 팬클럽에서 나왔습니다. PDF 땄다는 사실을 알려 드립니다. 굿럭.

ㄴ피도 눈물도 없다. 나라면 제일 먼저 웬디즈 안부 묻고 찾아갔을 텐데.

ㄴ윤소림 팬클럽에서 나왔습니다. PDF 땄다는 사실을 알려 드립니다. 굿럭.

ㄴ저랑 얘기 좀 해요!

ㄴ한 번만 봐주세요! 엄마가 저 죽일지도 몰라요!

ㄴ제가 약을 먹고 있거든요. 인격장애 뭐라고 하는 건데. 그래서 가끔 저도 모르게 다른 인격이 나와서 악플을 남겼나 봐요. 한 번만 선처 부탁합니다.

ㄴ저희 집 고양이가 키보드를 눌렀어요. 정말이에요. 어떻게 하죠? 저 너무 억울한데…….

"이야, 댓글 풍년이네. 형님, 이것 좀 보세요. 고양이까지 나왔어요."

기자가 웃으며 내민 핸드폰.

설민수 피디는 술잔을 비우다 말고 핸드폰을 들여다봤다.

윤소림 팬클럽과 악플러들의 한판 싸움을 보는 것 같았다.

"악플러가 있으면, 순수한 팬도 있는 거지. 밤이 가면 낮이 오듯 말이야."

기자는 다시 핸드폰을 가져가서 윤소림의 사진을 확대해 보며 중얼거렸다.
"확실히 얼굴짱 먹을 만하네."
사진인데도 3D 입체영상을 보는 것처럼 이목구비가 또렷하다.
몇 번이나 입술을 오므렸다 벌렸다 하면서 감탄사를 속삭인 기자의 모습을 보며 설 피디가 물었다.
"요즘에도 그 오디션 하나? 청소년 베스트 오디션 말이야."
"너무 대놓고 외모 평가 한다고 말 많아서 없앴잖아요. 자, 한 잔 더."
공손하게 무릎 굽혀 앉은 기자가 술병을 기울였다.
한 잔 죽 들이켜고 회 한 점을 입에 문 설 피디를 보며, 기자가 입을 열었다.
"윤소림이 웬디즈 원년 멤버였다는 얘기, 들으셨죠?"
찌라시가 마냥 찌라시는 아니었다는 소리.
"어. 데뷔 코앞에 두고 지금 대표랑 회사 나온 거라며? 결과만 보면 성공한 케이스네."
"그렇죠. 윤소림 지금 완전 잘나가잖아요."
한 잔 죽 들이켠 기자가 잔을 내려놓고 다시 말한다.
"이번에 윤소림 인기차트에 올라온다면서요?"
"어떻게 알았어? 보도 자료도 안 돌렸는데. 역시 기자는 기자야?"
피식 웃는 설 피디.
기자가 안경 콧대를 올리며 눈을 반짝였다.
"그래서, 포커스를 어떻게 맞추실 거예요? 감동으로 잡으실 거예요? 아니면, 라이벌 구도?"
설 피디가 손가락에 낀 젓가락으로 파전 접시를 두드리며 잠깐 고민하다가 입을 연다.

"사실 둘 다 괜찮지."

"하여간, 우리 형님 너무 착해."

"응?"

"형님이 휴먼 다큐 제작합니까? 형님이 교양국이야? 예능국이잖아요. 예능 뭐? 어그로. 어그로를 끌어야지."

"어떻게?"

"웬디즈 애들은 지금 시련의 아이콘이잖아요, 그러니까 애들 불쌍하게 몰아줘야지. 그리고 윤소림은 마녀 이미지가 남았고. 드라마 보니까, 천방지축이더만."

"야, 500살 마녀 되게 감동적이게 끝났던데?"

"윤소림 기사 봐요. 댓글에 악플이 이렇게 많아요. 이게 무슨 뜻이겠어요? 어그로 끌 소재가 있다는 거지."

"악플러 고소한다는 기사 떴잖아? 그리고 그렇게 몰아가면 윤소림 쪽에서 항의해."

"어차피 한 주짜리예요. 두 번 볼 일 있겠어요? N탑이랑 껄끄러워지느니 퓨처엔터랑 손절하는 게 낫지. 안 그래요? 앞으로 N탑 애들 인기차트 출연 안 시키실 거예요?"

"그건 그렇긴 하지. N탑 애들 빠지면 우리만 손해지."

설 피디가 제 볼을 긁적이며 파전을 입에 물자, 기자가 실실 웃다가 눈썹을 꿈틀 올린다.

"아니다, 우리 러브라인도 끼워넣죠."

"러브라인?"

"윤소림하고 정진모 말이에요."

"둘이?"

설 피디의 눈꼬리가 하늘로 올라갔다.

그 모습을 본 기자 역시 입꼬리를 가파르게 올렸다.

"저 지금 굉장한 거 떠올랐습니다."

"굉장한 거?"

"두 사람이 진행 내내 티격태격하는 식으로 상황 짜는 거예요. 썸 타듯이. 그러면 시청자들이 어떻게 생각하겠어요? 웬디즈는 아파 죽겠는데 윤소림은 정진모랑 썸 타고 있네 어쩌네 할 거 아니야. 안 그래요, 형님?"

손가락을 딱 튕기는 기자.

얘기가 안 끝났다는 듯 재빨리 이어 말한다.

"만약에! 만약에 말이에요. 윤소림이 그렇게 썸 타다가 웬디즈가 올라오니까 눈물을 글썽여. 그러면 어떻게 되겠어. 가식 쩐다고 댓글 쏟아지는 거지. 솔직히 TVX에서도 좋아할걸요? 거기도 지금 윤소림 예능 하나 곧 방송된다며?"

"……."

"아이고, 우리 형님 또 고민하시네. 그냥 고 해요. 지옥 갈까 봐 걱정돼요? 죽으면 끝이지, 지옥이 어딨어!"

큰소리를 땅 치고, 기자는 잔을 크게 기울여 마시고 제 팔뚝을 쓸어내렸다.

"어후, 여기 왜 이렇게 공기가 서늘한 거야. 닭살 돋는 거 봐. 난방 좀 하지."

가게를 한 번 두리번거린 기자는 술병을 들면서 설 피디를 다시 쳐다봤다. 그런데, 서슬 퍼런 시선이 노려보는 것이 아닌가.

설 피디가 잔을 땅 내려놓았다.

"이 새끼, 약 처먹었네."

"예?"

*　　　*　　　*

"이 새끼, 약 처먹었네."

"예?"

기자는 당황해서 머뭇거렸다.

술에 물 탄 듯 흐릿하던 설 피디의 눈빛이 매섭게 변해서 그를 노려본다.

"야, N탑에서 그렇게 말하라고 시켜? 나도 윤소림하고 웬디즈 구도 생각 안 해본 건 아닌데. 그래도 새끼야, 아파서 낑낑대며 무대 올라오는 애들하고 엮어가면서까지, 윤소림 하나 병신 만들어서 시청률 조금 올려보려고 용쓸 만큼 나 그렇게 쓰레기 아니야. 같이 술 먹는다고 다 지 같은 줄 아나."

"혀, 형님……."

"N탑에 가서 전해. 내가 궁금해졌다고 말이야. 대체 윤소림이 뭐길래 N탑이 이렇게까지 전전긍긍해하는 건지! 에잇, 술맛 떨어져!"

붙잡을 새도 없이 설 피디가 자리를 박차고 나가자, 기자는 뒤늦게 핸드폰을 꺼내 들었다.

"에이, N탑에 큰소리 빵빵 쳐놨는데. 저 미친 새끼는 왜 갑자기 지랄이야!"

구시렁거려 봐야 소용없는 일.

"가만있어 봐, 오늘이 목요일이지? 인기차트 방송하는 날은 일요일이니까……."

눈 한 번 깜빡이면 찾아올 시간.

깜빡, 깜빡.

.

.

.

「일요일, 인기차트 야외 특설 무대 현장(인천)」

촬영 당일, 나는 유병재보다 앞서 일찌감치 현장에 도착했다.

"진모 씨, 촬영 들어갈게요."

무대 뒤, 주차장과 연결된 대기실 복도에서 정진모가 촬영 준비를 하고 있었다.

하지만 인기차트 카메라가 아닌 타 방송국의 리얼리티프로그램 촬영팀 카메라였다.

"진모 씨, 열일하네."

설 피디가 고개를 흔들자 목에 건 헤드셋이 거추장스럽게 흔들린다.

"리프레쉬가 필요한 시점이니까요."

〈주식의 신〉 시청률이 좋지 않았기 때문에 정진모의 소속사는 흔들리는 인지도를 굳건히 할 필요성이 있었다.

물론 신비주의 전략이 시대에 뒤처지는 것도 하나의 이유다.

이제는 배우도 예능에 나가고 얼굴을 알리는 시대.

더 나아가 예능을 발판 삼아 광고를 노린다.

“그럼 오늘 외부 팀이 몇이나 되는 거야. 소림 씨 다큐 촬영팀이랑, 진모 씨 리얼리티 촬영팀, 그리고 엄 피디님까지.”

엄란 피디가 옆에서 브이를 그린다.

정진모와 윤소림이 무대에 함께 서는데 〈플레이리스트〉팀이 빠질 수 있나.

우리는 팬들이 많네 적네, 날씨가 어떻고 같은 얘기를 하면서 촬영 중인 정진모를 구경했다. 정진모가 우리 쪽으로 손을 살짝 흔든다.

“진모 씨…….‘

리얼리티 촬영팀 피디가 말을 꺼내다 말고 멈칫했다.

주차장 쪽에서 또 환호성이 터졌기 때문이다. 좋아하는 가수를 애타게 기다린 팬들의 함성이었다. 아마 카메라 셔터가 정신없이 터질 거다.

기자들, 팬들의 대포 카메라, 핸드폰 카메라 등등.

“에이, 누가 왔다는 거야?”

설 피디가 헤드셋을 귀에 붙였다가 답답한지 연결선을 빼고 무선 인터컴을 손에 쥐었다.

—비비7 도착했습니다.

남자 아이돌 그룹 ‘비비7’ 멤버들이 도착한 모양이다.

—꺄아! 비비7이다!

—오빠!

—영웅아! 성주야!

—박주운!

—주대헌 사랑해!

안전 펜스에 달라붙은 팬들이 멤버들 이름을 외치는 소리다.

멤버들은 아마 손 한 번 흔들 여유가 없을 것이다. 마스크 쓴 얼굴을 푹 숙인 채 경호원들과 스태프의 안내를 받으며 대기실로 바삐 올 테고.

예상대로 멤버들이 우리 앞을 정신없이 지나간다. 설 피디에게 우렁찬 인사는 덤이다.

"다시 갈게요. 진모 씨가 원래 가수 지망생이었다면서요?"

"예. 가수 하고 싶어서 시골에서 상경해서 오디션 봤죠."

"하지만 지금은 대한민국 톱배우잖아요."

"톱이요? 하하, 최서준 선배님같이 쟁쟁하신 분들이 계신데 제가 감히. 전 아직 멀었습니다."

"그러면, 어떻게 하다가 배우가 되신 거예요?"

"오디션에 참가했는데 대표님이 넌 배우 마스크라고, 가수 하면 못해도 3년은 연습해야 하지만 배우 하면 당장 내일 데뷔시켜 준다고 했거든요. 그래서 하겠다고 했죠."

정진모의 오디션 비하인드 스토리에 설 피디가 팔짱 낀 채 염불 외듯 중얼거린다.

"그럼 오늘은 얼굴짱 MC 스페셜인가."

"얼굴짱이요?"

"예. 진모 씨도 그렇고, 소림 씨도……."

얘기하던 설 피디가 귀를 쫑긋거린다.

또다시 주차장이다. 그리고 인터컴에서 흘러나온 소리.

—윤소림 씨 도착했습니다.

유병재가 도착한 모양이다. 기다리고 있었더니, 윤소림이 대기실 복도를 또각또각 걸어와서 고개 숙여 인사한다.

"안녕하세요, 피디님!"

정진모에게도 인사를 하는데, 리얼리티 촬영팀이 다들 하던 일을 멈추고 쳐다본다.

나는 고개를 돌려 윤소림의 뒤에 꼬리처럼 붙어 있는 퓨처엔터 직원들과 연습생들을 바라봤다. 그리고…….

"대표님!"

내가 내민 손을 은별이가 꼭 붙잡는다.

"은별아, 멀미 안 했어?"

"안 했어요!"

"밥은 먹었고?"

빙긋 웃고 고개를 빠르게 끄덕인다.

통통한 볼을 누르고 싶은 충동을 참고, 연습생들을 바라봤다.

"들뜨지 말고, 차분하게 눈에 익혀."

"예!"

긴장을 단단히 한 얼굴들이다.

"퓨처엔터는 얼굴짱만 뽑아요?"

설 피디의 우스갯소리에 엄 피디가 낄낄거리며 웃을 때였다.

무선 인터컴에서 또다시 가수가 도착했다는 소리가 들렸다.

—웬디즈 도착했습니다!

*　　　*　　　*

"정신들 차려! 공과 사 제대로 구분하고! 알았어?"

"예!

1팀장은 매니저들을 단속하고 한숨을 길게 내쉬었다. 최고남과 한 공간에 있다는 사실이 껄끄러웠다.

유유 일로 이제 예전처럼 얼굴을 볼 수 있을 줄 알았는데, 일장춘몽이었던 모양이다.

그래서 매니저들을 단속한 거였다.

퓨처엔터 사람들과 얘기하지도, 눈빛도 주고받지 말라고.

말은 안 해도 눈치껏 알아서들 하겠지만 그래도 혹시 모르는 거니까.

모르긴 몰라도 최고남 쪽도 오늘 자리가 상당히 껄끄러울 것이다.

"너희들 상태는 어때? 괜찮아?"

"애리가 좀 안 좋아요. 아까부터 속이 안 좋대요."

유민주가 미간을 찌푸린다. 백애리는 시름시름 앓고 있었다.

"설희, 너는?"

"어지러워요."

"토할 것 같아?"

"그건 아니고요."

"그러면 좀만 버텨봐. 리허설만 끝내고 응급실 가서 링거 맞고 다시 오면 되니까."

"예."

웬디즈는 제작진의 배려로 제일 먼저 무대 리허설을 배정받았고, 본무대는 제일 마지막 순서였다. 그래서 체력을 보충할 시간이 충분했다.

하지만 그마저도 멤버들은 힘겨워했다.

그때 마침 대기실 문이 열리고 인기차트 FD가 들어왔다.

"웬디즈 리허설 들어가겠습니다."

"예, 알겠습니다."

1팀장은 아이들을 한 번 더 다독이고 무대로 데려갔다.

혹여 껄끄러운 얼굴을 마주칠까 싶어 주위를 살피면서 아이들을 무대에 올리고, 뒤돌아서는데 백애리의 외침이 들렸다.

"언니!"

무대에 서 있는 윤소림을 본 유민주의 눈가에 눈물이 핑그르르 돌았다. 아픈 멤버들 몫까지 애써 쾌활한 척하던 열여덟 살 소녀의 눈에 굵은 눈물이 그렁그렁해졌다.

윤소림 역시 눈시울이 붉어져서 멤버들에게 다가왔다.

두 팔을 벌리자, 아기 새들처럼 멤버들이 품에 모였다.

"얘들아."

윤소림은 한 명 한 명 얼굴을 쓰다듬고 다친 곳은 없는지 확인했다. 눈으로 확인하고 또 확인하고, 아이들은 엉엉 울음을 터뜨리고.

그 모습을 보면서 1팀장은 코를 훌쩍거렸다.

그때, 어깨에 손이 올라왔다. 뒤를 돌아보니 최고남이었다.

그는 미소를 끄덕이더니, 아이들을 물끄러미 보며 속삭였다.

"얼마나 보기 좋냐."

* * *

한바탕 눈물을 쏟은 웬디즈 멤버들이 감정을 추스르자 N탑 스태프들이 멤버들을 챙긴다.

유병재가 혹시 몰라서 가져온 얼음 팩을 건넸다.

눈이 부었을 테니까.

워낙 살을 빼서 부울 눈두덩이도 없을 테지만.

지켜보던 스태프들도 눈물로 지저분해진 얼굴을 닦을 시간이 필요했다.

윤소림은 무대 옆으로 잠깐 비켜주고 아이들이 준비되길 기다렸다.

길게 돌아왔지만 너무도 짧은 만남.

바쁘게 흘러가는 시간 속에서 언제까지고 서로만 바라보고 있을 수는 없다.

"이 장면은 아깝지만, 우린 쓰면 안 되겠다."

엄란 피디가 아쉬워하며 속삭인다.

〈플레이리스트〉는 그 시절의 노래와 가수, 그리고 추억에 대한 얘기니까.

거기에 윤소림과 웬디즈 멤버들 사이를 구겨 넣으면 말 그대로 대본일 뿐이다.

"근데, 그래도 우리 프로그램은 대박 날 것 같아요."

"인정."

그나저나 성지훈은 가게를 정리했나 모르겠다.

촬영 끝나고 나서 또 찾아오면 날 죽여 버리겠다고 협박을 해서 안 가고 있는데. 아마 지금쯤 핸드폰을 들여다보면서 내 연락이 왜 안 오나 싶을 거다. 아니면 밖을 기웃거리고 있거나.

"방송되면 후폭풍 장난 아닐 거예요. 안 그래요?"

"장난 아니겠죠. 성지훈 무대도 그랬고, 3W 무대도 너무 좋았으니까."

"아니, 그 뒤의 무대."

"아."

뭐.

고개를 끄덕였더니, 엄란 피디가 갑자기 고개를 갸웃한다.

"근데 왜 설 피디님은 아까부터 계속 얼굴짱 얘기를 하는 거예요?"

"그러게요."

나도 그 이유를 모르겠다.

그냥 신경을 쓰지 않고 있었는데, 엄 피디의 얘기를 들어보니 진짜 왜 그런 소리를 하나 싶다.

마침 설 피디가 코를 훌쩍거리면서 우리에게 다가왔다.

"어휴, 오늘 아주 시작부터 감동이 넘치네요, 하하. 근데, 둘이 무슨 얘기를 그렇게 재밌게 해요? 소곤소곤."

"피디님 얘기요."

엄 피디가 눈웃음을 보이자, 설 피디가 눈을 동그랗게 뜬다.

"내 얘기요?"

"피디님이 소림 씨한테 얼굴짱이라고 했잖아요. 그 얘기 하고 있었지."

"그게 뭐가요?"

"아니, 왜 얼굴짱이라고 하나 해서요."

"얼굴짱 아니에요?"

"우리 소림이는요……."

.

.

.

'언니, 나 부탁이 있어요.'

'말해, 다 들어줄게.'

'애들… 많이 떨릴 거예요. 설희는 지금 목 상태도 안 좋아서 긴장 많이 할 거예요.'

'……'

'이번 무대에서 Shining Time 부를 거예요. 그 곡, 언니도 함께 준비했던……'

윤소림은 들고 있는 마이크와 손을 바라봤다.

차아린의 손에서 전해진 온기가 여전히 남아 있었다.

"웬디즈 준비됐으면 마이크 테스트부터 들어갑니다. 바로 이어 완곡 진행할게요!"

설 피디의 외침에 무대에서 N탑 스태프들과 서성거리던 인기차트 스태프들이 옆으로 물러났다.

사복 리허설은 편안한 분위기에서 진행되기 때문에 주위가 어수선한 편이다.

곧 음악이 흘러나왔다.

윤소림은 눈을 지그시 감고 귀 기울였다.

아이들은 목이 잠겼을 법도 한데 다행히 발라드 곡에 맞춰서 무리 없이 무대를 소화해 냈다.

하지만 큐시트에 적힌 두 번째 곡은 빠른 템포에 밝은 곡.

최고남이 미국까지 가서 저작권을 가져와 리메이크한 곡이기도 했다.

퍼포먼스는 없지만 음이 높고 템포가 빨라서 어려운 곡이다.

차아린의 고음으로 벌스가 시작되고 곽설희와 백애리의 코러스, 유민주의 브릿지가 완벽한 하모니를 이루려면 웬디즈 멤버 전원이 함께해야 했다.

그래서 웬디즈는 본래 팀 내 메인보컬이 두 사람이었다.

순간, 윤소림은 미간을 살짝 찌푸렸다.

곽설희가 음 이탈이 나면서 백애리의 목소리도 같이 떨린다.

"소림 씨, 괜찮아요?"

"예."

"마이크에 문제 있어요? 아까 보니까 마이크 테스트 계속 하던데."

정진모의 속삭임에 눈을 뜬 윤소림은 고개를 가로젓고, 다시 아이들을 바라본다. 언니로서 지켜봐 줘야 했다.

'언니, 부탁이에요.'

귓가에 아른거리는 목소리에 고민하고 있을 때였다.

순간, 백애리가 마이크를 놓쳤다.

리허설이었기에 망정이지 본무대였으면 큰일 날 일이었다.

그리고 이런 실수는 또 다른 실수를 불러온다.

당황한 백애리가 떨어진 마이크를 향해 손을 뻗었다. 마음이 급해져서 심장이 두근거린다. 아찔해서 정신이 번쩍 들었다. 이 자리에서 도망치고 싶을 정도였다. 그런데…….

마이크를 주워 든 백애리는 또다시 눈물 한 줄기를 주르르 흘리면서 뒤를 돌아봤다. 윤소림이 백애리의 파트를 부르면서 고개를 끄덕인다.

그리웠던 목소리. 백애리가 좋아하고 사랑했던 목소리.

백애리는 윤소림과 눈을 맞추고, 호흡을 맞추며 다시 제 파트를 찾아갔다.

또 다른 길을 안내해 주듯, 윤소림은 또 다른 멤버를 바라봤다.

곽설희와 차아린이 함께 녹음한 파트.

청소년 베스트 오디션에서 춤짱으로 뽑혀서 다른 연습생들에게 노래 열등감이 있었던 소녀는, 같은 날 노래짱으로 뽑힌 언니에게 부탁해서 노래를 배웠다.

그 언니는 싫은 기색 한 번을 안 했었다.

윤소림의 시선은 이제 유민주에게 향했다.

눈을 마주치고 화음을 맞춘다. 앞서 안쓰럽게 보던 시선과 달리 이번에는 단단하게 쳐다본다.

그렇게 프리코러스까지 멤버들을 이끌었다.

셋이 정상적인 컨디션을 찾은 것 같자 윤소림은 마이크를 찬찬히 내려놓았다. 그러다가 옆을 보고 놀라서 주춤했다.

정진모가…….

.

.

.

"소림이는 노래짱이었어요. 심지어 인이어가 없어도 음 하나 놓치지 않는 절대음감."

뭐, 지금 내 말이 들릴 리 없겠지만 그냥 사실을 짚어줬다.

정진모와 설 피디가 같은 표정으로 서 있다. 멍때리고 있다는 얘기다.

엄 피디야 이미 성지훈 무대에서 봤으니 싱글벙글이고.

〈플레이리스트〉 무대에서 성지훈과 윤소림이 특별 무대를 가졌으니까.

그러니까 엄 피디의 말처럼, 방송 후에 후폭풍이 장난 아닐 거다.

나는 다시 윤소림을 바라봤다.

녀석이 그토록 서고 싶어 했던 무대에서, 비록 리허설이지만 멤버들과 함께 처음이자 마지막일지도 모르는 호흡을 맞추고 서 있는 녀석을 바라봤다.

[설마, 이 그림까지 그린 건 아니죠?]

저승이가 물었다.

나는 아무 말도 하지 않았다.

제4장

이번 주 최고남

「월요일 아침」

띠딕.

교통카드를 찍고 출근길 만원 버스에 오른 수용 씨.

다시 월요일이 시작됐다는 사실만으로 지옥 같은데, 사람으로 붐비는 버스 안에서 몸을 구기며 들어가는 것도 지옥 같다.

사투 끝에 겨우 한숨 돌린 수용 씨는 주머니에서 핸드폰을 꺼냈다.

주말 내내 몸살로 시름시름 앓느라 인터넷을 하지 못했었다.

솔로여서 더 울컥했던 시간.

하루에도 수차례, 딱히 할 게 없어도 핸드폰을 만지작거리는 현대인에게 주말 내내 인터넷을 하지 않는다는 것은 매우 드문 일이다.

그래서 겨우 이틀이었지만, 뭔가 새로운 게 있나 싶어서 카페에 들어간 수용 씨는 이틀 사이에 쏟아져 올라온 게시물들에 놀라서 저도 모르게 감탄사를 터뜨렸다.

"무슨 일이 있었던 거야."

낮게 속삭인 그는 조회수가 많은 핫게시물을 클릭했다.

〈바이바이 광고 비하인드 사진 방출〉

윤소림의 세 번째 CF 촬영장 사진.

수용 씨의 입가에 미소가 저절로 달라붙었다. 20대 직장인의 오후라는 콘셉트라는데, 이런 여직원이 있는 회사라면 무급으로도 다닐 수 있을 것 같다.

마지막 사진은 윤소림이 어떤 남자를 향해 미소 짓고 있는 사진이었다.

윤소림 팬카페에서 요즘 가장 말이 많은 남자, 바로 퓨처엔터 대표였다.

'사람이 말이야, 저렇게 행복하게 살아도 되는 거냐.' '윤소림의 소속사 대표라니, 전생에 나라를 구했냐.' 같은 이유로 팬들의 원성이 자자하다.

수용 씨 역시 눈으로 그를 쏘아붙이고 나서 다음 핫게시물을 클릭했다

제목은 〈웬디즈와 윤소림이 만났을 때〉.

마이크를 들고 진행을 하는 윤소림과 무대에 올라온 웬디즈가 서로를 바라보는 애틋한 모습에 이어서 무대를 마치고 내려가는 웬디즈가 윤소림을 향해 손을 흔드는 장면들이 캡처 된 내용이었다.

"이거 어디서 한 방송이야?"

또다시 속삭이다가 버스 안이라는 것을 깨달은 수용 씨.

그때, 옆에서 누군가 속삭였다.

"SBC 인기차트."

누군지 알 수 없었지만, 일단 고맙다는 인사를 하고 수용 씨는 유튜브 어플을 켰다.

하지만 검색 키워드를 입력하려던 그는 곧 미간을 찌푸리고 말았다.

공중파 방송은 저작권 때문에 유튜브에 바로 올라오질 않기 때문에 포털사이트의 프로그램 코너에서 가수들 무대별로 쪼개진 클립 영상을 찾아봐야 한다.

그래서 유튜브를 검색해도 나오지 않는데, 그걸 모르고 어플을 켰으니 의미 없는 일.

그런데, 어플을 끄려던 수용 씨는 추천 영상을 보고 눈썹을 추켜올렸다.

[4K직캠] 웬디즈 무대 리허설 + 윤소림?

영상을 재생하자 블루투스이어폰에서 잔잔한 발라드 음악이 흘러나왔다.

교통사고로 웬디즈의 리더 차아린이 빠진 무대여서 단조로웠다.

특별한 건 없는 것 같은데, 웬 윤소림인가 했더니 무대 구석에서 윤소림이 마이크를 들고 서 있었다.

이어진 두 번째 곡 리허설에서 백애리가 마이크를 놓쳤다.

안타까워서 수용 씨 역시 눈살을 찌푸렸다.

그런데 이때, 윤소림이 마이크를 손에 쥐더니…….

수용 씨의 커진 눈이 버스 유리창에 비쳤다.

*　　　*　　　*

「세러데이 서울」

"기사가 대체 몇 개야."

데스크에 올릴 윤소림 기사가 이번 주 내내 있다.

그렇다고 다 같은 기사도 아니고, 일회성도 아니다.

일단 직캠.

팬들이 찍어 올린 무대 리허설 영상이 오늘 아침 유튜브에 올라왔는데, 윤소림이 웬디즈와 호흡을 맞춘 짧은 순간도 포함돼 있어서 댓글창이 난리가 났다.

댓글 890개

열일하는스탭 (1시간 전)

내가 이 일 하면서 두 번 놀랐는데, 한 번은 유유가 무대 뒤에서 쓰러진 거. 알고 보니까 감기 몸살인데도 팬들 기다린다고 무대 올라가서 개쩌는 퍼포먼스 보여줬거든. 아무튼… 두 번째로 놀란 건 어제였다. 윤소림이 노래를, 노래를. 니들 상상이 가냐? 그걸 눈앞에서 봤다.

이기봉 (5분 전)
와, 윤소림 예쁘다 하고 보다가 눈 튀어나온 사람 손!

정은희 (5분 전)
웬디즈 응원하려고 찌푸렸던 미간이 윤소림 목소리 나오자마자 다림질한 것처럼 펴졌다.

tmi (4분 전)
윤소림 소속사 대표는 다 계획이 있었구나!

최지민 (1분 전)
웬디즈하고 사이 안 좋다고 한 악플러들 지금 쥐구멍 찾고 있다는 기사 아직 안 떴나요?

다음은 〈플레이리스트〉 2차 티저 영상 공개.

이번주 금요일 마침내 첫방송을 하는 TVX 예능.

2차 티저에는 성지훈과 윤소림이 함께 무대를 꾸미는 것이 예고됐다. 그리고 당연히 이 영상 역시 댓글이 범람하고 있다.

댓글을 읽어볼까 하다가 생략.

이어서 세 번째는 〈3인칭시점〉 출격 예고.

유병재와 윤소림, 그리고 이번에는 은별이도 살짝 얼굴을 비칠 예정.

여기도 뭐 난리고.

아무튼 이것만 해도 정신없는 한 주가 흐를 거라고 예상되지만, 금요일 저녁에 〈플레이리스트〉가 방송되고 나면 다음 주 역시 윤소림의 한 주로 시작될 게 확실했다.

"최고남… 도대체 머릿속에서 뭘 그리고 있는 거야."

그런 생각을 문득 가졌을 때였다.

편집부장이 문을 박차고 들어왔다.

"황 기자야!"

"예!"

황 기자가 고개를 치켜들고 일어났다. 그러자 편집부장이 다짜고짜 그녀의 어깨에 손을 올리고 눈을 번뜩인다.

"역시 우리 세러데이의 보배! 세러데이의 미래! 세러데이의 희망!"

과도한 연사에 동료 기자들이 실실 웃으며 쳐다본다.

"도대체 어떻게 찍은 거야?"

그가 왼손에 쥐고 있던 기사를 펄럭거린다.

[단독] 늦은 밤, 웬디즈 리더 차아린의 병문안을 온 윤소림!

황 기자는 입술을 씨익 올렸다.

그날, 최고남은 윤소림이 병문안을 갈 일은 없다고 했었다.

'하지만 믿지 않았지.'

촉이 왔고, 예상대로 그 밤에 최고남과 윤소림은 병원을 찾았다. 황 기자는 그 순간을 놓치지 않았다.

"근데 최고남하고 사이는 괜찮겠어?"

편집부장의 우려 섞인 시선에 황 기자는 어깨를 으쓱했다.

"뭐, 기브앤테이크 아니겠어요?"

"역시, 이래야 황숙희지!"

편집부장의 껄껄거리는 웃음소리가 멀어지려다가 멈칫.

그가 뒤돌아서 묻는다.

"성지훈은 어떻게 할 거야?"

"인터뷰 따야죠. 제2, 아니, 제3의 전성기가 시작될 텐데."

*　　　*　　　*

「경기도 양평, STEP」

"보고 싶어서… 또다시 그대 사진을 꺼내요……."

성지훈은 빗자루질로 새로운 한 주를 시작했다.

주말 사이 내려앉은 먼지를 털어내고 물걸레질까지 하자 식당이 멀끔한 모습을 되찾았다. 그 모습을 흐뭇하게 바라본 뒤, 음악을 틀기 위해 카운터 모니터를 바라보다가 멈칫.

딱히 문제가 생겨서는 아니었다.

〈그리워서〉는 여전히 실시간 차트에 머물러 있었으니까.

"뭐가 달라지겠어?"

아직, 그날 무대의 여운이 가슴에 체기처럼 얹혀 있지만 딱히 큰 기대를 가지고 있지는 않았다.

방송 한 번에 천지개벽할 일이 벌어지는 것도 아니고.

아무것도 확정된 게 없었기에 일단은 본업에 충실할 생각인데…….

"자꾸만 신경이 쓰인단 말이지."

생각해 보니 화가 난다.

최고남 그놈은 사람 마음 이렇게 들쑤셔 놓고 코빼기도 안 비치고 있고, 엄 피디는 며칠 전에 방송 날짜 알려주는 문자 하나 보낸 뒤로는 연락 한 번이 없다.

성지훈은 타는 속을 달래려고 주방으로 들어가 물 한 잔을 벌컥 마셨다.

번드르르해진 입술을 소매로 훔치는데, 밖에서 인기척이 느껴졌다.

이 시간에 올 놈은?

성지훈은 실실 올라가는 입꼬리를 내리려고 인중을 길쭉하게 늘어뜨리면서 빗자루를 쥐었다.

"너 이 자식, 내가 오지 말라고 했지!"

큰소리를 치면서 밖으로 나갔다. 그런데 아무도 없다. 계단 위로 찬바람이 휭 하니 지나가더니 성지훈의 가슴을 스치고 지나갔다.

마음이 텅 빈 것처럼 허전해진다.

"왜 이러냐, 촌스럽게."

현역 시절에도 몇 번이나 느끼던 감정이다.

화려한 무대가 끝나면 어김없이 찾아오던 공허함 말이다.

그래서 최고남 그 자식이 더 나쁜 거다.

그걸 누구보다 잘 아는 놈이 사람 마음에 대문짝만 한 구멍을 만들어놓고 코빼기도 안 비치고 있으니까.

분노로 이글거리는 마음을 간신히 억누르는 이때, 성지훈의 시야에 계단에 놓인 신문 뭉치가 보였다. 그래서 투덜거리면서 신문을 들고 펼쳤다.

윤소림과 최고남의 사진이 대문짝만 하게 걸려 있었다.

그런데, 사진을 보면서 성지훈은 이를 아드득 갈았다.

"정녕… 나는 윤소림의 밑밥이었던 거냐?"

*　　　*　　　*

"와, 전화 엄청 오네."

김승권은 아침부터 울려대는 전화벨 소리에 노이로제에 걸릴 것 같았다.

오죽하면 인자한 김나영 팀장도 대표님에게 전화해서 빨리 오라고 했을 정도니까.

또다시 울리는 전화로 손을 뻗을 때, 김나영 팀장이 눈짓하며 말했다.

"박하하고 승권 씨는 애들 챙겨요."

"예!"

그래서 바인더를 챙기고, 김승권은 권박하와 함께 대표실로 들어갔다.

연습생들이 둥지 안의 참새 새끼들처럼 앉아 있었다.

"다음 주부터 N탑에서 연습하는 거 알지?"

"예!"

연습생들이 짹짹거린다.

"한동안은 나하고 박하 씨도 같이 갈 거니까, 괜한 걱정 하지 말고."

짹짹!

"그럼, 뭐 궁금한 거나 애로 사항 같은 거 있어?"

김승권은 씨익 웃으며 참새 새끼들을 바라봤다.

서로 눈치만 보기 바쁘다.

그러자 옆에서 지켜보던 권박하가 눈썹을 꿈틀 올리면서 신호를 준다.

이제, 지난번에 배운 것을 써먹어야 할 차례.

"흠."

김승권은 목소리를 가다듬었다. 지난번에 은별이한테 극혐 소리를 들었던 것은 너무 목소리 톤이 올라갔기 때문.

그러니까 너무 과하지는 않게 톤만 살짝.

마치 피아노 건반을 살살 두드리듯.

그것뿐만이 아니다. 요즘 애들 용어도 공부한 김승권이었다.

일단 첫 번째는 애들하고 시선 맞추기.

'아…….'

하지만 김승권의 모습을 보면서 권박하는 아차 싶었다.

김승권이 안드로메다에서 온 외계인처럼 눈을 동그랗게 떴기 때문이다.

시작부터 과하다.

아이들도 당황하고 있었다. 표정들이 딱딱하게 굳은 게 보인다.

'괜찮아. 두 번째가 있으니까.'

권박하는 선생님의 컨펌을 기다리는 교육생을 향해 고개를 끄덕여 줬다.

김승권이 입을 동그랗게 만다.

"너희 조깅맨 봤니?! 갓소담 완전 빵 터지지 않았음?! 케미 오졌따리! 나도 모르게 덕밍아웃 할 뻔했다니까?!"

경악하는 권박하.

김승권의 폭주는 멈추지 않았다.

"근데 신준기하고 주이래 약간 연애각 아니니?! 눈빛 장난 아니더라?! 빼박캔트 연애각이던데!?"

도대체… 왜 저래?

심지어 몇 년 전에나 유행이었던 인터넷용어.

더 하다가는 아이들 눈에서 욕이 나올 것 같았다.

보다 못한 권박하가 입 모양으로 경고했다.

'그만해요!'

"뭐, 연예인들이야 개지리게 바빠서 일반인 만나기도 힘드니까!! 근데 둘이 사귀는 거면… 와, 타격감 장난 아닐 듯?!"

'그만하라고!'

소리 없는 외침과 함께 권박하는 잰걸음으로 김승권에게 다가갔다.

"너희 요 앞 카페 티라미수 안 먹어봤지? 완전 오졌……."

순간, 김승권은 옆구리에 훅 들어온 주먹에 깜짝 놀라서 입을 다물었다.

"그만 좀!"

이를 악문 선생님의 모습에 그제야 뭔가 잘못됨을 느낀 김승권이 괜스레 민망해져서 제 목을 긁적거릴 때였다.

사무실 문이 열리고 대표님이 들어왔다.

연습생들이 동시에 일어난다. 그런 다음 박은혜를 중심으로 연달아 허리를 숙였다.

"안녕하십니까!"

그 모습을 본 대표님이 미소와 함께 반긴다.

"안녕!"

인사를 받은 아이들의 표정이 밝아진다.

그 모습을 보면서, 김승권은 조금 이해가 가질 않았다.

'대표님도 나랑 비슷한 톤인데.'

그런데 왜, 애들 표정이 극과 극일까.

참으로 불가사의한 일이다.

*　　　*　　　*

실시간검색어 1위, 유튜브 급상승 동영상의 주인공, 지금 대한민국 연예부 기자들이 눈에 불을 켜고 찾는 연예인의 이름.

그리고 월요일 아침부터 퓨처엔터 사무실이 전화벨 소리에 몸살을 앓고 있는 이유.

바로 윤소림.

어제 현장에서 고성능 카메라를 들고 있는 아이돌 팬들을 봤을 때부터 예견된 일이지만, 사실 타이밍이 조금 아쉽다.

웬디즈에게 시선이 좀 더 쏠리고 나서 윤소림에게 관심이 흐르기를 기대했으니까.

그런데 직캠 영상이 생각보다 빨리 올라와 버렸다.

하지만 달라지는 것은 없다.

지금까지 그래 왔듯 들뜰 필요도, 특별하게 대비할 필요도 없다.

계획대로만 움직이면 된다.

퓨처엔터는 윤소림을 비롯해 은별이와 강주희를 케어하면 되는 거고, 나는 내가 해야 할 일을 하면 되는 거다.

"장산의 여인은 토요일부터 촬영 들어가지?"

"예, 밤 촬영까지 있습니다."

유병재가 스케줄을 확인하며 말했다.

"3인칭시점 방송 볼 시간도 없겠네?"

"와이프가 다운받아 둔답니다."

"제수씨한테 회사에 영수증 청구하라고 해."

나는 실실 웃고 김나영 팀장을 바라봤다.

"보도 자료는?"

"10시에 보도 자료 돌릴 겁니다."

기자들에게 전체 메일로 보낼 내용은 대충 이렇다.

윤소림은 앞으로도 배우로서 팬들을 찾아갈 것이며, 당분간은 〈장산의 여인〉 촬영 스케줄에만 집중할 것이다.

한마디로 음악 활동은 없다는 얘기.

가능성을 완전히 닫아둔 것은 아니지만 기껏 쌓아온 배우 이미지를 희석할 계획은 없다.

윤소림은 지금까지 해왔던 것처럼, 퓨처엔터에 있는 한 앞으로도 여배우로 활동할 것이다.

"불길이 너무 커. 어차피 분위기 계속 이어질 것 같으니까, 금요일에 플레이리스트 방영할 때까지 지켜보자고."

"그렇지 않아도 엄 피디가 좋아하더라고요."

"좋아하겠지. 이번 주 첫방인데 물이 제대로 들어왔으니까."

"내일 기자 몇 명 모아서 식사한다고 하더라고요."

"그럼, 내가 잠깐 들른다고 해."

밥값이라도 계산해 주고 올 생각이다.

유병재가 이마를 긁적이다가 눈치를 보며 묻는다.

"성지훈 선배도 우리가 케어하는 겁니까?"

"물어봐야지. 우리가 케어하면 좋겠지만, 강요할 건 아니고."

판을 깔았다고 해서 성지훈이 제3의 전성기를 꼭 퓨처엔터와 함께할 이유는 없다.

대중이 성지훈을 어떻게 받아들일지 역시 아직 알 수 없고.

아무튼.

지금까지 할 수 있는 건 다 했으니까 결과를 지켜볼 일이다.

나는 유리 벽에 그려진 스케줄표를 바라봤다.

처음에는 저기에 날짜만 주르륵 적혀 있었지만 지금은 하루도 빠짐없이 스케줄이 차 있다.

윤소림뿐 아니라 은별이, 강주희, 그리고 연습생들.

"은별이가 골드버튼 갖고 싶다는데, 살 수도 있으려나?"

"예? 그걸 어떻게 사요?"

"좀 그렇지? 그나저나 슬슬 주희 선배 차기작 잡아야 하는데."

"찜해둔 거 있으시다면서요?"

"있는데, 작가님 작업 속도가 더디네."

"무슨 작품인데 그러세요?"

"좀만 기다려 봐. 때 되면 알려줄 테니까. 연습생들은 사이 어떤 것 같아? 싸우고 그러지는 않지?"

총알 쏘듯 얘기하고 김나영 팀장을 바라봤다.

그녀가 다문 입술에 호를 그리고 나를 쳐다보다가 말했다.

"소림이 챙기면서 언제 또 거기까지 생각하셨어요?"

"소림이만 신경 쓸 수는 없잖아."

지금도 충분히 퓨처엔터는 윤소림을 중심으로 돌아가고 있다.

내일 점심에 엄 피디가 기자들 만난다는 자리에 밥값 계산해 주러 잠깐 들러야 하고, 수요일에는 여의도에서 KIS 시사 피디와 회의, 목요일은 〈장산의 여인〉팀과 미팅, 금요일은 〈플레이리스트〉 제작발표회 및 첫 방송까지.

쉴 틈 없이 윤소림 스케줄이 이어진다.

"근데 괜찮으시겠어요?"

"뭘? 소림이 삐질까 봐?"

어깨를 으쓱했더니, 김나영 팀장이 다시 말했다.

"아니요, 기자들이 보도 자료 보고 '예. 알겠습니다.' 할 사람들은 아니잖아요."

"뭐, 괴롭히라지."

스캔들 기사로 괴롭히는 것은 사절이지만, 지금처럼 불 때주러 오겠다는데 싫을 이유 있나.

불씨 하나도 간절한 연예인이 널리고 널렸는데 말이다.

흐흐.

*　　　*　　　*

“아니, 한 보따리를 풀어놓으면 뭐 해요. 후속타가 없는데. 감출 거면 계속 감추든가. 팀장님, 인터넷 안 보세요? 지금 난리잖아요! 그런 마당에 촬영에만 집중한다는 게 말이 되냐고요.”

기자의 계속된 하소연에도 퓨처엔터 김나영 팀장은 같은 말을 되풀이한다.

—이 기자, 미안해. 우리야 하고 싶지. 팬 미팅도 하고, 예능도 더 나갈 수 있으면 나가지. 근데, 지금 촬영 스케줄이 코앞이잖아. 당분간 소림이는 장산의 여인에만 집중할 거야.

“아니, 팀장님!”

—변동 사항 있으면 내가 이 기자한테 바로 연락할게. 그러니까 플레이리스트 기사만 좀 부탁할게!

경쾌한 목소리가 사라지자, 기자는 한숨을 쉬고 수화기를 내려놓았다.

대중이 윤소림이라는 핫한 키워드에 목마른 이때, 퓨처엔터는 강 건너 불구경 하듯 하고 있다.

이 상황이 말이 되는 건가 싶을 정도로 태연해서 당황스러울 정도인데, 이러고 있는 시간에도 세러데이 서울은 단독을 몇 개나 붙이는 건지.

그걸 복사하고 붙이고 키워드 몇 개 수정해서 올리기를 수차례.

“젠장, 우라까이도 한두 개지.”

하지만 트래픽으로 먹고사는 인생에 방법이 있나.

한숨 쉬며, 손가락에 건초염 올 정도로 키보드를 두드리던 기자가 문득 핸드폰 화면에 시선을 돌렸다. 문자가 도착해서 화면이 잠깐 켜졌다가 꺼졌는데.

"뭐?"

다시 화면을 켜서 문자를 본 기자가 눈을 번쩍 떴다.

"내일 퓨처엔터 대표가 온다고?"

TVX 엄란 피디가, 제작발표회 전에 친한 기자들 몇 명 불러서 식사를 하는 자리에 최고남이 온다는 소식이었다.

.

.

.

"기자들?"

월요일 다음으로 직장인들이 싫어하는 화요일에, 나는 엄란 피디를 만나러 TVX 근처 식당을 찾았다.

잠깐 인사만 한 다음 점심을 계산해 주고 떠날 생각인데, 저승이가 설렁설렁 엘리베이터에 오르면서 묻는다.

[기자들에게 아저씨가 너무 노출되면 안 좋은 거 아니에요? 업보 해결하는 데 어려움이 생길 것 같은데.]

나는 피식 웃었다.

"저승아, 기자들 행동반경, 그거 빤하다. 내가 누구냐?"

최고남이지.

방 국장의 표현을 빌자면 부처님 손바닥 안이라고 할까.

흐흐 웃으면서, 카운터를 지키는 지배인에게 다가갔다.

"여기 TVX 제작진이 예약한 룸이 어딥니까?"

"안내해 드릴게요."

지배인에게 안내를 받아서 룸으로 들어갔다.

하지만, 문을 열고 들어갔던 나는 곧바로 다시 나왔다.

마이클 잭슨의 문워크를 연상케 하는 발동작으로 서둘러 나와서 문을 닫고 눈을 깜빡이면서 생각했다.

"왜, 기자들이 저렇게 많아?"

심지어 룸 안에 앉아 있던 기자들이 일제히 나를 쳐다보는 게 아닌가.

기자들이 단체 회식하는 룸에 잘못 들어간 건가 싶어서 고개를 두리번거리는데, 문이 열리더니 엄란 피디가 고개를 쑥 내밀었다.

"대표님, 안 들어오고 뭐 하세요?"

"기자들이 왜 저렇게 많아요?"

엄 피디가 눈주름을 새기고 상황을 설명했다.

"기자 몇 명이 더 참석하고 싶다며 문자를 보내더라고요. 그래서 막내 작가한테 기자들 명단 받고 식당 예약 다시 하라고 했더니, 저렇게 많이 온 거예요."

"우리 제작발표회 금요일이잖아요?"

"그건 그거고. 기껏 온 기자들을 다시 돌려보낼 수도 없는 노릇이라서요."

그래도 그렇지.

나는 그냥 점심만 계산해 주고 가려고 했는데.

난처해하는 엄 피디의 모습에 마지못해서 룸 안에 들어갔다.

"최고남이다."

"야야, 전화 끊어. 퓨처엔터 대표 왔다."

"역시, 오길 잘했어. 최 대표 온다는 소리 듣고 약속 다 제쳐두고 왔는데 말이야."

웅성거림과, 먹이를 발견한 하이에나 떼의 번뜩거리는 시선을 지나서 안으로 들어갔다.

"자, 식사 들어오기 전에 짧게나마 질문이 있으시면……."

엄 피디의 말이 떨어지기도 전에 기자들이 손을 번쩍 들었다.

나는 숨을 고르고 말했다.

"혹시 어제 일어난 일과 관련된 질문이라면 보도 자료에서 언급한 내용 외에는 드릴 말씀이 없습니다. 양해 부탁드립니다."

절반이 아쉬워하며 손을 내린다.

"나머지 분들도 소림이와 관련된 다른 질문이라면 이 역시 식사하고 나서……."

이번에도 반이 내렸다.

남은 사람들은 뭐가 궁금해서 그런 걸까 싶은데, 엄 피디가 나를 대신해서 말했다.

"최 대표님하고 관련된 질문이면 이번에도 식사하고 나서……."

기자들이 아쉬워하면서 모두 손을 내린다.

그런데 기자 한 명이 꼿꼿이 팔을 들고 있었다.

"예, 기자님."

발언권을 주자 기자가 냉큼 말했다.

"윤소림 씨의 음악 활동은 아예 배제되는 겁니까? 퓨처엔터는 윤소림 씨한테 올인 하는 거죠?"

말해도 못 알아먹는 기자는 늘 존재한다.

그렇다고 마냥 무시할 수도 없어서 마이크를 잡았다.

"보도 자료에도 언급했듯, 윤소림은 배우 활동에 전념할 겁니다. 그리고, 윤소림은 소속 아티스트 중 한 사람일 뿐입니다."

"스카이데일리 마영환 기잡니다! 최 대표님이 N탑 부문장 출신이신데, 처음부터 배우가 아닌 가수 포지션을 염두에 두셨던 겁니까?"

"엔컷 뉴습니다! 대표님은 소림 씨의 재능을 가까이에서 지켜보셨고, 직접 발굴하신 걸로 알고 있는데……."

"썬스페셜 연미소 기잡니다! 어제 왜 갑자기 소림 씨가 웬디즈의 리허설에 끼어든 건가요?"

한 사람이 물꼬를 트자, 너 나 할 것 없이 손을 치켜들며 질문을 쏟아내기 시작했다.

개판 5분 전인 상황에서 나는 다시 마이크를 쥐고 말했다.

"우선, 소림이에 대한 관심 감사합니다. 하지만 이 자리는 〈플레이리스트〉라는 예능프로그램을 위한 자리입니다."

추억 속 노래에 얽힌 수많은 사연을 이야기하려면 시간이 모자랄 정도다.

"그러니 오늘은 프로그램 얘기만 했으면 합니다. 소림이와 관련된 이야기는 방송 후에 따로 자리를 마련하겠습니다. 양해 부탁드립니다."

정중히 허리를 숙여서 부탁하자, 눈에 익은 기자가 조심스럽게 물었다.

"열린일보 민지영 기잡니다. 그럼, 성지훈 씨의 그동안의 행적을 프로그램을 통해서 시청자들도 알 수 있는 건가요?"

나는 대답 대신에 엄 피디를 바라봤다. 그녀가 마이크를 쥐고 말했다.

"예. 금요일이 오면 자세히 알 수 있을 겁니다. 보다 자세한 건 제작발표회 때 말씀드리겠습니다."

*　　　　*　　　　*

「TVX 음악 예능 〈플레이리스트〉 제작발표회 당일」

윤소림으로 시작한 한 주가 순식간에 지나갔다.

금요일이 오면서 살짝 분위기가 가라앉기는 했지만, 유튜브에서 직캠 영상의 열기는 여전히 뜨거웠다.

그렇기 때문에 제작발표회를 찾은 기자들의 관심은 온통 윤소림이었다.

"진짜 너무한 거 아니야? 퓨처엔터 이번에 완전 실망이야!"

"그러게 인터뷰 한 번을 안 하네."

"윤소림이 지금 한가하게 촬영 준비나 하고 있을 때냐고."

"듣자니까 그게 다 윤소림 재워야 해서 그렇다며?"

"그건 또 무슨 소리야?"

"하루 8시간 취침을 보장한다는 거야."

"계약조건이야?"

"아니, 최 대표가 유별나게 그렇게 윤소림 잠을 챙긴데."

"지금 윤소림 때문에 이 난리가 났는데, 잠을 잔다고?"

"그러게 말이야. N탑도 묵묵부답, 퓨처엔터도 입 다물고 있고.

그런데 기사는 계속 나오잖아? 3인칭시점, 플레이리스트, 심지어 〈공서〉 기사도 나오더만."

"그러고 보니 공서에서 같이 나왔던 남자 배우는 뭐 해?"

"내 알 바냐."

"근데 오늘 퓨처엔터 대표는 오는 거지?"

"글쎄."

"아, 와야 하는데. 윤소림도 윤소림이지만, 퓨처엔터 대표 관련 기사가 트래픽 쭉 오르잖아?"

"그러게 말이야. 인티에 올라온 글 봤어?"

"대표가 아이돌 키운다는 거 말하는 거지? 퓨처엔터의 정점이 윤소림이 아니라 아이돌이라는 거!"

때마침 사회자가 올라오고, 엄란 피디를 비롯해서 스태프들이 보인다. 그리고 마침내…….

"뭐야? 최 대표는?"

*　　　*　　　*

「경기도 양평, STEP」

"불금이면 뭐 하냐? 손님도 없는데. 문 닫을 거니까, 너희도 바로 퇴근해."

"오늘 방송하는데 같이 보면 안 돼요?"

"가. 그냥 가! 나 혼자 궁상맞게 술 한잔하면서 볼 거니까!"

성지훈은 직원들을 등 떠밀어서 퇴근시키고 TV를 켰다.

방송이 몇 시였더라.

인터넷을 검색하려고 핸드폰을 들었는데, 오전에 커뮤니티에서 본 게시물이 그대로 떠 있었다.

—지금까지 최고남 대표를 지켜본 결과, 팩트는 최 대표가 음악 제국 N탑의 부문장이었다는 거다. 윤소림이 지금 성공 가도를 달리고 있는데, 실상은 배우가 그의 전문 분야가 아니었다는 거지.

결론을 어떻게 내야 할지 모르겠는데…….

아무튼 윤소림이 음악적인 활동을 할 가능성은 낮아 보이지만, 퓨처엔터에서 걸 그룹을 준비 중인 것은 사실인 듯 보임.

개인적으로 보이 그룹을 기대했던 팬으로서 조금 아쉬운 게 사실이지만, 어떤 형태든 퓨처엔터에서 아이돌이 나온다면 가요계에 태풍이 몰아칠 거라고 예상해 봄. 끝!

"어떤 놈인지 눈치 하나는 좋네. 그렇지, 최고남이 전문 분야는 배우가 아니지."

하지만 그게 무슨 의미가 있을까.

윤소림만 생각하는 놈인데.

"이 자식이 끝까지 연락이 없네. 그래, 지금 윤소림이 더 중요하지. 내가 신경이나 쓰이겠어? 에잇, 이놈의 밑밥 인생!"

입맛을 쩝쩝 다시면서, 성지훈은 주방에서 소주 한 병을 가져왔다. 잔을 하나 챙기는데, 입구에서 인기척이 느껴진다.

"영업 끝났습니다!"

그렇게 외치면서 나오는데, 이런.

최고남이 빙긋이 웃으면서 서 있네…….

"잔 하나 더 있어야겠는데요?"

*　　　*　　　*

"너는 바쁘다면서 여길 뭐 하러 왔어?"

"좋으면서."

"나 오늘 기분 좋거든? 시비 걸지 마라."

"내가 와서?"

"이 자식이 진짜… 가! 그냥 가!"

밀당도 이쯤이면 슬슬 재미가 붙는다.

성지훈은 쉴 새 없이 투덜거리면서도 잔 하나를 더 챙겨 왔다. 앞치마까지 두르고 주방에서 안주 하나를 후딱 만들어 온다.

젓가락까지 살뜰히 챙기는 모습을 보며, 나는 피식 웃고 자리에 앉았다.

"바빠도 챙길 사람은 챙겨야죠."

성지훈 입술이 씰룩거린다. 하여간 좋으면서. 이렇게 티가 나는 사람도 드물다니까.

"윤소림은?"

"알아서 하겠죠. 이번 주에 얼굴도 못 봤어요."

"츤데레냐?"

그건 또 무슨 말이야.

"구시대 사람도 아니고. 요즘 누가 그런 말을 써요?"

"내가 쓴다, 왜? 야, 지금 퓨처엔터 윤소림한테 올인 해야 하는 거잖아?"

"우리 회사에 윤소림만 있는 거 아닙니다."

나는 성지훈의 잔을 채워주며 속삭였다.

"그래도 제일 아픈 손가락일 거 아니야?"

"손가락은 깨물면 다 아픕니다."

"그럼… 나도 아프냐?"

"저 이따 올라가 봐야 해요. 잔만 부딪칠게."

서울까지 한 시간이면 가는 거리지만, 여기는 대리 기사가 들어오기 어려운 곳이다. 그렇다고 성지훈이랑 살 부대껴 가며 자고 갈 수도 없는 노릇이고.

뭐, 취해봤자 저승이가 한 방에 알코올을 날려주겠지만, 나중에 핑계 대기 애매하니까.

"왜 말을 돌려? 아프냐고!"

"여기 안주가 맛있나 모르겠네."

"어후, 격하게 네가 싫다. 정말 싫어! 술이나 마셔!"

"운전해야 돼요. 여기 대리 기사도 못 들어오더만."

"그럼 병재를 데려오든가! 술맛 떨어지게!"

"취한 척해줄게요."

"연기 잘해라. 젓가락도 한 번 떨어뜨리고, 잔도 떨어뜨리고."

"제가 잘나가는 배우 윤소림 키운 소속사 대푭니다. 그 정도 연기야 껌이지, 아이고."

너무 촐싹거렸나.

실수로 젓가락을 떨어뜨렸더니 성지훈이 버럭 소리 지른다.

"야, 지금 떨어뜨리면 어떻게 해? 네가 주방 가서 젓가락 가져와!"

"나이 먹더니 기억력이 안 좋아졌나. 언제는 떨어뜨리라며?"

침 튀겨가며 성지훈과 투닥거리는 사이에 마침내 〈플레이리스트〉가 시작됐다.

—남자 친구와 헤어지고 이 노래 들으면서 엉엉 울었던 기억이 남아 있어요.

—지금도 입영열차가 있나 모르겠지만, 여자 친구와 입영열차를 타고 훈련소 앞까지 갔어요. 그때 식당에서 이 노래가 나왔는데 여자 친구가 울더라고요, 후후.

—그때는 참, 친구들하고 잘 돌아다녔어요. 동대문도 가고, 남대문도 가고. 어느 날 햄버거 가게에서 햄버거를 먹는데 이 노래가 나오더라고요. 왜 그런 기분 있잖아요. 연애는 안 하는데 헤어진 기분. 그 노래가 그랬어요.

—이 곡이 아마 CF 배경곡으로도 나왔을 거예요. 감성이 충만하던 시절이었거든요. 뭐랄까. 떠올리면 아련해진다고 할까요? 그때는 지금처럼 디지털 방송 시대도 아니었으니까.

노래에 얽힌 사람들의 추억을 들으면서 소주병이 하나 비워지고, 또 비워진다.

술은 성지훈 혼자 마시고 나는 잔만 부딪친다.

—여러분, 소개하겠습니다. 가수 성지훈입니다.

윤소림의 소개로 성지훈이 무대에 올라온다.

"형님은 예전 모습 그대로네요."

"늙었지, 인마."

노래를 부르는 자신의 모습을 바라보는 성지훈의 눈동자가 왠지 촉촉해지는 것 같다.

두 번째 무대가 끝나고, 팬클럽 회장이 올라왔다.
엄 피디가 신경을 많이 쓴 장면이다.
—저기 오빠… 팬클럽 있어요?
화면 속 성지훈이 고개를 가로젓는다.
—그럼, 제가 1호 팬이 되어도 될까요?
—나, 유통기한 많이 지났는데… 그래도 괜찮아?
—방부제 드신 줄.
다음 순간, CG의 도움으로 20년은 젊어진 팬과 성지훈이 서로를 바라본다.
소주잔을 든 채로 TV를 보던 성지훈이 괜스레 코를 훌쩍거리면서 중얼거린다.
"재가 내 속을 그렇게 긁었던 앤데."
"그날 보니까 두 사람 아주 성격이 똑같던데요."
"야, 내가 무슨 재랑 성격이 똑같냐?"
"근데 유통기한 얘기는 뜬금없이 왜 나온 거예요? 대본에 있었나?"
"그런 게 있어! 기억도 하기 싫은 옛날 일."
뭔지 모르겠지만, 팬클럽 회장이 무대를 내려가고 이어서 무대가 암전됐다.
마지막 순서.
저 날 촬영이 끝나고 며칠 후에 따로 촬영한 무대였다.
노래가 끝날 때까지 성지훈은 TV에서 눈을 떼지 못했고, 나는 물 채운 소주잔을 빙글빙글 돌리면서 귀를 기울였다.
성지훈의 목소리와 윤소림의 화음이 완벽한 하모니를 이룬 무대였다.

다음 주 3W의 출연을 예고하면서 〈플레이리스트〉 첫방이 끝났다.
성지훈이 아주 긴 한숨을 내쉰다.
어떤 심정일지를 유추할 수는 있지만, 그와 똑같은 감정을 느낄 수는 없다.
근데, 이 사람은 왜 이렇게 안 오는 거야.
내가 시계를 힐끗 쳐다보자 성지훈이 물었다.
"벌써 가야 해?"
"아니요, 올 사람이 있어서."
"병재? 아니야? 그럼 누가 이 밤에 여기를 와?"
"나 떠나면 형님 술잔 채워줄 사람 필요할 것 같아서요."
"또 무슨 꿍꿍이야."
성지훈이 의심의 눈초리로 날 바라본다.
그때, 저승이가 나직이 속삭였다.
[왔네요.]
그리고 삐걱 소리와 함께 나무 계단을 오르는 소리가 들린다. 성지훈이 고개를 빼죽 내밀다가 입구를 보고 놀란 얼굴이 됐다. 눈시울이 붉어진다.
"지훈아."
무거운 목소리가 들려왔다.
"아마… 저 사람 많이 아플 거예요, 손가락이."
나는 웃으며 말했고, 성지훈은 눈물을 훔치고 일어나서 그에게 다가갔다. 두 사람은 말없이 서로를 부둥켜안았다.
'오성식.'
18년 전, 성지훈과 함께 동고동락했던 매니저.

예전에 성지훈이 오성식 매니저에 대해서 얘기한 적이 있다.

그때는 소중한 줄 몰라서 매일 불평하고 싸우기만 했다고.

그래서 다시 만나면 꼭 미안하다고 말할 거라고.

이번에 그를 찾는 데 꽤 오랜 시간이 걸렸다.

여기저기 수소문해서 겨우 찾을 수 있었다.

나는 지갑에서 명함을 하나 꺼내서 놓고 일어났다. 둘이서 할 얘기가 많을 테니 자리를 비켜줄 생각이다.

"술 상대 왔으니, 저는 먼저 갑니다. 전화 주세요."

새로운 한 주가 와도 나는 퓨처엔터에 있을 테니까.

아, 이제 소리 좀 지르지 말고.

* * *

톡톡톡…….

엄 피디는 책상을 두드리면서 벽에 걸린 시계를 힐끗힐끗 쳐다봤다.

수차례 회의를 하고, 연출에 공을 들이고, 무대를 준비하고, 수많은 관계와 관계를 조율하고, 편집실에서 살다시피 하며 밤새워 편집한 결과물이 방송되고 있다.

기쁘지만, 프로그램이 방송된다는 것은 더 이상 손댈 수 없다는 의미이기도 하다.

그래서인지 자꾸만 아쉬움이 든다.

"아, 최고남 대표 인터뷰를 안 했네."

그에게도 노래와 관련한 추억이 있을 텐데 말이다.

아쉬움에 시름시름 앓으며, 방송이 중반을 넘을 때쯤 엄 피디는 핸드폰을 손에 쥐었다. 화면 위에서 잠깐 머뭇거렸던 손가락이 빠르게 자판을 두드린다.

플레이리스트?

기사들과 댓글들이 눈앞에 펼쳐진다.

keikei1** 5분 전

오랜만에 옛 생각도 나고 좋다! 근데 성지훈 왜 이렇게 젊지? 진짜 방부제 먹은 듯!

꼴찌아님 5분 전

멋지다~~ 성지훈!!

beck** 1분 전

피디님, 감사합니다! 덕분에 소중한 기억을 되찾았어요!

그리고 실시간검색어.

1 성지훈 ↑

2 윤소림 ↑

3 플레이리스트 ↑

4 성지훈 표절 논란 ↑

핸드폰을 내려놓는다.

더 이상 검색하지 않아도 충분했다.

"됐어!"

기뻐서 두 팔을 높이 치켜든 엄 피디.

그런데 언제 왔는지 작가들이 줄지어 서서 그녀를 보고 있었다.

"집에들… 안 갔어?"

어색해서 손을 내리려는데, 작가들도 두 팔을 높이 치켜든다.

"예에!"

솔직히 어느 정도 예상은 한 일이었다.

윤소림이 워낙 이슈였고, 퓨처엔터 대표가 바쁜 와중에도 프로그램을 계속 신경 썼으니까.

하지만 결과를 직접 듣는 순간, 팔뚝에 닭살이 한가득 올라오는 것은 어쩔 수 없는 일.

"집엘 왜 가요? 오늘 같은 날!"

"방송 보면서 가다가 소름 돋아서 집에 들어갈 수가 있어야죠."

"진짜, 윤소림 무대가 신의 한 수였어!"

"그러니까요! 그렇게 노래 잘하는지 누가 알았겠어요?"

최고남의 제안이었다.

한번 들어나 보시겠냐고 해서, 그럼 들어나 보자고 했다가, 스태프들 전원 만장일치로 윤소림과 성지훈의 듀엣 무대를 결정했다.

"아쉽다. 윤소림 한 번 더 출연하면 좋겠는데."

하지만 프로그램 콘셉트상 매회 출연자가 바뀐다.

그리고 윤소림은 이제 촬영 때문에 예능을 하지 않을 거라고 했고.

"근데 진짜 대단하다. 나라면 이럴 때 윤소림 엄청 돌리겠는데."

"똑똑한 거지. 보여줄 것만 딱 보여주겠다는 거니까."

"하긴 가수보다는 배우니까요."

"근데 웃긴 게, 지금 윤소림보다 최 대표님이 더 관심을 받고 있잖아요."

"그게 무슨 말이야?"

"피디님도 한번 보세요, 유튜브 영상"

[윤소림 신드롬은 누가 만들었나 ? 음악제국 N탑에서 뛰쳐나온 이단아! 그의 다음 행보는?]

—여러분, 지금껏 노래를 잘하는 여배우는 매번 있었는데, 왜 윤소림이 이렇게까지 주목을 받고 있을까요? 궁금하시죠? 그래서 저희가 분석해 봤습니다.

—우선 윤소림은 현재까지 공서, 500살 마녀, 플레이리스트까지 스트레이트였단 말이죠. 그래서 윤소림이 이다음에 보여줄 모습에 대한 기대감이 1차 작용을 했을 겁니다.

—두 번째는 스토리죠. 자그마치 7년 동안 아이돌 데뷔를 준비했다는 사실은 익히 알려진 사실인데, 그때 함께했던 연습생들이 웬디즈였다는 게 이번에 드러난 거니까요. 재밌는 사실은 그동안 악플러들이 둘의 관계를 안 좋은 사이로 규정했다는 건데, 여기서 짠 하고 반전이 일어난 겁니다.

—마지막으로 윤소림의 소속사인 퓨처엔터 대표와 N탑의 미묘한 관계입니다. 퓨처엔터 대표가 N탑을 나오면서 데려온 게 윤소림이었거든요. N탑 입장에서는 속이 많이 쓰릴 텐데, 이번에 쓰린 배를 후려친 거죠. 한마디로 N탑에 선전포고를 한 거나 다름없습니다.

—그럼 퓨처엔터의 다음 행보는 뭘까요? 저희가 알아본 바, 현재 4명의 여자 연습생으로 구성된 팀이 퓨처엔터에 존재하고 있었습니다. 4명은 퓨처엔터 대표가 직접 뽑은 초A급 재능을 가진 걸로 확인되며…….

"뭔가… 대단한 사람하고 일한 것 같아."

엄 피디는 감탄하며 핸드폰에서 시선을 뗐다.

작가들도 같은 생각이라는 듯 고개를 끄덕인다.

"우리, 최 대표님한테 전화해 볼까요?"

"그럴까?"

"지금 회사에 있으실걸?"

호들갑 떠는 작가들.

엄 피디가 옅게 웃으며 말했다.

"그 사람도 쉬어야지. 한 주 내내 기자들한테 시달렸을 텐데."

"하긴. 우리야 좋지, 우리랑 있으면 그 사람한테는 일이죠."

"근데, 그런 사람은 뭐로 힐링할까요?"

"글쎄. 잠자는 거?"

* * *

회사에 도착해 시간을 보니 딱 토요일이 됐다.

밖에는 비가 보슬보슬 내리고 있었고, 나는 잠깐 눈을 감았다.

지난주 일요일 인천에 다녀온 뒤로 차가 고장 난 탓에 월요일 아침부터 만원 버스에 시달리면서 시작된 한 주였다.

기자들이 전에 없이 관심을 보인 한 주였고, 인터넷에 내 이름이 숱하게 오르내렸던 한 주였다.

눈 한 번 깜빡이니까 오늘이었고, 양평을 다녀오는 것으로 평일 스케줄을 모두 마쳤다.

그리고 내일은 〈장산의 여인〉이 크랭크인 한다.

윤소림에게는 그 어느 때보다 집중이 필요한 한 주였다.

"응?"

연습실에 이 시간까지 불이 켜져 있다.

안에 들어가 보니 대본이 바닥에 놓여 있었다.

그런데 자리에 없는 것을 보니 근처 편의점에라도 간 모양이었다.

"얘가 겁도 없이 혼자서."

우산을 챙겨서 나갔다.

얼마 못 가서 길 건너 편의점이 보였다. 예상대로 모자를 푹 눌러쓴 윤소림이 나오는 게 보였다. 매끄러운 목을 길게 들고 하늘을 본다.

방심한 틈에 비가 후드득 쏟아졌다.

"소림아!"

나는 우산을 들고 뛰어가려고 했다.

그런데 녀석이 떼쟁이 아이처럼 고개를 가로젓는다.

말릴 틈도 없이, 비를 막기에는 어림도 없는 작은 두 손으로 머리를 가리고 뛰어오기 시작했다.

걱정해야 하는데 나는 웃으면서 그 모습을 봤다.

비에 젖은 횡단보도를 여름 백사장의 모래를 밟듯 즐겁게 뛰어온다.

첨벙첨벙.

들릴 리 없는 발소리가 난다. 녀석의 목소리와 함께.

"대표님!"

한 주의 피로가 비에 씻겨 내려간다.

*　　　*　　　*

새로운 한 주는 또다시 퓨처엔터의 열풍이었다.

금요일은 〈플레이리스트〉, 토요일은 〈3인칭시점〉으로 또다시 불이 지펴지면서 월요일 아침 실시간검색어에 퓨처엔터가 오르내렸다.

그리고 기적이 일어났다.

제5장

—

두 번 사는 남자

[기적!]

저승이는 손에 쥔 것을 보며 그 단어를 떠올렸다.

이것은, 어젯밤 최고남에게 내려진 기적.

오랜만에 최고남에게 빙의해서 순식간에 짬뽕 한 그릇 완뽕한 어젯밤…….

★★★★★

ㄴ>여읏시 맛집입니다! 제가 짬뽕 맛 좀 아는데, 여기 짬뽕은 조미료 맛이 거의 안 나요! 무엇보다 해물이 그냥, 통통한 오징어와 지중해담치 같은 가짜 홍합 말고 진짜 홍합이 들어 있어요. 절대 리뷰 이벤트 때문에 오버하는 거 아니에요! 사장님 짱짱짱!

배달 어플에 후기를 남기고 있을 때였다.
톡톡톡.
창문을 두드리는 소리에 고개를 들었더니, 부엉이 한 마리가 창턱에 앉아 있었다.
명계에서 온 전령.
바로 일어나서 창문을 열었더니, 부엉이가 고개를 까딱한다. 저승이는 마른침을 꿀꺽 삼키고 긴장한 표정으로 부엉이를 바라봤다.
구우. 구우. 구우.
"뭐 하고 있었냐니요. 일하고 있었지. 저거 제가 먹은 거 아니에요."
구우. 구우. 구우.
"알죠. 알아요. 업보 해결이 더딘 거. 근데 그게 다 망자의 계획이라니까요?"
구우. 구우. 구우.
"물론 그 와중에 새로운 업이 늘고 있기는 하지만."
망자에게 원한을 가진 이들의 분노, 고통, 저주와 같은 업이 추가로 발생할 때마다 저승이는 그걸 느낄 수 있었다.
업보는 망자의 명부에 차곡차곡 쌓인다.
지금은 망자가 업을 해결하는 과정이지만, 이 또한 젊은 날의 최고남에게는 현생이기 때문에 끊임없이 업보가 쌓이고 있었다.
물론 망자에게는 관계없는 일이다. 먼 훗날, 젊은 날이 사라진 최고남이 해결할 문제일 뿐.
그래서 애써 무시하고 있었는데, 그 또한 명계에서 문제를 삼고 있었다.
구우. 구우. 구우.

"저도 빨리 해결하고 싶습니다. 근데 망자가 제 말을 어디 순순히 들어요?"

구우. 구우. 구우.

"이제 누구 차례냐고요? 가만 보자."

저승이는 명부를 손에 쥐었다.

펼쳐진 명부에는 가까운 시일 내에 마주해야 할 망자의 업들이 은은히 빛을 발했다.

"두 명."

업의 내역을 살펴보니 이번에는 규모가 꽤 크다.

특히 한 명은… 와, 이거 생각보다 더 심한데?

보고 있으니 절로 눈살이 찌푸려지면서 '이런 쓰레기!'라는 말이 절로 나올 정도다.

"예, 바로 업보 해결 시작할 겁니다. 그러니까 명계에 얘기 좀 잘 해주세요. 저야, 당연히 일 잘하고 있죠. 눈 부릅뜨고 지켜보고 있다니까요? 아아, 짬뽕 진짜 제가 먹은 거 아니라니까요."

하소연을 하는데, 부엉이가 빤하게 잠깐 노려보다가 품에서 동그란 구슬을 내밀었다. 푸른빛이 은은하게 섞인 구슬이었다.

구우. 구우. 구우.

"성지훈이… S급이 됐다고요?"

아차.

그걸 못 봤단 말인가.

문책을 받아도 변명할 말이 없는 큰 실수였다.

"그럼 이건……."

머리끝이 쭈뼛 선다.

망자가 바로 지옥에 떨어지지 않은 것은 살아생전 F급을 S급으로 만든 것에 대한 보상이었다.

그 말인즉, 태생이 S급 운명이 아닌 자를 S급으로 만들면 보상을 받을 수 있는데, 성지훈이 S급이 되면서 명계에서 최고남에게 직접 주는 보상이 내려온 것이다.

하지만 이 또한 엄격한 규칙이 있다.

망자의 상태가 선한 상태일 때만 보상이 내려진다는 규칙.

선(善).

올바르고, 착하고, 좋은 사람들에게 주어지는 단어.

F급에서 S급으로 만들어서 보상을 받은 사례 역시 망자가 젊었을 적 쓰레기 소리를 듣기 전에 일어난 일이었기에 보상이 주어졌던 것뿐.

그런데 장례식장에서까지 욕을 먹던 망자에게 보상이 주어졌다는 얘기는…….

명계에서 망자를 선한 영혼으로 판단했다는 것이다.

우리 아저씨가, 달라졌다고?

* * *

퓨처엔터 직원들이 최고남의 사무실에 몰려든다.

이런 풍경, 저승이에게는 흔한 일상이 돼버렸다.

회의가 시작되면 모든 사람이 최고남만 바라본다. 저승이 역시도 창가에 기대서 그를 지켜봤다.

"너희들도 직캠 영상 봤어?"

최고남이 연습생들을 눈에 담는다.

"예."

박은혜가 딱딱해진 얼굴을 끄덕였다.

툴툴거리던 할아버지가 떠오른 저승이는 조금 신경이 쓰여 귀를 열고 지켜봤다.

"어땠어?"

"너무 놀랐습니다."

"지수는?"

"라이브 듣고 놀란 건 처음이었어요."

고개를 끄덕인 최고남이 남은 두 녀석을 바라본다.

소연우와 권아라.

"저는 소림 언니 얼굴짱인 줄 알았거든요? 근데 지난번에 연습실에서 보고 춤짱인가 했는데, 또 그날 보니까 노래짱이라서……."

"한마디로 연우 얘기는 다 잘해서 놀랐다는 얘기예요."

권아라가 깔끔하게 정리해서 말하자, 최고남이 빙긋 웃고 말했다.

"어, 나도 그렇게 생각해."

어제까지만 해도, 저승이는 최고남의 저런 미소나 태도가 업보를 해결하기 위한 가식이라고 생각했다.

하지만 지금 보니 어쩐지 진심 같기도 하고.

그래서 의심을 거두지 않고 계속 지켜볼 때, 최고남이 한층 부드러워진 미소를 띠고 말했다.

"어차피 너희들도 배우게 될 거니까, 내가 윤소림만큼 잘할 수 있을까 하는 그런 걱정은 벌써부터 할 필요 없어. 그보다는 혹시 웬디즈와 윤소림을 보면서 달리 느낀 점 없어?"

최고남이 송충이 눈썹을 꿈틀 올리고 다시 물었다.

박은혜의 시선이 주위를 맴돌던 저승이를 스쳐 지나 최고남을 바라본다.

"사이가 좋아 보였습니다."

대답이 만족스러운 듯 최고남이 제 무릎을 탁 친다.

그러더니 은별이를 볼 때처럼 눈을 반짝거리면서 얘기를 이어 갔다.

"다음 달부터 숙소 생활 시작할 거야. 집, 학교, 연습실을 오가는 동선을 최소화하려는 건데… 이의 있는 사람?"

조용하다.

오히려 고딩 두 녀석은 눈이 똘망똘망하다. 집을 나와 숙소 생활을 한다는 사실이 설레는 모양이다. 반면 송지수는 조금 걱정인 모양인지 표정이 좋지가 않았다.

그러자 최고남이 일부러 눈을 맞춘다. 저승이는 휘어진 그의 눈동자의 집중했다.

"숙소 생활 한다고 너희들만 있는 거 아니야. 여직원 한 명이 같이 생활할 거야. 청소해 주시는 이모님도 자주 들락거릴 거고, 나도 가끔 들러서 체크할 거고."

"그럼, 누구랑 같이 살아요?"

질문한 박은혜가 직원들을 빠르게 훑어봤다.

차가희의 동그란 눈동자에 섬뜩한 미소, 김나영 팀장의 인자한 미소, 권박하의 친근한 미소, 백서희의 무뚝뚝한 얼굴이 차례로 비치다가 최고남의 얼굴이 비친다.

"차 팀장."

"아."

네 명의 표정이 급격히 무너지자, 차가희가 발끈했다.

"은혜, 너! 나 퍼프의 신께서 특별히 신경 써서 변신하게 해줬던 거 잊었어? 너희들, 이 언니 너무 실망스럽다."

"아, 아니에요. 너무 좋아서."

"은혜는 사회생활을 할 줄 아는구나."

유병재가 고개를 주억거리며 콧바람을 흘린다.

최고남이 피식 웃었다.

"농담이고, 차 팀장은 이사 간 지 얼마 안 됐어. 너희는 서희 씨랑 같이 지낼 거야."

애들 표정이 1도 나아지질 않는다.

"너희들, 서희 씨 매력을 모르는구나?"

그 말에 직원들이 최고남을 쳐다본다.

배서희도 눈두덩이를 꿈틀대며 기대하고 바라보는데, 그가 재빨리 시선을 돌리고 말했다.

"자, 다들 그렇게 알고 이만 나가봐. 다들 파이팅!"

연습생들이 먼저 대표실을 빠져나갔다.

나가는 와중에도 계속 쳐다보는 배서희의 시선을 느낀 최고남이 손가락을 꿈틀거린다. 아마도 지난번 방 국장이 했던 손가락 하트를 그리려는 모양이다.

[그건 아닌 것 같아요.]

저승이는 끼어들어서 제지하고, 머쓱해하는 최고남을 바라봤다.

정말 달라진 것일까.

최고남은 선해진 것일까.

명계의 판단은 정확한 것일까.

저승이의 계속되는 의구심 속에서 최고남은 회의를 마치고도 한동안 핸드폰을 손에서 놓지를 않았다.

악플러 고소와 관련해서 법무법인과 통화하고, 3인칭시점 작가, 화음의 민대용 대표, 최근 자주 연락하는 엄란 피디, 그리고 인기차트 설 피디까지 차례로 통화를 마무리했다.

마지막으로 방 국장에게 연락해서 모든 것이 방 국장 덕이라는 찬양을 하고 긴 전화 통화 여정을 마무리했다.

그 시간 내내, 시종일관 미소가 떠나질 않는다.

정말, 정말 최고남은 변한 것일까.

이제는 인정할 수밖에 없는 것일까.

그 사실이 맞다면 왠지 모르게 아쉬워서, 쉽게 인정하지 못하고 있는 그때…….

퓨처엔터 사무실 문이 벌컥 열렸다. 어떤 여자가 헐레벌떡 들어온다.

누군가 했더니, 박신후 소속사의 주선희 대표?

"최 대표님! 나 한 번만 살려줘요!"

"무슨 소립니까? 갑자기 찾아와서."

최고남이 인자한 표정으로 이유를 묻는다.

"무조건 우리가 잘못했습니다. 그러니까, 신후 한 번만 봐주세요!"

"왜 이러시는지 모르겠네요. 지난번에 다 끝난 일 아닙니까?"

주선희 대표의 눈이 살짝 커졌다가 미간과 함께 찌푸려진다.

"우리 신후, 지금 광고도 다 막히고 방송국에서도 기피한다는 소문이 파다해요. SBC, MNC, KIS, TVX… 전부요. 그리고 김솔이도 회사 옮긴다고 하는데, 설마 그것까지 최 대표님이 손쓴 건……."

"아니, 내가 뭘 했다고. 그걸 왜 여기 와서 얘기하시는 건지 모르겠네요. 제가 뭐, 뒤끝이 남아서 엔코어엔터를 방해하고, 막고 있다? 뭐 그런 얘기로 들리는데요?"

저승이는 순간 볼 수 있었다. 최고남의 입꼬리가 지금까지와는 다른 형태로 삐죽 올라갔다는 것을.

"무, 물론 아니겠죠, 단지, 제가 지푸라기라도 잡는 심정으로 여기 왔습니다. 그러니까……."

"후후."

최고남이 웃는다.

땀을 삘삘 흘리는 주 대표를 보면서.

그 순간, 저승이는 저승사자가 되고 처음으로 한기를 느꼈다.

속은 것이다. 명계가 최고남에게 속은 것이 확실하다.

최고남은 변하지 않았다.

아저씨는… 여전히 악덕이다.

* * *

"아라야, 우리가 초A급 재능을 가졌대."

소연우가 핸드폰에서 눈을 떼며 말했다.

"그럼 가져야겠네. 초A급 재능."

무심하게 속삭이며 권아라가 버스 하차 벨을 누르고 일어났다.

삐—

버스에서 내린 그녀들은 고개를 들고 눈앞의 건물을 바라봤다.

「N탑 아카데미」

오늘부터 여기서 연기를 배우고, 청담동에 있는 N탑 본사에서는 노래와 춤을 배운다.

"뭐 해?"

소연우가 미리 받은 출입증을 꺼내길래, 권아라는 궁금해서 물었다.

"들어가자."

"언니들 기다려야지. 박하 언니하고 지금 온다고 했잖아."

"안에서 기다리지 뭐. 아라야, 우리 그거 할까?"

"뭘?"

"우리 지난주에 넷플렉스에서 영화 본 거. 남녀 주인공이 교복 입고 호프집 들어가면서 신분증 딱 내밀던 장면 있잖아. 우리도 출입증 내밀면서 당당하게 들어가자고!"

마침 교복 차림이니까.

"혼자 해, 바보야."

"혼자 바보 되는 거보다 둘이 바보 되는 게 재밌지."

씨익 웃으면서 권아라의 옆구리를 간질이는 소연우.

두 사람의 걸음에 힘이 들어간다. 영화 속 한 장면처럼.

"배경음악은 어떤 게 좋을까?"

"성지훈의 나는 오후를 느낀다."

"오케이."

소연우가 노래를 흥얼거린다.

그렇게 힘차게 건물로 들어간 두 사람은 입구의 안내 데스크를 향해 출입증을 척 하고 내민 뒤, 안으로 들어가려는데…….

"뭐야, 너희들은?"

무서운 남자가 척 하고 가로막는다.

세상 불만은 혼자 다 짊어진 것 같은 얼굴인데, 머리에 사막화가 진행된 어떤 아저씨가 엘리베이터에서 내리면서 그를 향해 외쳤다.

"원장님, 큰일 났습니다!"

"뭐가 큰일 나?"

"오늘부터 퓨처엔터 연습생들이 저희 아카데미에……."

"뭐?!"

무서운 남자가, 더 무서워졌다.

*　　　*　　　*

—대표님 심기야 당연히 좋지 않죠. 웬디즈 애들도 이제는 대놓고 SNS에 윤소림이랑 함께 찍은 사진 올리고.

"홍보 애들은 뭐 하고 있어? SNS 관리 안 하고!"

—그쪽은 이제 최고남한테 넘어갔습니다! 지금 아주, 회사 꼴이 엉망입니다!

백대식은 심복에게서 걸려온 전화에 인상을 찌푸렸다.

아카데미로 쫓겨난 지 3개월이 훌쩍 지났다. 용 꼬리에서 뱀 대가리가 됐더니, 몸이 확 줄어들어서 소인 나라의 왕으로 사는 기분이다.

"왕이면 뭐 해. 걸리버한테 밟히면 콱 찌부러지는데."

어금니를 씰룩거리며, 그는 원장실로 돌아왔다.

손님이 기다리고 있었다.

작곡가 이광배.

다수의 히트곡을 보유한 그는 이삼십 대가 선호하는 감성적인 가사를 쓰기로 유명하다.

"미안합니다, 통화가 길어져서."

"아닙니다. 사무실 구경하느라 시간 가는 줄 몰랐습니다. 천주교 신자이신가 봐요?"

"아, 뭐."

백대식은 구석에 치워놓은 성모마리아상을 힐끗 보며 앉았다. 그러다가 이광배 옆에 있는 여자에게 시선이 꽂혔다.

두꺼운 안경을 쓴 채 머리를 푹 숙이고 있는 여자.

뭔가 음습한 기운이 확 밀려와서 찝찝한 느낌.

"옆에 계신 분은 누구?"

"아, 제 보조예요. 손발을 맞춰야 하다 보니까."

"그래요?"

심드렁하게 되묻고, 백대식은 턱을 잠깐 긁적거리다가 일어났다.

"가시죠. 연습실에서 기다리고 있으니까."

"기대되네요. 어떤 연습생인지."

작곡가의 기대에 백대식은 허허 웃으며 속삭였다.

"기대하셔도 좋습니다. 윤소림, 아니, 유유를 뛰어넘는 천재니까."

퓨처엔터의 연습생들 따위는 발끝에도 닿지 못할 천재.

그러니까…….

'기다려라, 최고남!'

한 방 먹어줄 테니까.

*　　　*　　　*

『성지훈 : 계축(癸丑)년 기미(己未)월 기해(己亥)일 출생』

『운명 : A』

『현생 : S』

『업보 : 0』

『전생부(前生簿) 요약 : 음악가의 집안에서 태어났다. 재능을 타고나 12세 무렵 그 소문이 궐문을 넘어 왕의 귀에까지 들렸다. 왕은 그 재능을 아끼어 궐 안에 머무르게 했고, 그의 피리 소리를 사랑했다. 그러길 몇 해 지나, 왕은 충격적인 상소문을 받게 된다. 내용인즉, 궁녀들과 놀아나는 한 궁중 악사에 관한…….』

'진짜 S급이 됐네.'

나는 계약서를 훑어보고 있는 성지훈을 보면서 저승이가 건네준 구슬을 떠올렸다.

푸른빛이 어린 형광 구슬.

[형광 구슬이라뇨! 그게 얼마나 대단한 물건인데!]

저승이가 발끈한다.

'그럼 형광 구슬이지 뭐야? 용도가 딱히 정해져 있는 것도 아니고, 그렇다고 그거 받아서 업보가 줄어드는 것도 아니고.'

[말했잖아요. 명계와 밀접한 연관이 있는 물건이라고. 아저씨가 진짜 필요한 일이 생길 때, 그때 가치가 드러날 겁니다.]

'랜덤 박스냐?'

투덜대기는 싫지만 뭐 좋은 게 있어야지.

저승이가 옆에 털썩 앉는다.

[아저씨에게, 구슬이 필요한 날이 올 거예요. 그때 이 구슬의 용도를 결정할 겁니다.]

'그러니까, 구체적 예시를…….'

저승이를 보면서 얘기를 계속하는 찰나.

성지훈이 삐딱해진 눈썹을 들고 날 쳐다본다.

"뭐 하냐?"

그러고 보니 나도 모르게 저승이를 향해 상체를 틀고 있었다. 이 자식은 왜 옆에 앉아가지고.

"스트레칭이요."

상체를 한 번 비틀었더니 절로 하품과 기지개가 나온다.

[아무튼, 명계에서 아저씨가 선한 사람이라는 판단을 했기 때문에 보상을 준 거니까 긍정적으로 생각하세요.]

선이라.

오랫동안 잊고 있던 단어다.

오히려 선하다는 소리를 들으니 뭘 어떻게 해야 할지 몰라 당황스럽다.

미소라도 지어볼까 했더니, 성지훈이 얼굴을 찌푸리며 쳐다본다.

그러더니 계약서에 사인을 휘갈기려다가 손끝을 멈칫하고 말했다.

"조건이 있어."

"뭔데요?"

맑고 선한 마음을 담아 미소를 짓고 물었다.

"아까부터 너 왜 그래? 지금 나 약 올리는 거지?"

"제가 왜 형님을."

빙긋.

성지훈이 미간을 꿈틀대다가 말했다.

"아무튼 그게 말이야……."

말꼬리를 흐린 성지훈은 괜스레 코를 후비적거리고, 입술을 핥고, 볼도 긁적거렸다. 그러더니 결심한 듯 입을 열었다.

"나는 회사 안 들를 거야. 어차피 스케줄은 성식이 형한테 얘기하면 되고, 양평에서 서울이라 해봐야 1시간밖에 안 걸리니까 출퇴근 문제없고. 솔직히 뭐 내가 여기 올 일도 없잖아?"

성지훈이 제 무릎을 북북 긁으며 눈치를 살피는 모습을 보니 이유를 알 것 같았다.

뭐, 알겠다고 고개를 끄덕이고 말했다.

"그래도 계약서 쓸 때는 오셔야 하는데? 광고 안 찍으실 거면 뭐, 안 와도 되고."

"…그때는, 미리 얘기해 줘."

"뭘요?"

"너희 소속사 아티스트가 회사 올 일이 있는지 없는지 말이야. 그때 그 꼬맹이나, 윤소림 말이야. 나, 애들이랑 부딪치고 싶지 않아서 그래."

[이 아저씨 오늘 이상하네.]

저승이가 삐딱하게 쳐다보더니, 궁금했는지 명부를 휙휙 뒤적인다.

명부에 2008년 가을의 신문 기사가 상세히 기록돼 있다면 그 이유를 알 수 있을 터.

[오오, 이래서였네.]

저승이가 낄낄거리며 눈을 반짝거린다.

2008년 가을, 스포츠신문에 기사 하나가 났다.

[화제] 톱 A급 여배우, 인기 가수 S와 심상치 않은 기류

그리고 여기서 톱 A급 여배우란, 강주희를 가리킨다.

그러니까, 강주희와 성지훈이 썸을 탔다는 얘기.

연 대표가 표절 건을 기자에게 제보한 것도 그 이유 때문이었다.

두 사람의 얘기가 다른 사람들의 입에 오르내리는 걸 막기 위해서 말이다.

"알겠습니다."

흔쾌히 수락하자, 성지훈이 계약서에 사인을 했다. 매니저는 그날 찾아온 오성식이 맡기로 했다. 두 사람 모두 현장에서 오래 벗어나 있었기 때문에 당분간은 신경을 써야겠지만, 금방 적응할 것이다.

"근데 스타일리스트는? 내가 따로 고용해야 하냐?"

스타일리스트는 차가희 팀장이나 배서희처럼 한 회사에 소속돼 있기보다는 프리랜서로 활동하는 경우가 보통이다.

"그 문제는 회사가 알아볼 겁니다. 신경 쓰지 마세요."

"그래, 부탁해."

고개를 끄덕인 성지훈이 주머니에서 주섬주섬 뭔가를 꺼내 든다.

"뭐예요?"

"옛날 노래만 가지고 활동할 수는 없잖아. 추억팔이도 하루 이틀이지. 그동안 틈틈이 작곡해 둔 거야."

"이러면서 기타 한 번 안 잡아봤다고 거짓말을."

"큼!"

성지훈은 헛기침을 하며 시선을 피했다.

나는 웃으면서 그가 건넨 USB를 바로 컴퓨터에 연결했다.

곡이 몇 개야. 바로 정규앨범 내도 될 것 같았다.

장사는 안 하고 기타만 친 모양이네.

"대충 흥얼거리기만 한 것들도 많아."

말은 저렇게 해도 자신 있는 것들만 뽑아 온 걸 테고.

최근 날짜에 수정된 곡을 클릭하고 짧은 시간 귀를 기울여 노래를 들었다.

성지훈 말처럼 그냥 핸드폰으로 녹음한 곡이었지만, 입이 절로 흥얼거려지는 곡이었다.

다만 거슬리는 것이 좀 있었다.

성지훈 앞에 다시 앉자, 그가 눈치를 살피며 묻는다.

"어때?"

"바로 녹음 들어가도 되겠는데요?"

"듣기 좋은 소리 말고."

진지한 얼굴 표정을 보니 내가 말 안 해도 문제점을 알고 있는 것 같았다.

"가사가 별로지?"

나는 고개를 끄덕였다.

노래는 기본적으로 멜로디와 가사가 존재한다.

과거처럼 가사를 외우는 시대는 아니지만, 아이돌의 빠른 노래에서도 입에서 흥얼거리게 되는 가사 한 줄은 머리에 남게 된다.

사실상 곡의 전부라고 해도 과언이 아닌 임팩트가 그 한 줄에서 나온다.

물론 이대로 곡을 내도 복고 열풍을 타고 어느 정도는 관심을 받을 수 있을 거다. 하지만 딱 거기까지다.

"작사가 좀 알아봐 줘라."

"마음에 둔 작사가 있어요?"

"어디 숨어 있는 천재 작사가 없나? 나지나 작사가 같은 사람들은 바쁠 거 아니야?"

"일단 나지나 작사가님 우선 컨택 해보고, 다른 작사가들도 알아볼게요."

"그래."

성지훈이 자리에서 일어났다.

"다시 돌아오신 거, 환영합니다."

"인기 떨어지면 갈 거야."

성지훈은 퉁명하게 악수할 손을 내밀었다. 나는 맑고 선한 마음으로…….

"야, 웃을 거면 최고남처럼 웃어. 기생오라비처럼 웃지 말고."

"저처럼이요? 그런 게 있어요?"

"있어, 사람 염장 지르는 웃음."

쩝.

입맛을 다신 나는 심술궂게 말했다.

"아, 오늘 주희 선배 온다고 했는데."
"뭐?"
"미리 알려달라면서요? 소속 아티스트가 회사에 오면."
"너, 너!"
성지훈이 악수한 손을 팽개친 다음 계약서를 챙겨 들고 서둘러 나갔다. 유리문이 바람과 함께 닫히다가, 다시 벌컥 열린다.
"아무튼, 작사가 좀 알아봐!"

*　　　　*　　　　*

—다인이 너, 어디야?
"아, 저 지금 고시원이요."
—작업하고 있는 거지?
"예!"
—이번 곡 느낌 좋아. 백대식이 그 양반 맨날 헛물만 켜더니만 이번에는 제대로 된 애를 손에 넣었네.
가이드곡을 부른 N탑 아카데미의 연습생은 외모, 목소리, 재능의 조화가 완벽한 연습생이었다.
가이드 가수한테 이광배 작곡가가 이렇게까지 반응하는 일도 처음 있는 일.
—그 애 우리 회사에 데려오면 좋겠는데 말이야. N탑이랑 정식으로 계약했나? 한번 알아봐야겠네.
"……."
—아무튼 이번 곡 특별히 신경 써야 한다. 예나가 부를 거니까.

언제까지 가능해?

"이번 주까지 스토리 잡고……."

—이다인. 나 몰래 알바 하니?

"아, 아니요."

—다음 주 화요일까지 보내. 그렇다고 너무 부담 갖진 말고. 접신 못 하면 말짱 꽝이니까.

"예."

전화를 끊은 이다인은 시간을 확인하고 서둘러 고시원을 빠져나왔다.

헐레벌떡 뛰어서 버스를 제시간에 타고 나서야 숨을 고르고 이어폰을 귀에 꽂는다.

가이드곡을 반복해서 듣는다.

이렇게 듣다 보면 머릿속에서 뒤죽박죽이었던 단어들이 자리를 잡고, 어느 순간 귀신에 씌듯 가사를 써 내려간다.

그 순간을 위해서 가장 중요한 것은 모으는 일.

작곡가가 제시한 콘셉트, 주제, 노래를 부를 가수에 대한 정보 같이 곡과 관련된 모든 것을 눈과 귀에 담으려고 노력한다.

그래서 이다인은 예나에 대한 정보를 검색해 보려고 인터넷 창을 열었다.

하지만 포털사이트 연예면 기사가 눈을 사로잡는다.

[화제] 윤소림 〈장산의 여인〉으로 변신 중입니다!

—오복희로 변신한 윤소림이 촬영장에 들어가고 있다. / 퓨처엔터테인먼트 제공

ㄴ언니, 너무 예뻐요!

ㄴ음악 활동은 안 하세요?

ㄴ아쉽지만 배우 활동만 한대요.

ㄴ플레이리스트, 3인칭시점 둘 다 재밌게 봤습니다! 주말 내내 행복했어요!

ㄴ악! 저도요!

ㄴ손!

"아차차."

이다인은 댓글을 보다가 정신을 차리고 라디오 어플을 켰다.

오늘 주이래가 진행하는 라디오방송에 좋아하는 작사가가 나온다고 했는데…….

가이드곡이 멈추고, 주이래의 목소리가 이어폰에서 흘러나왔다.

—작사가님은 어쩌다 작사가라는 꿈을 가지게 되신 건가요?

—'메모리'라는 곡이 있어요. 그 노래 가사가 너무 좋았거든요. 그때 작사가의 꿈을 가졌던 것 같아요.

—그러면 어떻게 일을 시작하셨어요?

—처음에는 무작정 부딪쳤죠. 작사하고 싶다고 메일도 보내고, 직접 찾아가 보기도 하고, 우편도 보내보고요. 그러면서 알음알음 길을 찾아간 것 같아요.

—시행착오를 많이 겪으셨겠어요.

—아무것도 모르니까. 저는 제가 금방 성공할 줄 알았어요. 지금도 기억나는 게, 제가 어떤 곡을 분석해서 기획사에 보냈던 적이 있어요. 가사의 어느 부분은 별로고, 이렇게 썼으면 더 좋았을

거라는 식으로 말이에요.

—정말요?

—웃기는 일이죠. 작곡가를 비롯해서 가수, 기획사같이 많은 분들의 컨펌을 받고 세상에 나온 가사일 텐데, 그런 분들이 만족스러워한 가사를 뭣도 모르는 제가 지적을 한 거였으니까.

—그럼, 결정적으로 지금 작사가님이 이 자리에 있게 된 전환점은 무엇이었나요?

—방금 말했던 그 회사에서 절 보자고 했어요. 그 일이 전환점이었죠.

—곡을 분석해서 보낸 그 기획사요?

—거기 팀장님이 제게 곡 한번 써보라고 제안하시더라고요. 그 곡이 잘됐고, 일거리도 들어오기 시작했죠. 덕분에 고시원에서도 탈출할 수 있었어요.

—고시원에서 사셨어요?

—예. 20만 원짜리 창문 하나 없는 방.

—세상에… 그럼 그 팀장님이 은인이시네요?

—은인이죠, 은인. 무엇보다 되게 잘생겼어요.

—정말요?

—처음 봤을 때, 하늘에서 떨어진 줄 알았어요.

—뭐가요?

—잘생김.

—후후, 그럼 지금도 그 잘생긴 분하고 연락하세요?

—그분이 작년에 회사를 나왔거든요. 내내 연락이 없다가, 마침내 오늘 연락이 왔더라고요. 만나자고.

—일 때문에요?

—예. 그래서, 이번에 같이 일할 것 같아요.

—어머, 잘됐네요.

박수 소리.

—잠깐 노래 듣고 오겠습니다. 오늘같이 오후의 햇살이 따뜻한 날에 딱 걸맞는 노래죠? 웬디즈가 부릅니다. 'Shining Time'.

지금 나는 행복해요.

너무 행복해서 미칠 것 같아요.

왁자지껄한 클럽에서 처음 보는 밴드의 노래를 듣고 있어요.

하긴 여기는 온통 처음 보는 사람들이죠.

항상 쓰던 위스키가 오늘은 너무 달콤하네요.

나는 왜 이제야 이런 즐거움을 안 거죠?

예 알아요.

아침이 오면 이 행복에서 깬다는 것을.

하지만 밤은 또 오잖아요?

그래서 나는 즐길 거예요.

이제 걱정 같은 건 하지 않을래요.

이 순간만은 온전히, 내게 선물할 거예요…….

"아."

노래에 취해 있던 이다인은 눈썹을 끔뻑 올렸다.

내릴 때였다.

하차 벨을 누르고 일어날 때, 주이래가 말했다.

—작사가님, 그럼 가사는 글의 개념인가요?

—가사는 글이 아니라 소리죠.

—소리요?

더 듣고 싶지만, 이다인은 이어폰을 귀에서 빼고 가방에 밀어 넣었다.

그리고 걸음을 바삐 움직여서 약속 장소에 도착했다.

이광배 작곡가가 알면 큰일 날 일이지만, 이다인은 간간이 작사 보조 아르바이트를 하고 있었다.

보통 엔터테인먼트 회사나 작곡팀은 급여 대신 추후 받을 저작권료를 제안하지만, 이다인은 당장의 생활비가 더 필요하기 때문에 적은 금액을 보수로 받았다.

사실 저작권료를 제대로 받아본 적도 없었기 때문에 그 차이가 얼마나 큰지, 혹은 작은지를 비교해 본 적은 없지만.

카페에 도착한 이다인은 핸드폰을 손에 쥐었다.

통화 버튼을 누르면서 두리번두리번…….

커피를 마시는 남자, 수다 중인 여자들, 공부 중인 학생, 일하는 중인 것 같은 남자.

"아직 안 왔나……."

톡톡.

이다인은 어깨를 두드리는 손길에 뒤를 돌아봤다.

그리고, 하늘에서 뭔가가 뚝 떨어졌다.

*　　*　　*

카페 천장에서 내려온 피아노 선율이 귓가에서 동동 울리는 동안 나는 여자와 나 사이에 길쭉하게 그어진 가을 햇살 한 줄기를 넋 놓고 바라봤다.

"제, 얼굴에 뭐 묻었나요?"

"아, 미안해요. 피아노 소리에 정신이 홀려 있었네요."

속눈썹을 슬쩍 올린 그녀의 모습에 나는 구렁이 담 넘듯 웃으면서 말했다.

그러자 그녀가 천장을 둘러보며 말했다.

"천장 스피커가 하나 나갔나 봐요. 저기 끝에 달린 거."

"그게 구분이 돼요?"

"헤, 제가 귀도 좋고, 눈도 좋아서요."

빙긋 웃는 그녀.

언젠가 이 여자의 강연을 들은 기억이 있다.

〈이다인의 작사와 사람〉이라는 주제로 작사가가 되려면 어떻게 해야 하는지, 자신은 어떤 과정을 겪었는지, 힘든 시절을 극복한 이야기 같은 소재로 한 시간을 꽉 채운 강연이었다.

일부러 찾아가서 들은 것은 아니었고, 굿즈 판매와 아티스트 기록물을 전시하는 공간의 오픈 기념 쇼케이스로 내가 섭외했었다.

자신의 20대 시절을 찌질한 청춘이라고 표현했던 그녀.

그때는 몰랐지. 내가 그 찌질한 이다인을 만날 줄.

"근데, 어디서 저 보신 적 있으세요? 얼굴이 낯이 익어서."

"제 얼굴이 은근히 흔해서 그런 소리 자주 들어요, 하하."

아직은 날 알아보면 곤란하다. 그래서 수더분하게 웃었더니 저승이가 시커먼 시선으로 쳐다본다. 마치 내 속처럼.

"진짜 어디서 뵌 것 같은데."

찌질한 이다인이 고개를 갸웃하며 오른쪽 귀에 꽂았던 이어폰을 뺐다. 그러고는 핸드폰에서 이어폰 줄을 빼고 내게 돌려줬다.

나는 핸드폰을 건네받으며 물었다.

"곡 들어보니 어때요?"

"굉장히… 세련된 곡이네요. 누가 작곡하신 곡이에요?"

"무명이에요. 작곡가도 가수처럼 이번에 데뷔하는 거죠."

"와, 대박이다."

"이건 작곡가가 콘셉트와 주제, 주의점 정리한 거."

건넨 서류를 받아 든 그녀가 커피를 한 모금 마시고 물었다.

"근데 정말, 그 곡을 저한테 의뢰하시려고요?"

"다인 씨뿐 아니라 다른 작사가분에게도 의뢰했습니다."

"그 말은 제 가사가 선택되지 않을 수도 있다는 거네요."

흔한 일이다.

계약했다고, 완성됐다고 다 채택되는 것이 아니다.

"그래도 작사료는 드릴 겁니다."

"전화로 얘기드렸지만, 작사료는……."

"예, 선불로 드려야죠."

이다인의 표정이 그나마 나아졌다.

단돈 만 원에도 심장이 덜컥 내려앉는 20대 아닌가.

혹여 내가 마음이 바뀔까 싶어, 눈치를 살피는 그녀에게 넌지시 물었다.

"그런데 정말 그거면 되는 겁니까? 저작권을 포기하시면 나중에 후회하실 수도 있어요."

사실 작사가에게 작사료는 큰 의미가 없다. 안 받는 경우도 많고, 그나마도 적은 금액의 거마비 수준에서 오가는 경우가 많다.

잘나가는 작사가라고 해도 백만 원, 이백만 원 주면 많이 주는 거다.

창작자는 당장의 돈보다 저작권료가 더 큰 의미가 있기 때문이다.

하지만 저작권료도 결국에는 노래가 떠야지 의미가 있는 법.

유통사의 눈길 한 번 끌지 못한 곡은 최신 음악 코너의 끝자락에 간신히 이름만 올려놓고 사라진다.

그렇게 되면 저작권료 100원 받는 것보다는 작업비를 받는 게 백배 천배 이득.

“솔직히, 노래 듣고 나니까 후회할 것 같기는 해요.”

“후회할 거예요.”

슬쩍 말하자, 정말 아쉬운 건지 이다인의 볼이 살짝 부풀었다가 입술이 푸르르 떨린다. 그녀가 다시 눈썹을 추켜세운다.

“언제 데뷔하는 거예요? 누군지 얼굴 한번 보고 싶은데. 이미지 때문에요.”

“내년 봄에 발표할 곡입니다. 얼굴은, 미안하지만 그때 보셔야 할 것 같네요.”

“그렇게 늦게요?”

“조금 여유가 있어서요.”

“그런데도 벌써 작업을 하시는구나.”

“이상한가요?”

“보통은 녹음 바로 들어가기 전에 가사 붙이니까요. 어떤 데는 녹음 하루 전에 가사 의뢰하는 곳도 있거든요."

"이 바닥이 좀 급하죠."

시간이 곧 돈인 곳이다.

곡이 준비됐으면 빨리 움직여야 한다.

특히 유행을 좇는 곡은 머뭇거리다가는 시기를 놓친다.

"그래서 저희 사정은 이렇고, 작사가님도 사정이 있으시니까……."

나는 그녀가 건네줬던 프로필과 작업물들을 훑어보면서 속삭이다가 다시 그녀를 바라봤다.

귓가에 들리는 피아노 선율이 빨라지면서 내 심장박동 속도 역시 빠르게 올라갔다.

아, 나는 이럴 때가 참 좋다.

뭔가 그림이 그려질 때.

"회사에 소속돼 있으시면서 남는 시간에 아르바이트하시는 건가요? 혹시 문제 생길까 봐 여쭤보는 겁니다. 이 바닥이 좁기도 하고요."

"그건 좀… 말씀하신 것처럼 이 바닥이 좁으니까."

"알겠습니다. 더 묻지 않겠습니다. 그럼, 작사가님의 작업물은 저희 저작권이 되는 겁니다."

얼렁뚱땅 계약을 끝내고 보수까지 은행 어플로 입금을 끝냈더니 이다인의 얼굴이 청명한 가을 하늘처럼 맑아졌다.

40대의 이다인은 그런 말을 했다. 20대 시절은 너무 순진했다고.

그 말이 문득 떠올라서, 나는 웃으면서 물었다.

"혹시, 가까이에 좋은 작사가 있으면 추천 좀 해주세요."

"예, 알아볼게요."

“그럼 천천히 커피 마시고 가세요.”

피아노 선율이 딱 멈췄을 때, 나는 카페를 나왔다.

내 발 옆에 저승이의 발이 나란히 섰다.

[도대체 그 속을 모르겠네.]

“뭐가 또?”

[명부에 아저씨의 시커먼 속은 안 적혀 있어서.]

“그러게, 관리자 노릇을 잘해. 맨날 어디를 싸돌아다니니 내가 뭘 하고 다니는지도 모르지.”

핀잔을 주니까, 저승이가 혼잣말을 속삭였다.

[뭐지. 왜 성지훈 곡이 아닌 저 곡을 의뢰했을까. 정말 뭐지? 아, 궁금해! 그때 유병재 따라서 중국집 가지 말걸!]

뭐라는 거야.

*　　　*　　　*

「N탑 아카데미」

클래식 음악이 흐르는 아카데미 연습실.

“쟤들이 윤소림 소속사 연습생들이야?”

“어.”

“와, 이제는 뜨내기들도 오고. 아카데미 옮겨야겠다.”

“가려면 쟤들이 가야지, 왜 우리가 가냐?”

아카데미 연습생들은 눈을 흘기며 구석에서 수다를 떨고 있는 사람들을 못마땅하게 쳐다봤다.

"아, 머리 아파. 아라야, 나 쓰러질 것 같아."

그러자 옆으로 한 칸 물러나는 권아라.

소연우가 팔을 뻗어 멀어지는 어깨를 바싹 붙잡는다.

"가지 마!"

"너희는 진짜 사이좋구나."

호호 웃은 김승권은 박은혜와 송지수에게로 시선을 돌렸다.

두 사람은 뭔가를 열심히 끄적이고 있었다.

최고남이 내준 숙제.

'3분 50초는 짧을까, 길까? 한번 경험해 봐.'

수수께끼 같은 소리를 하고 매주 가사 하나씩을 써 오라고 했다.

형식에 구애받지 않고, 틀에 박히지 말고, 일단 완성해 오라고.

그래서 방금도 소연우가 머리에 과부하가 걸려서 권아라의 어깨에 기댄 것이다.

"은혜야, 잘 써져?"

"예. 재밌어요."

"그래?"

의외의 반응에 김승권은 박은혜의 노트를 힐끗 쳐다봤다.

짝사랑이라는 단어가 적혀 있다. 아마 주제인 듯했다.

"너 짝사랑 좀 해봤나 보구나."

"아니요."

박은혜가 눈을 깜빡인다.

"근데 왜 짝사랑을 주제로 잡았어? 어렵게."

"그냥, 보니까 알 것 같아서요. 어떤 감정인지."

"보니까? 누가 짝사랑하는 사람 있어?"

그 말에 네 명의 연습생이 고개를 들고 김승권을 빤히 쳐다본다.

한데 모아진 시선에 김승권은 턱 주름을 모으고 입술을 빼죽 내밀며 의아해하다가 고개를 돌렸다.

"아휴, 박하 씨! 그런 거는 나 시키라니까!"

김승권은 권박하가 연습생들이 쓸 교재를 들고 오자 호들갑을 떨며 달려갔다.

겨우 책 4권일 뿐인데.

박은혜는 빙긋 웃으며 가사를 계속 적었다.

넌 마치 아이 같아

보고 있으면 항상 마음이 조마조마해

이 지구의 공기마저도 너에게 무거울 것 같아

'으… 너무 오글거리나.'

그래서 줄을 쓱 그으려는데, 문득 고개를 들었던 박은혜는 흠칫 놀라고 말았다.

연습실 입구에서 싸늘하게 노려보는 시선이 느껴졌기 때문이다.

"흥."

백대식은 콧바람을 뱉으며 등을 돌렸다.

"하다 하다 퓨처엔터 연습생들까지 받아주고 말이야."

지난번 유유 단톡방 사건으로 최고남은 N탑과 딜을 했다.

말이 딜이지, 무너진 성에 들어와 전리품을 털어 간 좀도둑 행위나 다름없었고, 그래서 이 꼴이 난 거다.

웬디즈는 윤소림에게 이용당하고, 아카데미는 졸지에 퓨처엔터 연습생들을 받아들이게 된 이 최악의 상황.

"N탑이 엉망이 되고 있어!"

하지만 의외의 순기능도 있었다.

최고남을 떠올리면 열이 받다가도, 연습실에 내려와서 퓨처엔터 연습생들을 노려보면 이상하게 스트레스가 풀린다.

그래서 요즘 백대식의 발걸음은 연습실을 자주 찾고 있었다.

"원장님, 손님 오셨는데요!"

그를 찾아 헤매던 비서가 숨이 꼴깍 넘어가는 목소리로 다급히 말했다.

"뭐가 그렇게 급해? 천천히 다녀."

"아, 예."

비서가 어정쩡한 미소로 대답했다. 그때, 설렁설렁 오던 연기 선생님을 본 백대식이 눈두덩이를 콱 찌푸린다.

"빨리빨리 안 다녀요! 그래서 어느 세월에 A급 배우 배출할 생각입니까!?"

"예!"

꽁무니를 빼고 연습실로 달려가는 연기 선생님을 뒤로하고 백대식은 원장실에서 손님을 맞이했다.

"어이구, 이게 누구십니까? 난 또 연예인이 온 줄 알았네."

너스레를 떨며 여자를 바라본다.

요즘 대세 작사가 나지나.

"깜짝이야. 하마터면 또 두 손 내밀 뻔했잖아요."

"왜?"

"떨어질까 봐요."

"뭐가 떨어져요?"

"잘.생.김."

찡긋 윙크를 하는 나지나 작사가의 모습에 백대식은 껄껄 웃으며 자리에 앉고 바로 본론에 들어갔다.

"가이드곡 들어봤죠?"

"어디서 그런 애를 데려왔어요? 가이드곡이 아니라 바로 믹싱 들어가도 되겠던데요?"

"길에 떨어져 있길래, 잽싸게 주워 왔지."

"하여간 우리 백 본부장님 안목은, 내가 오래전에 알아봤죠."

나지나 작사가는 흐뭇하게 미소 짓고 백대식을 바라봤다.

고시원에서 썩어가던 20대 청춘을 구원해 준 은인이니까.

"그러고 보면 연 대표님도 참 갑갑해. 이렇게 N탑을 위해서 일하는 직원을 변방에 두고 말이야."

"자리가 중요한가. 어디서든 열심히 하면 되지."

"그렇게 말하니까 더 가슴이 미어지잖아요. 최고남 봐봐요. 연 대표님이 그렇게 아꼈는데 결국 나갔잖아? 나간 것도 그냥 나갔으면 말을 안 해. 윤소림 데리고 나갔잖아요?"

혀를 차는 그녀.

백대식도 안타깝다는 듯 고개를 끄덕이며 묻는다.

"최고남 만났다면서요? 뭐래요?"

"성지훈 신곡 작사 맡을 생각 없냐고 그러더라고요."

"하지 그랬어? 지금 성지훈 물 들어올 때인데."

"내가 어떻게 그래요. 백 본부장님이 마음에 걸려서 안 한다고 그랬지."

"에이, 안 그래도 되는데."

"신경 쓰지 말아요. 어차피 할 시간도 없었어요. 의뢰받은 곡이 너무 많아서."

"그렇게 바쁜데 잇선이랑 협업까지, 괜찮겠어요?"

이광배 작곡가의 프로젝트 작곡팀 잇선.

"누구 부탁인데. 본부장님이 잇선이랑 제휴한다는데, 내가 도움이 되어야죠. 사람이 은혜를 알아야 하는 거잖아요. 안 그래요?"

"하하하!"

백대식의 흡족한 웃음소리가 원장실에 가득 찼다.

*　　　*　　　*

"까였어."

내 말에 유병재가 그럴 줄 알았다는 듯이 말한다.

"제가 그랬잖습니까. 그 여자 개대식 사람이라니까요."

"그래도 혹시나 했지."

"제가 한번 만나볼까요?"

"만나서 뭐라고 말하게?"

"당신 운명의 전환점은, 백대식이 아니라 우리 대표님이었다… 뭐 이렇게?"

"언제 적 얘기야 그게."

"틀린 얘기 아니잖아요. 나지나 작사가 미니홈피 둘러보다가, 이 여자 글발 있어 보인다고, 한번 일 맡기면 좋을 것 같다고 한 사람… 대표님이잖아요?"

그걸 주워들은 백대식이 제 실적 챙기려고 먼저 가서 제안한 거고.

"백대식이 행동 하나는 빠르지. 다만 그게 너무 급해서 그렇지."

잠깐 떠오른 옛일에 웃으면서, 나는 주변을 둘러봤다.

〈장산의 여인〉 야외 촬영장.

반사판, 붐마이크, 조명 사이에 뒤섞인 스태프들, 촬영 동선에 깔린 레일 위의 카메라, 대기 중인 지미집 카메라가 차례로 눈에 들어온다.

그 가운데서 모니터링 모니터를 들여다보며 상의 중인 이현미 감독과 촬영감독 사이에는 팽팽한 긴장감이 느껴진다.

그날 촬영할 씬에 따라, 그날 촬영하는 배우에 따라서 촬영장 분위기도 제각각.

오늘은 윤소림이 맡은 배역인 유복희에게 최악의 날이자, 처음으로 자신의 야망을 깨닫게 되는 날이기 때문에 누구 하나 웃지 않고 있다.

"유복희 테마곡 선별한 거 있다고 했지?"

"예."

〈장산의 여인〉 제작진은 벌써 OST곡을 선별하고 있었다.

그중에서 유복희의 메인 테마곡으로 유력한 곡을 이현미 감독이 윤소림에게 들려주라며 보내줬다.

손을 내밀자, 유병재가 블루투스이어폰을 내게 건넸다.

나는 이어폰을 귀에 꽂았다.

바이올린 선율을 시작으로 비올라, 첼로, 콘트라베이스의 현악 연주가 내 귀와 눈앞의 풍경을 사로잡는다.

키가 점점 상승할수록 긴장감이 내 몸을 조여오고, 촬영장은 분주해졌다.

이현미 감독의 시선이 옆으로 돌아간다. 그곳에 허름한 옷차림의 유복희가 있다.

유복희는 누군가의 우악스러운 손길에 찢긴 옷자락을 붙든 채 잔디에 무릎을 꿇고 앉아 있다. 그녀의 비장한 표정에 시선이 집중될 때, 바위에 부딪히는 파도처럼 현악기들이 충돌했다.

최고조에 달한 긴장감에 머리끝이 저릴 즈음 볼륨이 서서히 줄어든다.

하지만 나는 여전히 숨을 내뱉지 못했고, 그때 이현미 감독의 목소리가 현장에 울려 퍼졌다.

"액션!"

* * *

"안녕하세요."

나지나 작사가는 앉아 있는 연습생들을 바라봤다.

볼일을 마치고 돌아가려고 했는데, 온 김에 연습생들에게 좋은 얘기를 해주면 어떻겠냐는 백대식의 제안에 마이크를 잡았다.

"제가 한동안 외국에 나가 있었어요. 그래서 말을 잘 못할 수도 있으니까 오늘 말을 버벅거려도 '재 뭐야' 하지 마시고 재밌게 들어주세요."

한여름 뙤약볕을 피해서 떠난 해외여행이었다.

"눌러앉아 있다 보니 계절 하나가 쑥 지나가 버렸지 뭐야. 어머 세상에, 한국 없어진 거 아닌가 싶어서 서둘러 들어왔는데… 웬걸, 그대로네요? 라면은 맛있고, 침대는 편안하고, 달라진 것은 김치가 좀 많이 익었다는 거?"

넋두리하듯 시작된 얘기에 연습생들이 긴장을 풀고 웃는다.

일 년에 계절 하나를 해외에서 보낼 수 있는 여유와 재력, 재력의 밑받침인 저작권료 수입이 3년째 1위인 작사가, 대중이 사랑하는 작사가라는 수식어, 작년 한국음악저작권협회에서 수여한 대중작사부문 대상의 주인공을 바라보는 연습생들의 시선.

“배우를 꿈꾸고 있을 여러분에게 작사가의 얘기가 무슨 의미가 있을까를 잠깐 생각해 봤어요. 물론 공통점은 있죠. 같은 예술을 하는 사람이고, 대본과 가사도 결국은 글이고 스토리니까요. 하지만 작사가도 싱어송라이터와 상업작사가처럼 차이들이 존재하거든요. 그러니까 여러분과 저는 분명 다른 점이 있을 겁니다.”

숨 한 번 쉬고.

“그래서 원장님에게 제안을 받고, 마이크 잡고, 또 운을 떼기까지 많이 고민했습니다. 근데…….”

그녀는 앉아 있는 연습생들을 찬찬히 훑어보며 말했다.

“사실, 우리는 다 다르잖아요? 저라는 사람이 다르고, 여러분 개개인이 다르거든요. 내가 이제 성공했고, 또 돈을 많이 벌고 있다고 해도 그런 것들은 제 자신에게 의미가 있는 거지, 타인에게는 관심도 없는 일일 수가 있거든요. 그럼 제가 왜 다름을 이야기했냐 하면은, 여러분께 필요한 것이 바로 그 ‘다름’을 받아들이는 것이 아닐까 싶어서예요.”

연습생들이 눈을 깜빡인다.

한쪽에 서서 팔짱을 낀 채로 강의를 지켜보던 백대식은 그런 생각을 했다.

‘또 뜬구름 잡고 있네.’

캐릭터에 몰입하는 법, 캐릭터를 이해하는 법, 캐릭터의 차이.

이렇게 얘기하면 얼마나 쉬워.

그걸 꼭 저렇게 빙빙 돌려서 의미 부여를 하고 어려운 비유를 들어가면서까지, 설명할 필요가 있을까?

'그때랑 똑같네.'

첫 만남 때도 저런 지루한 소리를 하길래 하품이 나올 뻔한 걸 겨우겨우 참고 작사를 의뢰했었다.

참다 참다, 나중에는 눈물을 찔끔 흘렸더니 그걸 보고 오해를 했는지 '제 말에 이렇게까지 공감해 주신 분은 팀장님이 처음이에요!' 하고 엉엉 울었지, 아마.

첫 가사 가져왔을 때도 최고남에게 빠꾸 먹은 게 열받아서 한 소리 했더니 '팀장님, 죄송해요. 제가 못나서 팀장님이 마음에도 없는 소리를 하게 만들었어요. 저요, 열심히 하겠습니다!' 그랬지, 아마.

다행히 이후에 가사가 잘 뽑혀서 음원 성적도 좋고 반응도 좋아서 잊고 있었는데, 몇 달 뒤에 갑자기 찾아와서 '팀장님, 감사합니다! 팀장님은 제 은인이세요! 저 고시원에서 탈출했어요!'라며 꺄꺄 소리 내며 껑충껑충 뛰질 않나…….

'뭐, 그게 저 여자의 매력이지.'

흔치 않게 미소 짓는 그를 본 나지나 작사가 살짝 웃어 보일 때, 연습생 중 한 명이 손을 번쩍 들었다.

무척 앳돼 보이는, 눈망울이 사슴처럼 커서 연습실 불빛이 눈동자에 가득 담겨 있는 연습생이었다.

"미리 얘기하는데, 어려운 거 질문하기 없기?"

"음, 작가님이 처음으로 '다름'을 느끼셨던 때는 언제세요?"

"그건 어제 라디오에 출연했을 때도 한 얘긴데… 제가 좋아하는 작사가님이 계세요. 그분 가사를 들으면서 '와, 이 사람은 다르구나.' 하고 느꼈죠. 가사에 담긴 세계가 달랐으니까. 여러분도 나중에 잠깐 시간 내서 가사를 들어보세요. 읽지 말고, 들어보세요. 영화 〈검의 노래〉 OST 앨범에 수록된 '메모리'라는 곡이고, 작사가는 류혁 작사가님이세요."

연습생들이 핸드폰을 두드린다.

메모보다 노트 앱이 익숙해진 요즘 아이들.

이번에는 좀 전의 연습생 옆에 있던 여자애가 손을 조심히 들고 일어나자, 나지나 작사가는 조금 감탄한 듯 아이를 쳐다봤다.

하얀 목선 뒤로 동여맨 머리카락이 말 꼬리처럼 흔들린다.

'여기 애들은 다 예쁘네.'

그런 생각이 들 정도로 아카데미 연습생들의 외모는 보통이 아니었다. 정확히는 저 둘하고, 옆에 셋. 한 명은 조금 나이가 있어 보이고.

그래도 예쁜 건 세월이 지나도 바뀌지 않는다.

"얼마 전에 작사가님 책을 읽었습니다."

"정말요?"

"예. 대표님이 작사 숙제를 내주셨거든요."

"하하, 공부파구나."

어쩐지. 아까부터 눈빛 초롱초롱해서 귀 기울이더니.

내심 기분이 좋아져서, 나지나 작사가는 흐뭇한 얼굴로 다시 물었다.

"대표님이면, 연성만 대표님인가요? 아니면 우리 원장님?"

"저는… 퓨처엔터테인먼트 소속삽니다."

"퓨처엔터?"

어디더라.

퓨처엔터, 퓨처엔터, 퓨처엔…….

'최고남?'

여기서 그 이름이?

당황한 나지나 작사가는 마이크를 새로 잡던 중에 백대식과 눈이 마주쳐서 멈칫했다. 연습생의 초롱초롱한 눈빛과는 다른 사나운 눈빛이 번뜩거리고 있었다.

"드릴 질문은, 책의 마지막 부분에 '부디 좋은 작곡가를 만나기를…….'이라고 적혀 있어서요. 그게 무슨 의미인지 궁금했거든요."

"아, 그거."

정신을 추스르고, 그녀는 말했다.

"좋은 작사가가 좋은 작곡가와 함께할 확률보다, 그 반대의 경우가 훨씬 많기 때문이죠."

*　　　　*　　　　*

「성지훈 기자간담회 초청(당일 팬 미팅 행사 두 시간 전」

일시 : 2018년 10월 31일 수요일 오후 2시.

장소 : S대 대강당.

돌아온 가수 성지훈이 팬들의 과분한 사랑에 보답하고자 팬 미팅 행사를 가질 예정입니다. 그동안 가수가 부담스러워해서 인터뷰 요청을 정중히 사양해 왔으나, 이번 행사 당일 두 시간 전 기자님들과 잠깐의 간담회를 가질 예정이오니 참석을 원하는 매체는…….

.

.

.

날씨 참 좋다.

맑은 하늘 아래, 대강당 앞 굿즈 판매 코너는 성지훈 팬들로 북적거렸다.

앨범, 티셔츠, 모자, 야광봉들이 불티나게 팔려 나간다.

당시 중고등학생이었을 그들이 어른이 돼 아이의 손을 잡고 왔다.

미리 예상했기에 오늘은 임시 탁아소까지 운영한다.

"대표님, 기자들 다 도착했습니다."

김나영 팀장이 순백의 스카프를 펄럭이며 달려왔다.

나는 강당으로 발길을 돌리며 아쉬운 소리를 했다.

"굿즈 가격이 너무 싸다."

"싸도 너무 싸죠."

부랴부랴 준비하긴 했지만 엉성한 것 같아서 원가에 인건비만 붙였더니만.

"콘서트 때 제대로 받지 뭐."

다시 출발하는 만큼 여러모로 재정비할 필요가 있었다.

과거의 향수는 가져오되, 올드한 것까지 가져올 필요는 없으니까.

성지훈의 팬클럽을 재정비하고, 굿즈 같은 팬 용품과 관련된 전반적인 것을 리빌딩 할 필요가 있다.

그래서 성지훈의 새 굿즈 시안 작업이 진행되고 있었다.

하는 김에 내 욕심도 살짝 끼워 넣었고.

대기실에 도착했더니 준비를 마친 성지훈이 TVX와 SBC 카메라 앞에서 팬 미팅 소감을 얘기 중이었다.

TVX는 〈플레이리스트〉, SBC 카메라는 〈생방송한밤〉팀.

성지훈의 입에서 감사합니다, 행복합니다, 가슴이 벅찹니다… 같은 감정이 출렁이는 단어들이 계속 쏟아져 나온다.

날 보는 눈빛에서는 별이 쏟아진다.

얼마 전 나한테 물바가지 끼얹었던 사람이 맞나 싶다.

“두 분, 서로 하트 한번 할까요?”

〈플레이리스트〉팀 작가의 제안.

우리는 서로를 보다가 고개를 가로저었다.

“그건 아니다.”

“예, 바로 올라가죠.”

이번에는 나도 간담회 단상에 올라갔다. 플래시에 얼굴을 두드려 맞는 기분이다.

가끔 이런 순간이 있을 때마다 고역이다.

연예인들은 참 대단해.

자신을 향한 수많은 기자와 카메라, 대중의 시선 앞에 매일 노출되니까.

하지만 그 순간을 위해 태어난 게 또 연예인이다.

성지훈은 벅찬 얼굴로 단상에 올라가더니 내 손을 잡고 들었다 내리며 허리를 숙이기까지 했다.

조금 쪽팔린다.

"기자님들, 바쁜 와중에 와주셔서 감사합니다. 한 분도 안 오시면 어쩌나 싶었는데… 나중에 또 자리를 마련할 계획이니까, 오늘은 바로 질문받겠습니다. 성지훈 씨 관련 질문만 부탁드립니다."

나는 성지훈에게 마이크를 건넸다.

"썬스페셜 연미소 기잡니다. 우선 제3의 전성기를 축하드립니다. 질문 드릴 게 몇 가지 있는데, 음, 팬들의 사랑 예상하셨나요?"

"저 지난주까지 돈가스 만들던 사람입니다. 예상이요? 아휴."

성지훈이 고개를 절레절레 흔들며 푸념하자, 기자들의 어깨가 들썩거린다.

"그럼 지금 사랑을 받고 있는 기분은 어떠세요?"

"두 번 사는 기분이죠, 하하."

새로운 삶을 자축하듯 성지훈의 웃음이 유독 컸다.

"퓨처엔터 대표님께 질문드립니다. 삼고초려 끝에 성지훈 씨의 마음을 돌린 것으로 알고 있습니다. 그때 어떤 각오를 가지고 계셨는지 궁금합니다."

"4번은 안 찾아갈 거다, 그런 마음이요?"

기자들의 웃음소리를 듣고, 나는 다시 말했다

"성지훈이라는 사람이 꼭 필요했습니다. 그래서 백 번 거절했으면, 백한 번 찾아갈 생각이었습니다."

지나간 일은 돌이킬 수 없지만, 포장하기는 좋다.

백 번 말고 천 번이라고 얘기할 걸 그랬나.

"그럼, 이어서 질문받겠습니다."

앞으로의 계획 같은 식상한 질문에서부터 대중에게서 모습을 감췄던 시간에 대한 궁금증, 준비한 신곡, 그리고 피할 수 없는 질문까지.

기자간담회는 계속됐다.

"스카이데일리 마영환 기잡니다. 표절 얘기를 안 할 수가 없는데요, 많이 억울하셨을 텐데, 그 작곡가를 다시 만나면 해주고 싶은 얘기가 있을까요?"

성지훈이 마이크를 잡는다. 그러더니.

"꼭… 그래야만 했냐! 하고 말해볼까도 생각했는데요. 지금 생각해 보면 그런 말이 그 사람에게 의미가 있을까 싶습니다."

"세러데이 황숙희 기잡니다. 해당 작곡가가 현재도 활동 중인데, 회사 차원에서 따로 대응할 계획이 있으신가요?"

"저한테 하신 질문 같네요."

나는 마이크를 잡고 황 기자를 바라봤다.

"가수와의 상의 끝에 따로 대응할 계획은 세우지 않았습니다. 하지만, 언젠가 그분은 잘못한 대가를 치를 거라고 생각합니다."

"답변 감사합니다. 최근 연예부 기자들이 가장 관심을 많이 가지는 기획사가 퓨처엔터라는 사실, 대표님도 잘 아실 겁니다. 윤소림 배우가 인터뷰에서 언급한 바로는 대표님은 약속을 잊지 않는 사람이라고 하더라고요. 혹시 성지훈 씨에게 약속 같은 걸 하신 게 있나요?"

이번 질문에, 나는 턱밑에 둔 마이크를 좀처럼 들지 못했다.

약속…….

얼마 전 일이 떠오른다.

.

.

.

[류수정]

저승이가 언급한 또 다른 내 업보.

연습생들의 경우처럼 이번에도 그 이름을 기억하지 못했다.

그러자, 저승이는 명부를 뒤적거리고 다시 말했다.

[그럼 류혁은 아세요?]

그 이름은, 기억이 났다.

*　　　*　　　*

"뭐야."

이다인은 미간을 찌푸렸다.

음악하는 사람들이 자주 찾는 사이트에 또다시 '잇션'이 거론되고 있었다.

ㄴ이건 빼박 아닌가요?

ㄴ글쎄요, 표절이라고 하긴 어려울 것 같습니다.

ㄴ인트로 완전 똑같은데 무슨. 피아노 리프는 복붙 수준이고.

ㄴ잇션 얘네 진짜 상습이네요, 상습. 이러고 또 레퍼런스일 뿐이라고 주장하겠죠.

ㄴ표절 가이드라인 교묘하게 피하는 거죠. 창의와 독창 따

위는 내다 버린 지 오래.

ㄴ잇션 수장이 이광배 작곡가 아닌가요? 그분 예전부터 뒷말이 무성한 분이죠.

ㄴ욕먹고 건물 샀으니 승자.

ㄴ근데 신기한 게, 가사는 또 쩔어.

"어쩐지. 어디서 들어본 것 같더라니."

놀랍지도 않은 일이었다.

팀 프로듀서부터가 표절을 스킬이라고 여기는 마인드이기 때문에 잇션에서 이런 일은 비일비재했다.

다만 직접적인 논란이 일어나는 일은 드물었다.

주로 국내 가수가 아닌 해외 가수의 노래를 타깃으로 삼는 것도 이유지만, 이광배 작곡가의 십수 년 노하우가 쌓인 스킬 덕분에 법망을 요리조리 피해 가기 때문이다.

"난 안 본 거야."

이다인은 고개를 휘휘 젓고 인터넷 창을 껐다.

안다고 달라질 것도 아니고, 자신은 그냥 시키는 일만 잘하면 되는 거니까.

여기서 딱 1년만 더 버텨서 커리어 쌓고 독립하면 되는 거니까.

이다인은 사무실 구석으로 눈길을 돌렸다. 구석에서 두꺼운 뿔테 안경을 쓴 여자애가 노트에 뭔가를 열심히 끼적이고 있었다.

'그나마 난, 수정이보다 나은 편이지.'

몇 년째 저작권 한 푼 못 받고 붙들려 있는 작사가.

이광배 작곡가에게 거액을 빚져서 벗어나려고 해도 벗어날 수 없는 최악의 인생.

'쟤를 누가 구원해 주려나.'

안타까워서 눈살이 찌푸려지는 이때, 문이 벌컥 열렸다.

악귀처럼 변한 이광배 작곡가가 눈을 부라리며 들어왔다.

"이다인, 너! 감히 내 허락도 없이 알바를 해?"

*　　　　*　　　　*

"먹여주고 키워줬더니 은혜를 배신으로 갚아?"

"죄송합니다!"

이마에 땀이 흥건해질 정도로 몇 번이고 허리를 접었다 펴는 이다인.

그녀는 펄럭이는 머리카락을 붙잡을 생각도 못 하고 이광배 작곡가의 서슬 퍼런 눈빛 앞에서 바들바들 떨 뿐이었다.

"죄송할 게 뭐 있어? 짐 싸!"

"한 번만 봐주세요, 피디님!"

"왜? 밖에서 일하고 싶은 거 아니야? 나가. 내가 너 잘사나 한번 쭉 지켜볼 테니까."

그 말인즉, 저주를 내리겠다는 말과 다름없었다.

십수 년을 대중음악계에 몸담은 이광배 작곡가로 말하자면 일개 작사가는 개미 한 마리 짓누르듯 매장할 수 있는 영향력이 있는 사람이었다.

"의뢰받은 거 다 거절하겠습니다! 엄마가 무릎 수술하셔야 해서 돈이 급해서 그랬습니다!"

"어머니가 무릎 수술하셔?"

"예."

선처를 기대하는, 비 맞은 강아지처럼 끙끙대는 이다인에게 이광배 작곡가는 넌지시 물었다.

"그게 뭐?"

"예?"

"그게 나랑 무슨 상관이야!"

무릎을 수술하든, 고장이 나서 작살이 나든!

쉿소리가 쉴 틈 없이 벼락처럼 쏟아졌다.

이다인의 얼굴이 새하얗게 변할 때쯤에야, 이광배 작곡가가 말했다.

"의뢰받은 거 다 가져와."

"예!"

뛰어나간 이다인이 잠시 후에 USB를 가져왔다.

경직된 손가락이 책상에 USB를 내려놓자, 이광배 작곡가는 미간을 찌푸렸다.

"어디 회사야? 가수 누군데?"

"이번에 데뷔하는 가수래요. 회사는 RH 엔터테인먼트라고……."

"RH? 그런 데가 있어?"

"신생인가 봐요. 작곡가도 이번에 데뷔하는 무명이고."

이광배 작가는 집었던 USB를 툭 내려놓았다. 턱이 씰룩거리는 모습에 이다인이 흠칫 놀라는 이때, 노크 소리가 들렸다.

"뭐야?"

문을 열고 들어온 사람은 녹음 엔지니어와 류수정.

두꺼운 안경알 너머로 류수정의 작은 눈이 깜빡거리자, 이광배 작곡가는 콧잔등을 찌푸리며 이다인에게 말했다.

“사람이, 은혜를 모르면 짐승인 거야. 개돼지! 또 그랬다가는 당장 짐 쌀 줄 알아! 알았어?”

“예, 알겠습니다!”

“나가봐.”

이다인이 휘청이면서 밖으로 나간다. 그 모습을 보면서, 입꼬리를 올린 이광배 작곡가는 다리를 꼬고 류수정을 바라봤다.

“아이고, 나도 참 마음에 없는 소리 하기 힘들어. 그러니까, 수정이 너는 나 실망시키지 마라.”

“예.”

류수정이 고개를 살짝 끄덕이더니 악보를 책상에 내려놓았다.

“잘했어. 나가봐.”

밖으로 나가자, 이광배 작곡가가 고개를 절레절레 흔든다.

“돼지가 됐네, 돼지가 됐어. 애가 왜 저러냐, 우중충하게. 나까지 우울해지려고 하네.”

“우울한 아이는 항상 우울하고, 슬픈 아이는 항상 슬프죠. 문제는 그게 쌓인다는 거고.”

“제 팔자지, 뭐. 노친네 같은 소리 그만하고, 이거나 예나한테 보내.”

좀 전에 류수정이 두고 간 악보를 엔지니어에게 건넨다.

훑어보지도 않고.

“아. 예나 쪽에서 별 얘기 없지?”

“무슨…….”

"성지훈 말이야. 요즘 뜬금없이 나와서 옛날 얘기 지껄이잖아. 사람 억울하게 말이야… 혹시 그거 가지고 예나 쪽에서 얘기 나온 거 있냐고."

"없습니다."

악보를 챙긴 엔지니어는 문을 조심히 닫으며 나갔다.

이광배 작곡가의 짜증 섞인 목소리가 들린다.

"고소를 하든가 해야지, 젠장."

* * *

[단독] 강제 소환 된 성지훈! 내친김에 신곡까지!

—〈플레이리스트〉 방송 이후 이슈메이커가 된 성지훈은 얼마 전 기자간담회와 팬 미팅에 이어서 본격적으로 음악 활동에 돌입한다. 은퇴 후에도 싱어송라이터로서 창작 활동을 멈추지 않았던 그는 새로운 소속사인 퓨처엔터테인먼트와 협의해 곡 선별 작업 및 가사 작업에 착수했다.

한편 퓨처엔터테인먼트 최고남 대표는 윤소림에 이어 성지훈까지…….

pleo** 1분 전 [좋아요 13 싫어요 3]

오빠 팬 미팅 때 못 갔어요! 그러니까 콘서트해 주세요!

답글 1

오빠짱** 5분 전 [좋아요 21 싫어요 3]

신곡은 어떤 노래일까요? 그리워서 같은 부드러운 발라드? 나는 오후를 느낀다 같은 빠른 템포의 곡? 궁금해, 격하게 궁금해~

답글 2

미로** 10분 전 [좋아요 25 싫어요 58]

설마, 또 표절하시는 건 아니겠죠? 그러면 안 돼~

답글 닫기

ㄴ그거 작곡가가 한 거라고요!

ㄴ밝혀졌음? 아니잖음?

ㄴ작곡가님, 여기서 이러시면 안 돼요!!

오성식 매니저는 성지훈 관련 기사마다 답글을 열심히 적고 핸드폰을 주머니에 쑤셔 넣었다. 그러고 나서 고개를 들었더니, 메이크업 중인 성지훈이 실성한 사람처럼 웃고 있었다.

"돌았구나."

"어. 돌 것 같아. 맨날 웃고 살아서."

"식당에서 일할 때는 안 웃었어?"

"손님한테야 의식적으로 웃어 보이는 거고. 이렇게 그냥 기분이 좋아서 나오는 웃음하고는 질적으로 다르지."

닭가슴살처럼 퍽퍽하고 무료한 인생에서 가끔 찾아오는 웃음이라고는 TV 보다가 실없이 한두 번 웃는 게 전부.

하지만 요즘 성지훈은 하루의 시작부터 입가에 웃음을 장착하고 산다.

"아, 최 대표가 편곡 어느 정도 진행됐냐고 묻는데? 녹음 서두를 건가 봐."
"가사는 다 준비됐대?"
"곡은 충분히 있으니까, 일단 싱글 하나 내고 나서, EP 앨범 내는 거로 가자고 그러더라고."
"흠, 요즘은 유통이 어떻게 돌아가는지 모르겠네. 지금도 테입 나오나?"
"지훈아."
"응?"
"옛날로 돌아가지 마. 테입은 무슨."
핀잔에 성지훈의 눈이 가늘어졌다.
"나 옛날에 잘나갔거든? 그리고, 옛날 사람 탈피하려고 작사가 붙여달란 거 아니야."
"너 갓 데뷔했을 때, 쌍팔년도 얘기하냐? 너 2000년에 이시현한테 발렸던 거 잊었어?"
"아후, 형은 꼭 그렇게 잘 나가다가 도랑에 빠지더라."
"도랑은 무슨. 그런 단어 좀 쓰지 마. 요즘 애들 그런 단어 안 써. 이참에 김승권한테 좀 배워. 그 친구 아주 빠삭하던데?"
"내가 무슨 10대 애들한테 먹힐 나이도 아니고, 무슨 요즘 애들 용어야."
성지훈은 실없는 대화에 웃고 나서 말했다.
"우린 그냥, 잠깐 여행 나온 거야. 오랜만에 팬들도 보고, 방송국 구경도 하고, 그러다가 다시 돌아가서 잘 살면 되는 거야."
"뺀질이가 영감님이 다 됐네."
기지개를 쭉 켠 오성식.

옆을 돌아보니 배서희가 성지훈이 갈아입을 옷을 챙기고 있었다.

새 스타일리스트가 채용되기까지 당분간 그녀가 함께하기로 했는데, 워낙 조용해서 가끔 옆에 있는지도 모를 정도였다.

"아이고, 서희 씨가 고생이 많네. 재미없는 아저씨들 얘기 듣느라고."

"아닙니다."

"하하, 우리가 막 싸우는 것 같아도 그냥 말장난하는 거니까 이해해 줘요."

"예."

"서희 씨는 원래 말수가 별로 없나?"

"예."

"그렇군."

눈썹을 꿈틀 올린 오성식은 천천히 고개를 끄덕이며 속삭였다.

"근데 참 신기해. 보통 말 없는 사람들은 분위기가 정적인 편인데, 서희 씨를 보면 따뜻해."

비단 배서희뿐 아니라 퓨처엔터 직원들을 보면 그런 느낌이 드는 오성식이었다.

다들 자기 일을 즐기고 으싸으싸 하는 모습이 참 보기 좋았다.

누구 하나만 그런 것이 아니라 모두가.

"역시 함께하는 사람들이 중요한 거야."

그리고 그런 사람들과 함께하게 됐다.

마음이 흐뭇해져서 웃는데, 성지훈이 혀를 차며 말했다.

"틀딱 같은 소리하고 있네……."

"틀딱? 그게 뭐야?"

"틀니 딱딱거리는 소리를 내는 노년층이라고, 인터넷에 나오네. 나이 드신 분들을 비하하는 요즘 단어."

"그런 건 쓰지 마, 자식아!"

티격태격할 때, 프로그램 조연출이 불쑥 들어오더니 눈을 동그랗게 뜨면서 말했다.

"싸우시는 거면, 조금 뒤에 올까요?"

급하게 서로에게 어깨동무하는 두 사람.

오성식은 손가락 하트까지.

그러자 조연출이 미소와 함께 말했다.

"녹화 들어가겠습니다!"

* * *

"액션!"

사인이 떨어지자, 유복희가 단상 앞에 섰다.

안쓰럽고 볼품없던 옛날의 유복희가 아닌, 당당하고 세련된 장산그룹 유복희가 자리에 모인 임원들을 내려다본다.

그런데, 그녀는 갑자기 설핏 웃었다.

충신 같은 임원들과 기회만 노리는 반대파 임원들이 한곳에 어우러진 모습이 얼마나 웃긴지.

"돌아가신 회장님은 이 장산을 지금의 장산그룹으로 만들었습니다. 한때 외환위기가 휘몰아친 바람에 위기를 겪은 적도 있지만, 회장님과 여러분의 절치부심 노력 끝에 지금의 장산이 있을 수 있었습니다. 그런 여러분들의 선택! 기쁘게 받아들이겠습니다. 저 유복희, 여러분과 함께 이 장산그룹, 세계 속의 그룹으로 만들겠습니다. 감사합니다."

유복희의 말이 끝나기 무섭게 박수갈채가 쏟아졌다.

회의실 천장에 달린 샹들리에가 흔들린다. 그 박수갈채 속에서 한 임원이 여전히 뭐가 뭔지 모르겠다는 멍한 얼굴을 하고 있다.

"그리고, 여기서 하나 제안하려고 합니다."

그녀가 다시 입을 열자 박수 소리가 썰물처럼 잦아들었다.

"그동안 저기 앉아 계신 유명준 이사님의 노력 덕에 우리 장산그룹에 많은 발전이 있었습니다."

자신의 이름이 거론되자, 남자의 얼굴에 긴장한 표정이 역력했다. 이마에 땀이 번질거리는 게 보여서 유복희는 하마터면 크게 웃을 뻔했다.

"그렇기에 이제 우리 장산그룹은, 이사님이 없어도 스스로 발전할 수 있을 만큼의 자질과 능력을 갖추었습니다. 그래서… 이사님을 좀 쉬게 해드리고 싶네요."

내치겠다는 뜻.

남자는 유복희의 말에 치를 떨었다. 하지만 그 어떤 표현도 할 수가 없었다. 꼴사납게 난리를 치기에는 자존심이 허락하지 않으니까.

"그동안 우리 장산을 위해 힘써준 유명준 이사님께 큰 박수 부탁드립니다."

박수갈채가 쏟아진다. 하지만 그건 환희의 박수가 아니었다. 하늘에서 무수히 쏟아지는 화살 더미. 남자는 끌어 올린 목을 파르르 떨며 유복희를 노려보다가 깨달았다. 그럴수록 자신이 더욱 비

참해지고 있음을.

"오케이!"

컷 사인이 떨어지자, 긴장으로 가득 찼던 촬영장의 공기가 착 내려앉는다.

보고 있는 것만으로 팔뚝에 소름이 돋게 만들던 유복희의 눈빛에서 어느새 세상 착한 눈빛이 된 윤소림이 나한테 다가온다.

"대표님!"

"힘들지?"

유복희 자체가 항상 긴장된 캐릭터지만, 오늘 촬영할 씬들은 특히나 감정이 날카로워질 수밖에 없다.

유복희가 정적들을 쳐내기 위해서 그동안 차곡차곡 파놓았던 함정에 정적들을 몰아넣는 씬들이기 때문이다.

장산그룹에 대규모 학살이 일어나는 것이다.

"힘들어요."

윤소림이 우는 시늉을 한다. 나는 괜히 마음이 조급해져서 생수에 빨대를 꽂아서 그녀에게 건넸다. 여배우는 함부로 입술을 대면 안 된다. 입술 라인 다시 그려야 하니까.

그러면 차가희가 날 죽일 듯이 쳐다볼 게 분명해.

"근데 오늘은, 왜 성지훈 선배님이랑 같이 안 가시고 여기 오셨어요?"

"왜? 나 여기 오면 안 돼?"

"헤헤."

윤소림이 배시시 웃는다. 그래서 나도 칠푼이처럼 흐흐 웃는데, 이현미 감독이 찌푸린 얼굴로 재촉하듯 말했다.

"소림 씨!"

"예! 대표님, 저 가볼게요. 계실 거죠?"

"아니야, 잠깐 들른 거야. 가야 해."

몸이 두 개였으면 좋겠다.

아니, 저승이가 나 대신 일 좀 해줬으면… 알았다.

"진짜 가실 거예요?"

윤소림이 아쉬워하자, 차가희가 옆에서 속삭인다.

"법인카드 달라고 해. 맛있는 거 먹게."

"다 들린다."

나는 피식 웃으며 멀어지는 윤소림을 바라봤다. 옆에서 눈꼬리를 올린 차가희가 묻는다.

"어디 가시는데요?"

"나도 함정 점검하러."

"함정이요?"

.

.

.

「상암 월드컵 경기장 앞」

쾅! 쾅!

경기장 상공에서 폭죽이 터진다.

곧 있을 S급 가수의 리허설이 한창이기 때문이었다.

"거스름돈은 됐습니다. 고생하셨습니다."

"고맙습니다!"

나는 택시 기사의 기분 좋은 웃음소리를 뒤로하고 차에서 내렸다.

한 무리 여학생들, 택시들, 기자로 보이는 사람들도 계단 주변에 서성이는 걸 보니 다들 그 톱 가수 한번 보려고 모여든 것 같았다.

그 사이를 내가 바삐 지나가니 호기심의 시선들이 따라붙는다. 이 밤에 코트 자락을 펄럭이며 걷는 멋있는 사람은 보기 힘들 테니까.

―진짜 내 가사 그대로 쓴다고?

“예, 그 곡은 그대로 갈 겁니다.”

바삐 걸음을 내디디며, 나는 성지훈의 목소리를 잘 들으려고 핸드폰을 귀에 딱 붙였다.

―너도 별로라고 그랬잖아?

“별로라고 그랬죠.”

열 곡 중에, 한 곡이.

*　　　*　　　*

―그게 무슨 말이야.

USB 안에 있는 곡 전부가 별로라는 소리는 아니었다.

가사가 꼭 아름다운 미사여구가 붙고, 감정이 충만해야 하고, 요즘 세대에 맞는 단어들로만 채워져야 하는 것은 아니다.

멜로디를 살려주는 발음과 추상적이지 않은 쉬운 단어, 대중이 공감할 만한 주제, 3분 남짓한 곡에서 보여줄 임팩트만 있으면 충분하다.

그래서 이 노래가 무슨 얘기를 하고 있는지가, 그게 중요한 거지.

"73년생 아저씨가 쓴 가사도 썩 괜찮다는 얘깁니다."

—정말 괜찮을까? 그대로 가도?

걱정되는 마음이야 충분히 알지만.

"결과는, 해봐야 아는 거죠."

—그런데, 일단 너는 나쁘지 않다?

"형님이 작곡하고 흥얼거리면서 붙인 가사예요. 충분합니다. 10대들에게도 통할 겁니다."

—무슨 자신감이야, 대체.

"자신감이 아니라 확신이죠. 형님은 S급이니까요."

싱거운 웃음소리가 들린다.

"그러니까 가사는 신경 끄시고, 편곡에 집중할 시간입니다."

—너 지금 어디냐? 맥주나 한잔하자. 나 오늘 오랜만에 방송국 다녀와서 힘들었다고! 대표가 이런 거 위로해 줘야지!

"괜찮은 편곡자 겸 프로듀서 좀 만나려고 왔습니다."

—프로듀서?

나는 걸음을 멈췄다. 계단 위에서 기다리고 있던 더벅머리가 해맑게 웃으며 손을 흔들고, 그를 본 한 여학생의 목소리가 들린다.

"어? 유유 매니저 나왔다!"

백승준이 나를 향해 손을 흔든다.

"형님!"

녀석을 따라가 머잖아 4만 명이 들어찰 리허설 현장을 둘러보았다. 아직은 어수선한 상태에서 경호업체가 가드막을 설치하고 있었다.

"대표님 되시더니 너무 사무실에만 계신 것 아닙니까? 계단 좀

올랐다고 숨을 그렇게 고르세요."

"너나 살 좀 빼라. 먹을 것 천지네. 목살, 삼겹살, 안심살, 뱃살!"

백승준의 배를 쿡쿡 찌르다가 자연스럽게 무대로 시선이 움직였다. 옆에서는 저승이가 넙죽 절을 한다.

[대왕 전하!]

뭔 꼴값인가 싶지만, 저승이는 유유를 향해 몇 번이나 절을 하고는 감개무량한 듯 눈을 질끈 감았다.

'유유.'

무대 위에 녀석이 나왔다.

그 어떤 묘사도, 수식어도 필요 없는 존재가 저기 서 있다.

리허설 끝자락이라도 보려고 서두른 보람이 있네.

—말했잖아요, 임팩트 좀 넣자고. 다시 부탁드립니다.

마이크를 타고 무대 위의 목소리가 경기장에 쩌렁쩌렁 울렸다.

—그리고 영상 채워 넣은 거 저게 다예요? 제가 아까 말씀드렸는데, 교차 영상 좀 넣자고. 하, 메인 스크린에 차라리 유튜브 틀까요? 저것보다 훨씬 나을 것 같은데.

여전히, 한참을 투덜거리던 녀석이 문득 내 쪽을 보더니 마이크를 잡고 말했다.

—형, 오셨어요?

순간, 누군가에게 들었던 같은 인사말이 떠오른다.

.

.

.

7년 전.

"형, 오셨어요?"

"메일로 보내면 되지, 뭘 오라고 해."

나는 귀찮은 티를 팍팍 내며 소파에 기댔다. 눈두덩이가 두툼한 얼굴이 고개를 돌리고 씨익 웃는다.

"믹스 넘기기 전에 형이 한번 체크하셔야죠."

"AR팀 직원 부르지. 내가 뭘 아냐."

"에이, 그거 자만입니다. 형님 귀야 소문 자자한데. 독수리처럼 히트곡 낚아채시기로."

"됐고, 그럼 서준이는 간 거야?"

"예, 녹음 끝나고 바로 촬영장 가셨어요."

"녹음 금방 마쳤어?"

"한 프로 만에 끝났으니까. 물론, 리드한 사람이 실력이 좋으니까?"

어깨를 으쓱거리는 녀석을 보며, 나는 한숨이 나오려는 것을 참고 말을 꺼냈다.

"혁아, 너 진짜 괜찮겠냐? 너도 편곡 참여한 곡인데 이름도 못 올리는 건 좀 그렇잖아. 음악감독님한테 어필이라도 해봐."

"이 바닥에서 이런 일 흔해요. 작사라도 이름 올린 게 어디예요. 형님이 지난번에 그러셨잖아요?"

"뭐?"

"어차피 결과는 정해져 있다고. 그러니까 앞으로 가는 것에 집중하라고."

아.

최서준이 영화의 흥행을 걱정하길래 그런 말을 했었지.

시나리오도 좋고, 제작사도 좋고, 배우도 좋으니까 흥행이란 결과는 정해져 있다고. 그러니까 넌 촬영에만 집중하라고.

"저도 작곡가로 분명 성공할 겁니다! 그리고 영화 OST 이거 돈 얼마 안 돼요."

마침표를 딱 찍고 류혁이 고개를 돌린다. 앉은 의자가 180도 돌아가고 녀석의 등이 보인다.

"그래, 넌 성공할 거다. 아마 오래 걸리지 않을 거야."

"오오, 최고남 실장님께 그런 얘기 들으니까 기분 좋은데요? 그런 의미에서, 녹음 파일 하나 형한테 메일 보낼게요. 시간 나실 때 한번 들어주세요."

"완성되면 보내. 너 아직 그 정도는 아니야."

"성공할 거라면서요?"

"할 거라고. 지금은 아니고."

"치."

류혁이 입술을 삐죽거리며 자리에서 일어났다. 잠깐 밖에 나갔던 녀석이 캔 맥주를 들고 온다.

"웬 맥주?"

"얘기가 길어질 것 같아서."

"너 범신이 형한테 혼나."

"흘리지만 않으면 되죠. 깔끔쟁이도 모르게끔 깨끗하게."

수더분한 웃음 앞에서 나는 될 대로 되라 싶어 맥주를 건네받았다. 말 그대로 깔끔하게 마시면 되지 싶었는데 치익, 소리와 함께 맥주 거품이 쏟아졌다.

"야야!"

나는 허둥대고 류혁은 두꺼운 눈두덩이 속에 감춰진 눈이 크게 드러났다.

"자, 잠깐만요!"

금세 걸레를 들고 와서 내 옷부터 닦길래 빼앗아서 소파하고 바닥부터 닦았다. 한참 만에야 상황을 정리하자, 류혁과 나는 서로를 보고 웃고 말았다.

"새거 가져와. 어차피 욕먹을 거 실컷 마시게."

"옙!"

짠, 캔 맥주가 부딪치고 곧바로 꿀꺽꿀꺽 마신다.

"아, 이번에 청소년 베스트 오디션에 뽑힌 노래짱, 장난 아니라면서요?"

"장난 아니지."

"그럼 걔도 결과가 정해져 있네요. 형 눈에 들었으니까."

"실없는 소리 그만해."

손사래를 쳤더니, 류혁이 날 물끄러미 쳐다본다.

"형, 고마워요."

"뭐가."

"무작정 N탑에 메일을 보냈지만, 진짜 될까 싶었거든요. 그랬는데, 연락 오고 심장마비 걸리는 줄 알았다니까요?"

"심장마비 아무나 걸리냐? 그런 건 진짜 재수 없으면 걸리는 거야."

"아무튼요."

"이왕 기회 잡은 거, 열심히 해봐. 서준이가 네 얘기 자주하더라. 실력 있다고."

나는 류혁이 싫지 않았다. 얼굴에 웃음을 달고 다니는 사람은 두 부류다. 하나는 가짜, 하나는 진짜. 이 녀석은 진짜니까.

"정말요? 서준이 형은 제 앞에서 형 얘기만 하던데. 은인이라고, 최고라고. 평생 같이 가고 싶다고."

"평생이 어디 있어. 사람이란 게 작은 일에도 갈등이 생기고 오해가 생기는 존재인데."

나는 맥주 한 캔을 더 땄다.

"이번 곡 끝나고, 가을쯤에 한번 같이 하자. 내가 AR팀에 얘기할 테니까."

"진짜요?"

"진짜고 자시고 기회가 오면 그냥 물어. 아니면, 그 정도 준비도 안 되어 있는 거야?"

"아, 아니에요! 저 곡 제조기예요. 컴퓨터에 쌓아둔 멜로디가 산더미라니까요?"

피식 웃었더니, 흥분한 류혁이 맥주를 벌컥벌컥 마신다.

"야야, 천천히 마셔."

"제가 아버지 닮아서 간은 튼튼해요. 흐흐, 수정이한테 자랑해야지!"

"동생?"

"제 꿈이 뭔 줄 아세요?"

"뭔데?"

"저는 작곡하고, 수정이는 작사하고. 그렇게 우리 둘이 평생 같이 일하는 거요."

"네가 다 하면 되지?"

"저도 잘 쓰긴 하는데, 제 동생이 진짜 재능이 있는 것 같아요.

얼마 전에는 백일장에서 상도 탔다니까요?"

가끔 류혁은 여동생 얘기를 꺼냈다. 그럴 때면 세상 가장 행복해 보였다. 부모님을 일찍 여의고 업어 키운 동생이라고 했다. 애틋할 수밖에.

"그래, 너는 좋은 작곡가 되고, 네 동생은 좋은 작사가 되고."

웃으며 말했더니, 류혁이 빙긋 웃는다.

"꼭 그렇게 될 테니까, 형님이 지켜봐 주세요."

"내가 할 일이 없냐? 남의 인생사까지 챙기게."

"약속하신 거예요. 저희 두 사람 계속 지켜봐 주시기로."

"약속 안 했다."

"에이, 말은 그렇게 하셔도 챙겨주실 거면서."

허.

"넌 말이야. 굶어 죽지는 않을 거야."

"하하, 그런 말 자주 듣습니다! 그럼, 들어볼까요? 배우 최서준이 부른 〈검의 노래〉 OST 수록곡."

메모리.

.

.

.

기억이 흩어지고, 나는 유유를 바라봤다. 무대를 내려가는 모습이 보이고, 백승준이 말했다.

"근데 형님, 유유한테 빚을 세 가지나 졌다는 게 무슨 소리예요?"

"세 가지래? 두 가지지 왜 세 가지야? 차 안 쓴다니까?"

얼마 전에 유유가 회사에 외제 차를 보냈다. 제 집 주차장이 좁아서 처분해야 한다고. 그러니까 보험만 들고 쓰라면서 말이다.

하여간 삐딱한 놈이다.

아무튼 나는 유유에게 차 키를 돌려주면서 몇 가지 부탁을 했다. 사실 부탁이라기보다는 대가를 요구한 거다. 지난번에 도와줬으니까.

"차는 이미 준 거니까 필요 없다는데요?"

"야, 그 차 몰다가 파산해. 연비가 아주 도로에 기름을 쏟아붓는 수준이더라."

"그냥 몰고 다니세요. 유유 마음이니까. 여기요, 키."

"고오맙다고 전해줘라!"

별수 없이 차 키를 다시 건네받았더니 백승준이 실실 쪼개다가 눈살을 찌푸리고 말했다.

"얼마 전에 연습생 하나 새로 들어왔는데 골 때려요."

"왜?"

"형님도 기억나시죠? 예나. 걔도 예나랑 똑같은 버릇이 있더라고요."

"버릇?"

"저장강박증이요."

* * *

부스럭.

껍데기를 벗긴 사탕을 입에 쏙 넣은 여자애가 껍데기를 버리지 않고 주머니에 도로 넣는다.

그 모습을 보면서 매니저가 눈살을 찌푸릴 때, 녹음실 문이 열리고 이광배 작곡가가 들어왔다.

"예나 왔어?"

"피디님!"

예나가 껑충 뛰어서 이광배 작곡가의 팔에 엉겨 붙었다.

얼굴에 웃음 폭탄이 터진 것처럼 미소가 만연한 모습에, 그녀의 매니저는 이번에도 눈살을 찌푸릴 뻔한 걸 겨우 참았다.

"가사 보낸 거 봤지?"

"예! 피디님, 예나는요, 피디님 곡 받고 너어무 좋았어요! 피디님은 어쩜 그렇게 감수성이 넘치세요?"

"하하, 내가 한 감성 하지. 마음에 들었으면 바로 녹음 들어가도 되겠어?"

"근데근데, 이런 얘기 하면 진짜 안 되는데, 저희 대표님은 예나랑 곡이 좀 안 어울리는 것 같다고. 아, 곡이 안 좋다는 게 아니라, 예나가 부족해서요."

이광배 피디가 끙 앓으며 소파에 앉았다.

뿌드득 가죽 늘어지는 소리가 들리자, 예나가 옆에 바싹 붙었다.

"피디님, 죄송해요. 제가 너무 부족해서… 조금 더 가벼운 곡은 없을까요? 앗, 죄송해요. 제 주제에, 감히 피디님 곡을……."

"괜찮아, 괜찮아! 뭘 그런거 가지고 그래? 곡 많아. 이 녀석아, 나 이광배야."

"예나는 알죠, 대한민국 최고의 프로듀서!"

"하하!"

이광배 작곡가의 얼굴은 스물두 살 여자애의 애교에 완전히 녹은 것 같았다. 그래서 이광배 작곡가가 하늘 위로 두둥실 떠오를 때쯤에, 예나와 매니저는 녹음실을 빠져나왔다.

드르륵.

차에 오르자마자 매니저는 고개를 돌렸다.

뒷좌석에 앉아 있는 예나가 코와 입술을 잔뜩 모으고 있었다.

"자."

향수를 건넸더니, 칙칙! 칙칙!

예나가 제 몸에 정신없이 뿌리고 닭처럼 두 팔을 펄럭거린다.

"담배 냄새, 담배 냄새!"

"고생했다."

대표님을 희생양으로 던지긴 했지만, 곡을 깐 사람은 예나였다. 곡을 듣자마자 알았기 때문이다. 어디서 또 긁어 왔구나.

"어떻게 두 곡이 다 그러냐. 이광배도 제대로 한물갔어. 근데 예나야, 새로운 곡도 그러면 어쩌지?"

"또 까야지."

당연하게 얘기하고, 예나는 사탕을 또 하나 입에 물었다.

이번에도 껍데기를 챙기는 모습을 보면서 매니저는 생각했다.

'아니, 사탕 껍데기도 저렇게 못 버리는데, 곡은 잘 버린단 말이지. 신기하게.'

음악적인 부분에서는 아주 노멀하다.

"예나야, 이번 주에 숙소 또 치우기로 했어."

흠칫 놀란 예나가 눈을 치켜떴다가 이내 고개를 끄덕인다.

어쩔 수 없는 노릇.

안 그랬다가는 숙소에 발 디딜 틈도 없을 테니까.

"화장대에 있는 것만 버리지 마."
"알지. 그거 네 보물이잖아."
"맞아! 우리 부문장님이, 예나한테 준 거야. 절대 못 버려!"
예나의 양쪽 입꼬리가 올라가는 모습이 룸미러에 비친다.

제6장 — 약속

「넷플렉스 오리지널 영화 〈장산의 여인〉 촬영장」

“왜? 애들한테 미움받을까 봐서 그래?”

김승권은 요즘 고민이 많다. 연습생 관리도 해야 하고, 일도 배워야 한다. 대표님처럼 모든 일을 척척 해내는 날이 과연 오긴 할까.

“싫은 소리는 원래 하기 어렵잖습니까.”

“좋은 소리만 할 수도 없잖아?”

유병재가 턱을 긁적이며 되묻자, 옆에 서 있는 차가희가 소곤소곤 말했다.

“그러고 보면 대표님이 애들 관리는 진짜 잘했는데. 혼낼 때는 혼내고 칭찬할 때는 칭찬하고. 아메리카노의 쓴맛과 헤이즐넛더블

마키아또의 달달함을 오간다고 할까."

"그게 무슨 말이세요?"

"단짠 조절을 잘한다고. 그래서 연습생 중에는 대표님 팬도 있었어."

"진짜요?"

"진짜. 대표님 사진을 액자에 넣어서 TV 앞에 놓던 애도 있었는걸? 뭐, 끝이 좋진 않았지만."

"와, 대박."

김승권이 감탄하다가 서둘러 입을 다물었다.

카메라 안에서 이현미 감독이 윤소림에게 디렉션 중이었다.

둘 사이에 뭔가가 어긋났는지 윤소림은 심각해 보였고, 감독 역시 동그랗게 만 콘티로 옆머리를 긁적인다.

"소림 씨가 오늘 영 집중을 못 하네요."

"흠……."

지켜보던 유병재가 팔짱을 풀고 카메라 안으로 들어간다.

팔을 휘적거리며 들어간 그는 윤소림에게 다가가 귓속말을 속삭였다. 순간, 윤소림의 눈빛이 조금 달라졌다.

"뭐라고 속삭인 거예요?"

다시 돌아온 그에게 차가희가 냉큼 물었다.

"이따 대표님 올 거라고 그랬지."

"진짜? 당분간 촬영장 안 오신다고 했잖아요? 잘 굴러간다고."

폭주하는 스케줄을 정리하기도 바쁜 상황에 신곡 준비로 최고남의 일이 배가됐다.

공연 기획사, 음원 유통사 미팅과 같이 사람 만날 일이 부쩍 늘면서 잠자는 시간도 쪼개 움직여야 할 정도인데.

의문의 시선들 앞에서 유병재는 속삭였다.

"간절히 기도하자고."

*　　　　*　　　　*

"아이돌이 내 곡을 엎어? 그것도 녹음 직전에?"

입술을 잘근 씹으며, 이광배 작곡가는 악보를 구겼다.

눈을 부릅뜬 채로 고개를 돌리던 그가 재떨이 대신 종이컵을 앞에 두고 담배를 입에 물었다. 라이터를 꺼내 불을 붙이려고 시도했지만…….

"에이씨!"

집어 던진 라이터가 바닥에 떨어진다.

녹음실 엔지니어가 덩치를 숙여서 라이터를 주워 테이블에 올려놓고 물었다.

"어떻게 하실 겁니까?"

"맞춰줘야지. 음원 깡패가 마음에 안 든다는데."

이광배 작곡가에게는 경력과 함께 해마다 쌓이는 게 있었다.

바로 나이.

오십 줄을 넘어서면서부터 이광배는 아이돌 음악은 하지 못한다는 인식이 팽배해졌다. 실제로 빠르게 변하는 트렌드를 좇기가 벅차졌다.

발라드나 알앤비야 감성으로 버텨본다지만, 아이돌 음악은 한계가 분명했다.

그래서 잇션이라는 작곡팀도 만들었다.

하지만 작년 이후로 내는 곡마다 소위 말해 차트에서 광탈하는 상황.

그러니 이번에는 확실한 결과물을 내야 한다. 이광배가 아직 건재하다는 결과물.

"시간이 되겠습니까?"

"안 될 건 또 뭐 있어? 곡이 없어, 가사가 없어?"

퉁명하게 내뱉은 이광배가 다시 물었다.

"무슨 말을 하고 싶은 건데?"

"수정이 말입니다. 애가 요즘 정신적으로 힘든 것 같아서요."

"그걸 네가 왜 신경 써?"

"빚을 좀 없애주시면… 그래도, 사람이 내일은 나아질 거라는 기대감이라는 게 있어야 사는 건데, 빚이 아직 많으니까."

"병신아, 내가 걔 돈 받으려고 묶어둔 줄 아냐? 재능 있어 보여서 옆에 두고 키우는 거야. 때 되면 그냥 보내줄 거야."

이광배는 쭈뼛거리는 엔지니어를 보며 한숨 쉬고 핸드폰을 쥐었다.

—어? 피디님!

"마 기자, 오랜만이야."

흔한 기레기들 중 하나.

—요즘 바쁘신 것 같아서 연락도 못 드렸는데, 우리 한잔해야죠!

"그래그래."

피식 웃으며 책상을 뒤적거린 그가 새 라이터를 꺼냈다.

—이번 예나 앨범, 나지나 작사가도 참여하고, N탑하고 협업도

한다면서요? 벌써부터 대박이라고 소문 자자합니다.

"그런 소리 하지 마. 뚜껑은 열어봐야 아는 거지. 괜히 부정 타."

핸드폰을 잠깐 놓고 라이터를 켜려는데.

—근데 계속 이대로 가만히 계실 거예요?

"뭘?"

—아니, 성지훈 말이에요. 지금 인터넷이 난리도 아니던데.

"뭐가?"

이광배는 짐짓 처음 듣는 소리라도 되는 것처럼 눈썹을 꿈틀 올리면서 모니터를 바라봤다.

「성지훈을 은퇴시킨 6집 앨범 타이틀곡 '브로큰'의 작곡가 근황」

게시물에는 '잇션'에서 운영하는 유튜브 채널에서 그가 등장한 부분만 캡처 해서 올라와 있었다.

ㄴ선 세게 넘었네요.

ㄴ건물 올리고 잘살고 있네. 성지훈은 빚에 허덕여서 고생했다는데.

ㄴ최근 곡 찾아보니까 그것도 표절 논란 있었잖아? 그나마도 작년 여름 이후로는 차트에 올린 곡이 하나도 없고.

ㄴ근황이 참 볼품없네요. 제목 바꿔야겠어요. 한물간 작곡가의 말년으로.

"마 기자, 나 억울한 거 알지?"

—알죠. 근데 가만히 계시면 진짜 가마니 되실 것 같은데요?

“내가 진짜 성지훈하고의 정이 있어서 그냥 넘어가려고 했는데 말이야.”

—왜 그냥 넘어가세요? 성지훈 쪽에서는 표절이라고 언론플레이 하고 있는데.

“가만히 있다가 뺨 맞은 것도 억울한데 해명까지 해야 하는 건가 싶기도 하고.”

—해야죠! 원래 대한민국법은 좆같아서 피해자가 다 증명해야 하는 겁니다. 예나 앨범 작업 때문에 그러신 거면, 오히려 이럴 때 더 적극적으로 방어해야 홍보 효과도 있지 않겠어요?

“홍보 효과?”

—어쨌든 성지훈이 지금 붐이잖아요. 같이 엮이면서 가는 거죠. 성지훈 쪽도 그래서 일부러 표절 건 계속 거론하는 거고. 퓨처엔터가 어그로 진짜 잘 끌거든요.

핸드폰 너머에서 살살 꼬드기는 소리에, 잠깐 고민하던 이광배는 책상을 톡톡 두드리다가 물었다.

“마 기자, 언제 시간 돼?”

—저야 당장에라도 되죠.

“그럼, 저녁에 나랑 소주 한잔하자.”

—제가 사겠습니다!

전화를 끊고 나서 엔지니어를 바라본다.

“애들 다 들어오라고 해.”

사무실이 발 디딜 틈 없이 꽉 차고, 이광배는 컴퓨터에서 오디오 파일 하나를 틀었다. 작곡가들이 미간을 찌푸려 가며 집중해서 듣다가 말했다.

"대박!"

"와, 피디님, 언제 이런 곡을 준비하셨어요? 탑라인 진짜 특이하다."

"되게 트렌디 하고 스타일리시 한데요? 브릿팝 느낌도 나고."

"이거 대박 나겠어요!"

흥분한 작곡가들의 모습에 이광배가 흡족하게 웃음 짓는데, 유독 한 사람만 바싹 움츠러들어 있었다.

그 한 사람만 남겨놓고 다들 밖으로 나갔다.

"다인아."

녀석이 입술을 깨물면서 시선을 피한다.

"혹시나 네가 오해할까 봐 얘기하는 건데, 네가 의뢰받은 곡은 빌드업 하나 안 돼 있는 멜로디 라인뿐이었어. 그런 건 누구나 다 녹음할 수 있는 거 알지?"

"예……."

"이건 내가 예전에 짜놓은 탑라인으로 작업한 거니까, 오해하지 말라고. 아니면, 엔지니어 불러와서 확인시켜 줄까? 범신이랑 같이 작업했는데."

"아, 아니요."

"그럼 나가봐. 아, 그 회사 신생이라고 했지? 작곡가도 신생이고."

"예!"

이광배가 만족한 듯 고개를 끄덕인다.

*　　　*　　　*

—근데… 제가 컴퓨터를 해킹당한 것 같거든요. 그러니까 그게… 빨리 곡 작업하시는 게…….

"예, 그렇게 하죠."

—근데… 정말 돈 안 받으셔도 돼요?

"괜찮습니다. 소개해 준 수고비라고 생각하세요."

—감사합니다! 진짜 실력 있는 작사가니까 만족하실 거예요. 제가 시간 늦지 않게 가라고 했으니까, 금방 도착할 거예요!

나는 전화를 끊고 앞에 앉은 사람을 바라봤다.

악플러 고소를 의뢰한 법무법인 소속 변호사.

"계속하시죠."

"그럼 악플 건은 합의 없이 끝까지 가시는 걸로 알고 있겠습니다. 그리고… 지훈 씨 건은 저희가 검토해 봤는데, 그 당시 작곡가가 요리조리 잘 피했더라고요. 승소 가능성이 낮습니다. 아시겠지만, 표절이란 게 규정이 명확해서요."

그래서 아이러니하게도, 그 규정만 피하면 되는 현실.

"이런 일이 비일비재하죠?"

"제일 잘 아시지 않습니까. 해마다 문의가 많이 들어오지만 거의 다 승소 가능성이 낮아요."

고개를 끄덕인 후에 나는 넌지시 물었다.

"그럼, 표절 건 말고 사기 건은 어떤가요?"

"사기 건이요?"

"예를 들어서 원래 고장 난 장비를 가지고 네가 고장 냈다면서 거액을 갚으라고 요구한다면."

"실제로 실행에 옮겼다면 형사상 사기죄가 성립됩니다. 만약, 가해자가 모르고 한 경우라도 민사상 다퉈볼 여지가 있고요. 어떤 내용입니까?"

고가의 녹음실 장비가 있었고, 면접 보러 온 작사가가 실수로 놓여 있는 물컵을 치고 말았다. 그 뒤로 노예처럼 일만 하고 있다.

저작권도 다 빼앗기면서.

그런데 사실 그 녹음실 장비는 고장 난 상태였다.

그러니까 물컵 같은 게 아무렇게나 놓여 있었던 거였다.

"그런 일이 실제로 있었어요? 황당하네."

얘기를 들은 변호사가 헛바람을 뱉었다.

"피해자를 당장 만나봐야겠네요. 근데, 퓨처엔터와는 무슨 관계인지."

"개인적인 일입니다."

나는 변호사에게서 시선을 떼고 사무실 밖을 바라봤다.

그곳에 머뭇거리고 서 있는 여자가 보인다.

*　　　*　　　*

"우리 작사가님은 순전히 내 얼굴 보고 프로젝트 합류하신 겁니다."

녹음실을 찾은 백대식은 크게 웃었다.

"알죠, 제가 나중에 신세 톡톡히 갚겠습니다."

"갚을 게 뭐 있어요? 협업하는 건데."

"갚아야죠. N탑 아카데미에 나지나 작사가님까지 이번 앨범에 합류했는데."

이번에 예나는 EP 앨범에 수록된 전곡을 뮤직비디오로 제작하는데, 그중 타이틀곡 뮤직비디오를 제외한 나머지 4곡의 뮤직비디오에 N탑 아카데미 연습생들이 출연하고 4곡 모두 스토리가 이어진다.

앞으로도 아카데미 연습생들은 다양한 방식으로 대중에게 얼굴이 공개될 거다.

이 끝내주는 아이디어를 무려…….

'내가 낸 거지.'

백대식은 콧방울을 벌렁거리며 말했다.

"그리고 이제 말 놓으세요. 저보다 한참 형님뻘인데."

"아휴, 그럴 수 있나. 엄연히 N탑 아카데미를 이끄는 사람인데."

"형님."

"으허허."

두 사람이 껄껄 웃는 동안 나지나 작사가는 악보를 손에 들고 가사를 음미하듯 훑어보고 있었다.

이미 몇 번이나 봤지만, 결론은 매번 같았다.

'잘 쓴 가사야.'

곡을 부를 가수를 정확히 이해하는 것은 물론이고, 예나의 4차원 세계관 안에서 헤엄이라도 치고 온 것처럼 통통 튀는 흐름을 유지하면서도 대중에게 낯설지 않은 단어들이 나열된 가사.

'이런 감성을 쉰 넘은 꼰대가?'

말도 안 되는 일이지.

그러니 이 곡의 진정한 작사가는.

'어디 갔지? 그 아이.'

청바지에 후드티를 입고 있던 존재감 없는 아이.
그 아이를 찾으려 고개를 두리번거릴 때였다.
"피디님!"
예나가 보라색 머리카락을 펄럭이며 녹음실에 들어왔다.
"곡 마음에 드니?"
"대박! 대박!"
마치 새 신발을 선물받은 아이처럼 좋아한다.
"이번 곡 빌보드에 올릴 생각으로 작업한 거야. 알아?"
"피디님! 예나는 곡 듣고 너무 놀랐어요! 진짜 완전 트렌디 해요!"
"당연하지. 내가 곧 트렌드 아니야."
"본부장님도 안녕하세요!"
"예나, 오랜만이구나."
백대식의 눈이 예나의 위아래를 훑는다.
N탑 출신 연습생이었지만 일련의 사건으로 퇴출당한 연습생.
그러나 오디션프로그램에 출연해서 국민 프로듀서의 선택을 받고 아이돌이 된 케이스.
"근데 본부장님."
"왜?"
"가이드 누가 부른 거예요?"
예나가 눈을 반짝거리며 다가와 묻는다. 움직일 때 겉옷에서 비닐봉지 바스락거리는 소리가 나는 걸 보니 또 쓰레기를 주머니 가득 채워놓은 모양인데.
"왜? 궁금해?"
"예."

하지만 백대식은 씩 웃기만 했다.

"안 가르쳐 줄 거야."

"아, 궁금한데."

예나가 상체를 배배 꼴 때, 이광배 작곡가가 말했다.

"예나야, 이제 녹음 부스 들어가야지!"

*　　　　*　　　　*

며칠 후.

아침부터 예나의 소속사는 비상이 걸렸다.

어젯밤 홍보팀이 30초 분량의 음원을 예나의 SNS를 통해 공개했다.

직원들도 대박이라고 확신한 신곡이니만큼, 뜨거운 반응을 예상했다.

그런데 정작 SNS에서는…….

ㄴ어? 이 곡 유유 사운드박스에 공유된 음원하고 도입부 완전 똑같은데?

*　　　　*　　　　*

기분 좋은 아침.

햇살도 좋고, 날도 괜찮아서 괜히 홍이 나는 그런 아침에 이광배 작곡가는 핸드폰 기사를 보며 사무실에 출근했다.

[단독] 이광배 작곡가, 논란에 입을 열다. 성지훈이 '그 곡과 똑같이 만들어달라고 했다.'

―이광배 작곡가는 근래 잠을 이루지 못했다. 처음에는 성지훈의 복귀를 누구보다 기뻐한 그였지만, 이해할 수 없는 성지훈의 표절 주장에 마음고생을 심하게 한 탓이다. 이광배 작곡가는 그때 일을 떠올리기 위해서 잠깐 동안 눈을 감고 기억을 더듬었다. 눈을 떴을 때, 그의 눈은 충혈되어 있었다. 그리고 그는 입을 열었다. '그 곡과 똑같이 만들어달라고 했어요.' 기자는 누가 그랬냐고 물었고, 이광배 작곡가는 한참을 망설이다가 입을 열었다. '성지훈이요.' ―중략― 한편 이광배 작곡가가 운영하는 프로젝트팀 '잇션'은 솔로 아이돌가수 예나의 앨범을 프로듀싱…….

중립** 30분 전 [좋아요 103 싫어요 8]
피카츄 배나 만지고 있으렵니다.

우주의기운** 30분 전 [좋아요 91 싫어요 18]
둘 다 말이 다르니 일단 상황 지켜보자고요.

dudd** 10분 전 [좋아요 65 싫어요 33]
내가 이럴 줄 알았다. 아주 여론 몰이 제대로 하더니만! 퓨처엔터 언론플레이 징글징글.

"어, 마 기자. 지금 기사 봤어."

이광배는 수신자를 보고 반겼다.

―거 보세요, 댓글 바로 반응 오잖아요.

"그러게 말이야. 내가 괜히 혼자 끙끙 앓았어."

—퓨처엔터 지금 똥줄 제대로 타고 있을 겁니다!

"그래야지. 내가 얼마나 밤잠 설쳤는데."

—혹시라도 성지훈한테 연락 오면 저한테도 알려주셔야 합니다?

"당연하지!"

큰소리를 떵떵 치는데, 전화가 새로 들어오고 있었다.

"마 기자, 나 지금 전화 들어오거든? 다시 전화할게."

이광배는 통화를 끊고 전화를 바로 받았다.

예나 매니저였다.

"어, 안 매니저."

—지금 어디세요?

"나 지금 회사지. 당연한 걸 왜 물어?"

—댓글 보셨어요?

"안 매니저도 봤어? 생각보다 네티즌들이 나한테 호의적이더라고. 이럴 줄 알았으면 진작 인터뷰할 걸 그랬어."

—무슨 소리 하시는 거예요? 예나 SNS 댓글이요!

"어?"

—지금 바로 보세요!

귀 따가운 목소리에 이광배는 얼굴을 찌푸렸다.

이게 감히 건방지게.

인상을 쓴 채로 포털사이트에 예나의 SNS를 검색했다.

@ye__na

예나가, 예나가, 컴백 D—10일이라고요?

궁금해할 것 같아 살짝 놓고 감 〈— 클릭하세요!!

ㄴ어? 이 곡 유유 사운드박스에 공유된 음원하고 도입부 완전 똑같은데?

ㄴ어떤 음원이요?

ㄴ유유가 지난달에 외국 편곡팀에 공유한 음원이요. 소수에게만 공유한 음원이고, 저도 공유받은 팀의 팀원이거든요. 근데 인스트러먼트부터 시작해서 멜로디 전개 방식, 하물며 신디 패턴까지 완전 똑같네요. 오히려 편곡은 유유 음원보다 구려요.

ㄴ헐, 광배가 광배 했네. 유유를 건들다니.

이광배는 두 눈을 의심했다.

번지수를 잘못 찾아도 한참을 잘못 찾은 것 같은 댓글이었다.

"여기서 유유가 왜 튀어나와?"

말도 안 되는 일인데, 모골이 송연해지고 입술이 바싹 마른다.

이광배는 핸드폰을 손에 쥐었다. 머릿속이 하얘져서 어디에 전화를 걸어야 할지 몰라 이마만 긁적거릴 때, 예나 매니저의 목소리가 크게 들렸다.

—피디님?

"내, 내가 바로 다시 전화할게!"

—피디님!

종료 버튼을 누른 엄지가 바르르 떨린다.

일단 핸드폰을 내려놓고 밖으로 나갔다.

"왜 그러세요?"

"다, 다인이 어딨어?"

"오늘 다인이 안 나왔는데요?"

직원의 얘기에 이광배가 눈을 부릅떴다.

"그럼, 전화해 봐!"

"전화 안 받는데요?"

"비켜봐! 녹음실에 전화해서 범신이 올라오라고 그래!"

직원을 밀치고 수화기를 붙잡았다. 신호만 계속 간다. 초조해서 다리를 떨던 그는 옆을 보고 화를 버럭 질렀다.

"뭐 하고 있어? 범신이한테 전화했어?"

"전화 안 받으시는데요?"

"뭐?"

그때.

—지금 고객님이 전화를 받을 수 없습니다. 다음에 다시 걸어주세요.

"젠장!"

이광배는 수화기를 거칠게 내려놓고 녹음실로 향했다. 엘리베이터가 움직일 생각을 하지 않아서 계단으로 발길을 돌렸다. 뛰어 내려가면서, 이광배는 문득 배범신이 류수정을 언급했던 걸 떠올렸다. 그뿐이 아니다.

'멜로디 라인 괜찮던데요?'

'뭐 말이야?'

'책상에 있던 USB요. 잠깐 빌리려고 가져왔는데 파일이 하나 있더라고요. 피디님이 넣어둔 거 아닙니까?'

'아, 그거?'

'제대로 작업하면 오랜만에 대박 터질 것 같습니다.'

'그래?'

설마. 아니, 아니야.

그럴 리가.

이광배는 고개를 흔들며 녹음실 문을 벌컥 열었다. 하지만 어디에도 엔지니어는 보이지 않았다.

"배범신은 어디에 있는 거야!"

*　　　*　　　*

"먼저, 자기소개부터 해주시겠어요?"

기자가 녹음기를 켜자, 배범신 엔지니어는 각오한 듯 고개를 끄덕였다.

"잇션에서 믹싱 엔지니어로 일하는 배범신입니다."

"배범신 씨는 이광배 작곡가님과 몇 년을 함께하셨죠?"

"8년 정도 됐습니다."

오랜 시간이었다. 처음에는 마음이 맞았고, 그다음은 일이 재밌었고, 이후에는 의리로 함께했다.

"그럼 그 8년 동안 이광배 작곡가님의 곡은 거의 배범신 씨를 거쳤다고 보면 될까요?"

"90프로 이상이라고 보면 됩니다."

길어질 수밖에 없는 얘기였다.

수첩을 보면서 빠짐없이 고백한 배범신은 마지막으로 하나를 더 얘기했다.

"한 곡이 더 있습니다."

"어떤 곡이죠?"

"예전에 영화 〈검의 노래〉 ost 수록곡인 '메모리'도 다른 작곡가의 곡이었습니다. 류혁이란 작곡가이자 작사가였습니다."

"그럼 왜, 지금에야 고백하시는지 이유를 물어봐도 될까요?"

기자의 질문에, 배범신은 얼마 전 일을 떠올렸다.

.

.

.

최고남이 찾아왔다. 오랜만에 본 거지만, 예전과 크게 다르지 않은 모습이었다.

"지금 와서 달라지는 것 없어."

"류수정이 류혁의 여동생인 거 알고 계셨죠?"

"처음에는 몰랐는데… 나중에 알았어. 류씨가 흔한 성은 아니니까."

"이광배는 처음부터 알았을 겁니다."

"그건… 처음에는 피디님도 챙겨주려고 했던 거야. 장비 고장났다고 했던 것도 긴장 풀어주려고 농담했던 건데……."

"혁이한테 가서도 그렇게 말씀하실 수 있으세요?"

"……."

"이제부터 제가 시키는 대로 하시면 됩니다."

"내가, 안 하겠다고 하면?"

순간, 최고남의 눈빛이 싸늘해졌다.

"형님은 아직 젊잖아요. 관 뚜껑 덮기에는."

*　　　*　　　*

펄럭.

명부가 촤르르 넘어간다.

한 손에는 명부를, 한 손에는 형광 구슬을 매만지면서 저승이는 일련의 흐름을 되새겼다.

최고남의 이번 업보는 약속에서 기인했다.

이런 것까지 업보로 취급하는 명계의 의도는 알 수가 없었다.

신의 뜻을 어찌 알 수 있을까.

류혁이라는 남자의 여동생에 대한 애틋함 때문일까 하고 추측해 볼 수는 있었지만 어찌 됐든 최고남은 약속을 잊었고, 그 결과 류수정은 이번 생에 부여된 S급 운명에서 크게 어긋난 삶을 살게 된다.

그걸 바로잡기 위해서 최고남은 이광배 작곡가에게 미끼를 던졌다.

법적으로는 이광배 작곡가를 처리하기 어렵기에 택한 방법이었지만, 그동안 지켜본 바 최고남이 이광배를 벼랑 끝에 밀어놓으려 작정하지 않았나 싶기도 하고.

아무튼.

유유의 미완성곡을 이다인에게 넘겼고, 확실히 하기 위해서 배범신 엔지니어의 마음까지 돌려놨다.

조심스러워하던 물고기는 그렇게 먹이를 물었다.

그리고 지금, 최고남이 사무실에 들어왔다. 스윽 쳐다봤더니.

"뭘봐?"

역시나 퉁명하다.

*　　　*　　　*

"광고는 최대한 다 받으라고 해."

성지훈은 길어야 1년이다. 본인도 그걸 잘 알기 때문에 방송에 전혀 미련이 없다고 했다.

그러니까, 물 들어올 때 배 띄우고 어망 실컷 던져서 만선으로 귀환하면 된다.

"앨범 시안, 굿즈 디자인 나왔습니다."

김나영 팀장이 파일철을 종류별로 내려놓았다.

벌써 몇 번이나 의뢰를 다시 했기 때문에 나는 신중하게 하나하나 살폈다.

다행히 생각보다 만족스러워서 미소와 함께 내려놓았더니, 김나영 팀장이 빙긋 웃으며 하나를 더 내밀었다.

"그리고 이건, 소림이 포토 카드."

이번에 성지훈 굿즈를 제작하면서 순전히 내 욕심으로 윤소림 포토 카드를 제작했다. 5종의 포토 카드는 추첨으로 팬들에게 배포할 예정이다. 어떤 방식으로 할지는 좀 더 고민해 봐야겠고.

"인쇄 나오면 내 거는 나영 씨가 따로 챙겨놔."

"아, 그건 안 될 것 같은데요?"

"어?"

"박하 말로는 대표님도 추첨에서 받으셔야 한다고. 그래야 공정하다고."

"그런 게 어딨어? 나 여기 대표야."

"저는 모르는 일입니다. 박하가 팬매니저 일도 하고 있으니까, 대표님이 알아서 꼬시세요."

"김 팀장!"

아랑곳하지 않고, 김나영 팀장은 성지훈의 신곡 트랙리스트를 살피며 물었다.

"녹음이 코앞인데, 작사가를 빨리 정해야 할 텐데요."

"녹음 날 당일에 작사하는 일도 흔해. 급할 것 없어."

"나지나 작사가님에게 미련이 있으신 거예요?"

"그럴 리가."

나는 피식 웃으면서 연습생들에게 냈던 숙제를 체크했다.

가사를 써 오라고 했었다.

"재밌네."

소연우, 권아라, 박은혜, 송지수.

네 명의 가사 스타일이 성격만큼 제각각이다.

그나마 가장 그럴싸한 가사는…….

"소연우는 아직 멀었고, 권아라는 수필을 써놨고, 박은혜는 시를 적었네. 그리고 송지수는… 얘 뭐지?"

"잘 썼죠? 최근까지 연습생이어서 그런가. 멜로디하고 라임이 딱 맞더라고요. 마치 퍼즐처럼."

나는 고개를 끄덕이고 숙제를 내려놓았다.

"연습생들은 나영 씨가 계속 신경 써."

"예, 알겠습니다."

"오케이."

몇 가지 더 결정을 내리고, 김나영 팀장이 자리에서 일어났다.

"혹시, 이상한 소리 같은 거 안 들리세요?"

"무슨 소리야? 뜬금없이."

"기도 소리 같은 거… 아닙니다. 수정 씨 들여보내겠습니다."

싱거운 얘기를 하더니 김나영 팀장이 밖으로 나갔다.

류수정이 서 있었다.그리고 잠시 뒤에 다시 노크와 함께 문이 열렸다.

그녀가 자리에 앉았다.

"미안해요, 아침부터 오라고 해서. 숙소는 어때요?"

"조, 좋았습니다. 침대도 새거고, 방도 깨끗해서."

"침대 그거 내가 직접 골랐는데."

"아, 정말요?"

"농담."

나는 피식 웃고 그녀를 바라봤다. 옆머리를 천천히 쓸어 올리면서.

『류수정(柳秀整) : 정축(丁丑)년 갑진(甲辰)월 병술(丙戌)일 출생』

『운명 : S』

『현생 : C』

『업보 : 100』

『전생부(前生簿) 요약 : 어린 나이에 출가하였으나 결혼 생활이 원만하지 않아 슬픈 날이 많았다. 마음을 달래려 써 내려간 한시가 당대의 문인들 사이에 알음알음 퍼지면서 북경에까지 알려진다. 하나 끝까지 그 정체가 알려지지 아니하였고, 아이가 죽은 뒤로 하루하루 야윈 끝에 화창한 봄 어느 날, 시 한 구절 읊고 고요히 숨을 거두었다.』

마지막 순간, 저 입술이 어떤 시의 한 구절을 읊었을까 궁금해 할 때, 그녀가 입을 열었다.

"정말, 작곡가님이 절 속이신 게… 맞아요?"

"수정 씨가 면접 보기 며칠 전에 받은 장비 점검 내역을 확인했어요."

낙원상가를 이 잡듯이 뒤졌다.

미래의 기억은 단편적이라서 퍼즐을 맞추는 과정이 필요했다.

"정말… 이었구나……."

류수정은 고개를 푹 숙였다. 흐른 눈물이 턱에 대롱대롱 매달린다.

나는 말을 건네는 대신 그녀를 지켜봤다. 한참 만에야 그녀가 고개를 들고 말했다.

"왜… 절, 도와주시는 거예요?"

그 질문에 답을 하기 전에, 나는 일어나서 잠깐 사무실을 나왔다.

그러고는 시원한 음료수 두 개를 들고 와서 그녀와 내 앞에 내려놓았다.

이러니 꼭 무슨 의식 같았다.

음료수와 날 번갈아 보는 류수정의 시선을 향해 빙긋 웃고 입을 열었다.

"얘기가 길어질 것 같아서."

어디서부터 시작할까.

류혁을 처음 만났을 때부터 시작할까. 아니면, 류혁이 얼마나 제 동생을 아끼고 사랑했는지부터 얘기할까.

어쨌든, 긴 얘기가 될 거다.

*　　　*　　　*

다음 날, 이광배가 화를 씩씩 내며 사무실에 쳐들어왔다.

"최고남!"

달려든 그가 곧바로 내 멱살을 잡으려고 했지만, 내 키가 10센티는 더 커서 의미가 없는 짓이었다. 그리고 나는 지금 까치발까지 들었는걸.

"이이!"

"말로 합시다, 말로."

"너지? 너지! RH 엔터인지 뭔지, 너지? RH가 뭐야?"

"류혁."

흠칫 놀란 이광배가 주춤거렸다.

"Producer. 줄여서 PD라고 하죠? 아마 그때부터였던 것 같아요. 작곡가님이 스스로를 피디라고 칭하시면서 고뇌하는 창작가가 아닌 돈 버는 제작자의 길을 선택한 게."

"닥쳐! 내가 만든 곡이 수백, 수천 곡이야!"

"편곡도 남한테 맡기고, 트랙도 맡기고, 가사도… 피디님은 이제 작곡가가 아닙니다."

"그게 작곡이야, 인마! 멜로디 따잖아! 그럼 탑라이너 애들은 뭐야?"

"무에서 유를 창조하는 게 작곡가죠. 피디님 곡은 재활용입니다."

표절은 규정이 명확하다.

유사성.

그게 있으면 표절이고, 없으면 표절이 아닌 거다.

그런데 그 유사성이라는 게 귀에 걸면 귀걸이고 코에 걸면 코걸이 같은 거라서 코드 진행이 비슷하거나 악기 배치가 우연히 겹쳐도, 또는 비슷한 분위기의 사운드 메이킹이어도 유사성에 반박할 근거가 있다면 일단 표절이 아니라고 주장할 수 있다.

그래서 귀에 들리는 소리는 비슷하게, 그러나 코드 진행과 구성은 다르게 작곡을 하는 것은 흔한 일이 됐다.

그래도 상황이 불리할 때는, 아주 불쌍한 얼굴로 말하는 것이다.

이렇게.

"예나 곡도 직접 만드신겁니까?"

"레퍼런스 몰라? 레퍼런스!"

어휴, 그놈의 레퍼런스.

"유유 팬들한테도 그렇게 말해보시죠. 레퍼런스라고. 곡을 구한 경위부터 그럴듯하게 변명하셔야 할 겁니다."

"그건, 네가 날 함정에 빠뜨린 거잖아!"

"무슨 소립니까? 나는 이다인에게 작사를 의뢰했을 뿐입니다."

시치미 뚝 떼고.

"이게 장난하나! 이다인하고 범신이 꼬드겨서 나한테 사기 친 거 아니야!"

"사기는, 피디님이 수정이에게 친 게 사깁니다."

"내가 뭘 했는데? 내가 류수정한테 뭘 했는데?"

"망가진 장비 가지고 작사료만 억을 해드셨더라고요. 저작권 한 푼 안 주고 다 챙기셨던데."

"이 새끼가 또 사기 치네! 걔가 고장 낸 장비가 얼마짜리인 줄 알아? 나는 그거 이자도 안 받고 10년에 걸쳐 받아주겠다고 한 사람이야!"

"장비 고치겠다고 낙원상가를 들쑤시고 다니셨죠? 아마도."

이광배의 눈이 흠칫 커졌다.

"세상에 영원히 감춰지는 비밀은 없습니다. 미래에는 결국 다 밝혀지더라고요."

"뭔 소리… 하는지 모르겠네."

"돌아가시죠. 성지훈 표절 건으로 뭘 어떻게 할 생각 없습니다. 그 건은 문제 제기 할 생각도 없고, 거론할 생각도 없으니까."

* * *

이광배는 머릿속이 터질 것 같았다.

상황이, 녹아내리는 엿가락처럼 계속 꼬이고 있었다.

"최 대표, 예나 앨범 망칠 거야? 예나도 최 대표가 키웠잖아?"

최고남이 뚱하게 쳐다본다.

아랑곳하지 않고, 이광배는 계속 말했다.

"유유는 또 어떻고? 지금 벼룩 잡자고 초가삼간 태우는 격이라고. 네티즌이라고 전부 나만 욕할 것 같지? 아니야, 어차피 소송 들어가면 이거 결론 안 나. 그럼 네티즌들이 누구 말 믿을까? 무죄 받은 내 말? 아니면 소송비만 날린 유유 말?"

"피디님."

무슨 수를 써서라도 지금 이 위기를 넘겨야 한다.

오직 그 한 생각만이 이광배의 목을 움켜쥐고 있었다.

"최 대표, 나한테 이렇게 해서 얻는 게 뭔데? 우리가 겨우 이런 사이야? 최서준 영화 OST 녹음할 때 우리 처음 봤지? 그때 생각하니까 참 좋네, 안 그래?"

최고남의 표정이 싸늘하다.

"한 번을, 수정이에게 미안하다는 말을 안 하시네요."

"아, 그래. 미안하다고 할게. 그럼 끝나는 거지? 여기서 멈출 거지?"

"아니요. 사기로 고소할 겁니다."

"야!"

"왜!"

최고남이 버럭 소리를 질렀다.

침을 꿀꺽 삼킨 이광배는 콧바람을 씩씩 내쉬며 소리쳤다.

"예나 망하면, 다 네 탓이야. 알아? 다 네가 한 짓이라고!"

이광배는 원망을 잔뜩 쏟아내고 사무실을 나왔다. 그런데, 눈앞에 있는 게 누구야.

"수정아!"

손가락을 뻗었지만, 류수정의 앞을 사람들이 막아선다.

여자들이, 남자가, 그리고 카메라가…….

갑자기 등장한 카메라에 흠칫 놀랐을 때, 옆에서 목소리가 들렸다.

"연습실에서 '휴먼이 좋다' 촬영하고 있었는데. 마침 형님 얘기를 하고 있었거든. 인사하세요, MNC 카메라."

성지훈이 실실 웃으면서 카메라를 가리켰다.

당황한 이광배가 머뭇거리자, 성지훈이 다시 말했다.

"아, 수정 양은 안 돌아갈 겁니다. 내가 부탁한 일 해야 하거든요. 나 은퇴할 때까지."

* * *

[단독] 예나, 컴백 연기한다!

[단독] 이광배 작곡가, 표절 의혹만 수백 곡!

[단독] '잇션'은 노예선이었다!

—작곡가와 작사가로 이뤄진 프로젝트팀 '잇션'에서는 이광배 작곡가의 말이 곧 법이자 하늘이었다. 팀원들은 철저하게 분업화된 작업을 하였고, 최종적으로 이광배 작곡가의 수정으로 곡 작업이 완성됐다. 그 과정에서 이광배 작곡가는 편곡에 살짝 거들거나, 작사에 후렴구를 추가하는 방식으로 저작권에 이름을 올렸다. 심지어 어떤 곡은 '라라라' 같이 반복된 글자 하나를 추가한 것만으로…….

기사는 계속 쏟아지고, 이광배는 자취를 감췄다.

그의 건물은 걸쇠가 꽁꽁 잠겼다.

하지만 크게 달라진 것은 아직까지 없었다.

표절 의혹이 일파만파 퍼지고 있지만, 소송을 하겠다는 피해자는 등장하지 않았다.

나는 성지훈에게 재차 의사를 물었지만, 역시 소송은 하지 않겠다고 했다.

그냥 현재를 실컷 즐기다 떠나겠다고.

스님처럼 해탈한 경지에 오른 그는 지금 MNC 라디오 스튜디오에서 한창 녹화 중이다.

"지훈 씨, 실례지만 수입에 대해서 여쭤봐도 될까요?"

진행자 주이래의 질문에 성지훈이 크게 웃으며 말했다.

"많이 벌고 있습니다!"

"광고가 쏟아져 들어온다는 얘기가 사실이네요. 축하드립니다."

"사실 과분하죠. 제가 뭐라고. 그래서 밤마다 일기에 감사하다고 적습니다."

"일기를 쓰세요? 주로 어떤 내용을 쓰세요?"

주이래가 미소를 띠고 물었다.

"그날 만났던 사람들 얘기를 많이 써요."

"사람들 얘기요?"

"그 사람에 대해서요. 인상, 혹은 기억? 왜, 사람에 대해서 알면 좋잖아요? 나중에 만났을 때 실례되는 행동도 방지할 수 있고요."

"와, 대단하시네요. 일기 꾸준히 쓰는 거 진짜 어려운데."

"관성으로 쓰고 있습니다."

"얼마 전에는 SBC 인기차트에도 출연하셨잖아요? 후배들 많이 찾아왔을 텐데, 분위기가 많이 달라졌죠?"

"근데 또 그렇게 확 달라지진 않았어요. 은퇴하기 전에도 저는 한참 선배였기 때문에 후배들이 인사하러 오고 그랬거든요. 이번에도 많이 와주더라고요."

"혹시 그중에서 이 친구는 될 것 같다, 이 그룹은 대박이다 하는 분들 있었나요?"

"글쎄요, 다들 실력들이 쟁쟁해서. 흠… 누가 있더라."

성지훈이 미소 띤 얼굴로 생각하다가 입을 열었다.

"가수가 아니어도 상관없나요?"

"아, 괜찮아요. 누가 있었어요?"

"윤소림이요."

"에이, 윤소림 씨 소속사 대표님이 지금 지훈 씨 소속사 대표님 아니세요? 제가 500살 마녀에 시청률 밀린 전적이 있어서 이러는 건 아닙니다."

성지훈이 머쓱해서 웃는다.

"근데 진짜로 윤소림, 그 친구가 대단해요."

"어떤 점이요?"

"굉장히 노력파거든요."

"구체적으로."

"두어 번 마주쳤는데, 그때마다 연습실에 있더라고요. 그래서 대표님한테 물어봤거든요. 원래 이렇게 노력하는 타입이냐고."

"노력하는 타입이래요?"

"대표님이 그러더라고요. 윤소림은 한 번도 못 하겠다는 소리를 한 적이 없다고. 이제 왜냐고 물어보셔야죠."

"왜요?"

"노력하면 결국에 된다는 것을 아니까요. 직접 해봐서 아는 거죠."

"노력했는데 안 될 수도 있는 거잖아요? 오히려 빨리 포기하는 게 나을 수도 있는데."

"물론 넘지 못하는 한계도 있죠. 하지만 포기를 반복하다 보면 관성처럼 쉬운 길을 택하게 마련이거든요. 인공눈물을 찾는 배우나, 혹은 표절을 택하는 작곡가처럼 말이죠."

성지훈은 한 템포 쉬고 다시 말했다.

"그래서 저는, 노력하는 사람들이 늘 정당한 대가를 받았으면 좋겠습니다. 비단 배우나 저 같은 가수뿐 아니라, 모든 사람들이 말이죠."

"저도 꼭 그랬으면 하고 바랍니다. 노래 듣고 오겠습니다, 최서준이 부릅니다, 메모리.”

성지훈은 계속되는 질문과 이야기, 중간중간 음악과 함께 적절한 긴장을 유지하면서 라디오방송을 이어갔다.

그사이 나는 밖에서 메일함을 뒤적였다.

한참을 뒤적인 끝에 발견할 수 있었다.

일반 첨부파일 : 가이드(2).WAV

파일을 다운받아서 유유에게 보냈다.

‘들어봐.’

[누구 곡이에요?]

‘류혁.’

[알겠어요. 성지훈 선배님 곡은 편곡 끝났어요. 가사만 붙으면 돼요.]

‘수정이도 거의 끝났어.’

[근데 본부장님은 어떻게 하죠? 본부장님까지 엮여 있는 줄은 몰랐는데.]

‘그건 나도 몰랐어. 우리 그냥… 모른 척하고 있자.’

[알았습니다. 그리고, 빚 잊지 마세요.]

‘빚?’

[요즘 안 뛰셨죠? 저 지금 인스터에 로그인했어요.]

‘야, 내 덕분에 너는 괜찮은 엔지니어 얻었지, 최고의 작사가 얻었지. 거기다 재능충까지. 난 너한테 주기만 한 것 같은데? 자동차 값은 한 거다.’

문자를 띡 보내고, 핸드폰을 주머니에 밀어 넣었다.

부르르거렸지만 꺼내지 않았다. 유유가 '예, 알겠습니다.' 하고 문자를 보낼 리가 없으니까.

성지훈이 마지막 멘트를 한다.

"저는 그렇게 생각해요. 그냥, 잠깐 여행 나온 거다. 오랜만에 팬들도 보고, 방송국 구경도 하고, 그러다가 다시 돌아가서 잘 살면 되는 거다. 그러니까, 우리 매일 재밌게 보내자고요."

방송이 끝나고, 주이래가 라디오 부스에서 나오며 말했다.

"선배님, 나중에 진짜 한번 식사해요!"

"나야 영광이지. 근데 대표가 스케줄을 너무 잡아놔서."

나는 오랜만에 보는 주이래에게 어깨를 으쓱해 보였다.

드라마를 끝내고 한층 여유가 생긴 그녀는, 지난번에 봤을 때보다 밝은 얼굴이었다.

"그 소문 들으셨어요?"

"뭐가?"

"대표님 사람 건드리면 끝까지 간다고."

"그게 무슨 말이야?"

"이광배 작곡가 건도, 성지훈 선배님을 건드려서 대표님이 법이 아닌 힘으로 정리한 거다… 뭐 이런 소문?"

주이래의 큰 눈이 살짝 올라간다.

그 모습에 나는 씨익 웃었다.

[잘 퍼지고 있군요.]

'그래.'

계획대로다.

"그래서 저 2년 뒤에 퓨처엔터 가려고요."
"돈 많이 벌어놔야겠네. 주이래 계약금 주려면."

* * *

[단독] 착취당하던 작사가를 구한 사람은, 바로 퓨처엔터 대표 최고남이었다.

"최고남, 최고남!"
핸드폰을 보던 백대식은 테이블을 거칠게 내려쳤다.
포장마차 테이블이 힘없이 흔들리면서 오뎅탕이 출렁였다.
"이거 다! 그놈 술수라고! 계책이고, 꼼수라고!"
"본부장님, 그만 드세요. 많이 취하셨어요."
나지나 작사가는 기울어진 술병을 바로 세웠다.
하지만 백대식은 막무가내.
"완벽한 계획이었는데… 그놈 때문에!"
잇선과의 협업은 물거품이 됐다.
백대식은 술이 번드르르한 입술을 훔치면서 계속 횡설수설했다.
"최고남만 뛰어? 나도 뛸 수 있다고! 누군 운동회 안 해봤어?"
스무 살에 입사해서 십 년 만에 부문장이 된 최고남.
부문장이 어떤 자린가.
거의 임원급 자리나 다름없다. 아니, 임원이 되기 전에 앉는 자리라는 표현이 맞을 것이다.
몇 년만 더 버텼으면 최연소 임원이 될 수 있는 자리.

그랬는데, 최고남은 그걸 차고 가버렸다.

"누군 눈이 없어서 스타 못 만들어? 나도, 최고남처럼 S급을 보는 눈이 있다고!"

"그만 드시라니까요."

말리다 말리다, 나지나 작사가는 오만상을 찌푸리고 술 한 잔을 마셨다.

"그래, 나한테는 그 녀석이 있지. 내가 찾은 S급!"

그 생각에 백대식은 헤벌쭉 웃고 잔을 한 잔 더 비웠다.

"작사가님, 내가 걔 어디서 데려왔는지 알아요?"

"누구요? 가이드 부른 애?"

*　　　*　　　*

"응."

헤 웃고.

"걔가 원래 우리 N탑 연습생인데, 데뷔조였거든… 근데 내가 없는 사이에 계약만료로 나갔네? 흐흐, 근데 이게 말이지. 뭐가 되려는지 우연히 마주쳤지 뭐야? 그래서 내가 딱 붙잡고 아카데미로 데려왔지. 나, 잘했지?"

"아, 예."

나지나 작사가는 눈살을 찌푸리고 마지못해 대답했다.

그러자, 백대식의 흐릿한 눈이 그녀에게 머문다.

"작사가님, 좋아……."

짝!

"벼, 별꼴이야!"

백대식은 눈을 연신 깜빡였다. 눈에서 반짝거리던 별이 사라졌을 때는 나지나 작사가가 떠나고 난 뒤였다.

"좋아하는… 안주 시키라고 말하려고 한 건데."

.

.

.

다음 날.

미닫이문을 열고 들어가자, 어둡고 침침한 곳에서 눈을 가늘게 뜬 여자가 노려본다.

"흠."

백대식은 목덜미를 긁으며 시선을 고스란히 받았다. 그녀가 말했다.

"또 없을 거야?"

"아, 아닙니다."

백대식은 손사래를 친 다음 정중히 무릎 꿇고 그녀 앞에 앉았다.

무당이 콧바람을 픽 뱉고 쌀 한 줌을 손에 쥐었다.

촤르르!

또다시 지난번처럼 밥상 위에 흩어지는 쌀알들. 그리고 지난번처럼 인중을 늘어뜨리고 쌀알을 관찰하는 무당.

"맞네, 맞아."

"뭐가 말입니까?"

"네가 지난번에 자네한테 운이 남아 있어야 한다고 했잖아? 기억나?"

고개를 빠르게 끄덕인 백대식.

"그런데, 자네 운명이 바뀌었어."

"바뀌어요?"

"해(害)가 되는 게 붙었어."

무당이 오만상을 찌푸린다.

"이상해. 아무리 들여다봐도 두 번 사는 사주인데."

"두 번 살아요? 누가?"

무당은 설명을 하려 했는지 입술을 머뭇거리다가 고개를 절레절레 흔들었다.

"몰라도 돼. 당분간은 조심해야하고 일 벌이지 말아. 안 좋기는 해도, 가만두면 알아서 떨어져 나갈 해야……."

"끝입니까?"

백대식의 말투가 퉁명해졌다. 그러자, 무당이 밥상을 덥석 붙잡았다.

"오늘 복비는 안 받을 테니, 가!"

그제야 만족한 백대식이 뒤돌려는데, 무당의 손이 그의 팔을 덥석 잡았다.

"가지고 있는 거라도 챙겨! 알았지?"

대답 대신 부라린 눈빛만 돌아오자, 무당은 손을 놓았다.

백대식은 밖으로 나오자마자 핸드폰을 꺼냈다.

"회사에서, 아카데미 말 나오냐?"

—아니요.

그렇다면 다행인데.

"대표님은, 아직도 최고남한테 안 좋은 감정 있으시지?"

—그게…….
"왜?"
—웬디즈 리메이크곡 〈Shining Time〉 있잖습니까.
"그게 뭐?"
—원곡자가 SNS에 극찬하는 글을 올려서요. 더구나 이번에 앨범을 발매하는데, 웬디즈를 미국에 초청하고 싶다고…….
"뭐어?"
—그것 때문에 오히려 전화위복이 됐다는 분위기라서요.
휘청거린 백대식은 서둘러 아카데미로 돌아왔다.
"괜찮아, 나한테는 S급이 있으니까."
위로하듯 속삭이고 원장실로 걸음을 서두를 때였다.
엘리베이터에서 내린 연습생의 모습에 백대식의 얼굴이 환해졌다.
권하준.
N탑에서 5년을 있었고, 그중 2년은 데뷔조였다.
빠른 케이스였고, 재능이 넘친다는 의미였다.
그런 애가 길에 굴러다니기에 냉큼 아카데미로 채 온 백대식이었다.
"하준아!"
내 S급 연예인의 등장에 방긋 웃고 손을 흔든다.
그런데, 같은 이름을 부르는 목소리가 뒤에서도 들리는 게 아닌가.
"하준아!"
백대식은 뒤를 돌아보고 눈을 깜빡였다.

왜, 최고남이 여기에?

그리고 왜 내 S급 연예인을 친근하게 부르는 걸까 싶은데.

권하준이 최고남에게 달려간다.

"대표님!"

*　　　*　　　*

[참, 그 사람도 불쌍하네요.]

그러니까, 얼마 전에 백대식이 우연히 권하준을 길에서 발견했다.

이미 퓨처엔터와 계약한 상태인 권하준을 막무가내로 아카데미에 오라고 그랬다길래, '그래. 한번 가봐라.' 해서 권하준은 그저 열심히 다녔을 뿐이고.

[아저씨한테 갖고 있는 원망이 보통이 아니던데요?]

"S급 아니잖아. 상관없어."

[그렇죠. 상관없습니다.]

우리는 S급만 신경 쓰면 된다.

그런 의미에서, 나는 모니터를 바라봤다.

메일함에 미국으로부터 새 메일이 도착해 있었다.

〈Shining Time〉의 저작권을 얻기 위해서 미국까지 찾아갔을 때, 나는 원곡 밴드를 만나서 한 가지 약속을 했다.

진지하고 깊이 있는 하모니를 만들겠다고.

그리고 그 결과를 유튜브 영상과 함께 메일로 보냈다.

[뭐라고 적혀 있는 거예요?]

"미국으로 와서 함께 일해볼 생각 없냐는데?"

[왜요?]

내가 최고의 매니저니까.

"근데, 내 업보에 미국인도 있냐?"

[설마.]

저승이가 명부를 뒤적거린다.

미국에 가는 건 진짜 오버라고 중얼거리면서.

피식 웃고, 나는 사무실 유리 벽 너머를 바라봤다.

성지훈이 내게 주먹을 쥐며 위협하는 포즈를 취하고 있다. 왜냐하면 신곡 뮤직비디오에 강주희가 출연하거든. 아무튼, 그러던가 말던가 차가희와 배서희는 둘이서 열심히 실력을 발휘 중이다.

잠시 뒤, 눈길을 확 잡아끌 정도로 예쁘게 단장한 류수정이 내 사무실에 들어왔다.

나는 차 키를 챙기며 말했다.

"갈까?"

*　　　*　　　*

—쟤들을 왜 데리고 왔어?

—그럼 어떻게 해. 걔들 부모 다 죽었는데.

—다른 친척들은? 왜 우리가 맡냐고!

—돌아가면서 보름씩 데리고 있기로 했어.

—에잇씨!

우당탕 소리, 그리고 말다툼하는 남녀의 목소리.

한동안 시끄러웠던 소리가 멈추고 문 앞에서 발소리가 멈췄다.

이어진 목소리에 류혁은 여동생의 손을 꼬옥 잡았다.

—버러지 같은 새끼들.

어리지만, 그 의미는 충분히 알 수 있었다.

하지만 류혁은 동생을 안심시켜 주려고 씨익 웃었다.

"수정아, 신경 쓰지 마. 오빠가 있으니까."

그때부터 류혁은 동생 앞에서라면 항상 웃었다.

도둑이라는 누명을 쓰고 친척 어른한테 뺨을 맞았을 때도, 부모 없는 자식이라고 사람들이 수군거릴 때도, 후줄근한 옷차림 때문에 놀림받을 때도 동생 앞에서는 항상 웃었다.

가끔 눈물이 날 때도 있었지만, 그래도 괜찮았다.

동생이 있으니까.

"수정아, 오빠가 업어줄까?"

가끔 동생이 엄마 생각에 잠 못 들면 동생이 잠들 때까지 업어줬다.

혹 발소리에 누가 깰까 봐, 그러면 또 혼날까 봐 까치발로 30분이고, 1시간이고 등에서 새근새근 콧소리가 들릴 때까지.

좋은 게 있으면 항상 동생 먼저 챙겼다.

부식으로 빵이 나오면 동생 거, 학교에서 샤프를 주우면 동생 거, 누가 동화책을 버렸네? 그러면 깨끗이 닦아서 동생 거.

그런 류혁이 동생 말고도 껌뻑 죽는 게 하나 있었다.

피아노.

언젠가, 뭐 주는 거 없나 싶어서 기웃거리던 성당에서 처음 들은 피아노 소리에 흠뻑 빠져 버렸다.

그래서 하굣길에 잠깐 성당에 들르고, 가끔은 밤에 슬쩍 들르고, 주말에 뻔뻔하게 찾아가기도 하고.

류혁은 동생 손을 꼭 잡고 성당을 들락거렸다.

"수정아, 오빠가 노래 만들어서 우리 수정이 맛있는 거 많이 사줄게."

"진짜?"

"응."

"그럼 난, 거기에다 가사 써야겠다."

"오, 그거 대단한 아이디어인데? 우리 수정이 천재다."

"진짜?"

"응! 진짜!"

힘찬 발걸음처럼, 힘찬 손짓처럼, 힘찬 목소리였다.

.

.

.

그날의 노을처럼… 강이 주황빛으로 물들었다.

바람은 시리고 옷깃은 펄럭였다.

류수정은 무릎을 숙여 구부정하게 앉았다. 그러고 나서 손에 든 악보에 불을 붙였다.

성지훈 작곡.

류수정 작사.

그녀가 처음으로 온전하게 가진 자신의 곡이었다.

나는 그 모습을 멀리서 지켜봤다.

"이제 됐냐."

내말이 들릴 리 없겠지만…….

차에 시동이나 걸어둬야겠다. 류혁은 제 동생의 몸이 어는 것을 싫어할 테니까.

그래서 뒤돌아서려는 때였다.

—고마워요, 형.

환청… 인가. 분명 목소리를 들은 것 같은데.

뒷머리가 오싹해져서 굳은 얼굴로 저승이를 바라봤다.

그러자 저승이가 눈을 깜빡이고 말했다.

[뭘 봐요?]

*　　　*　　　*

“전설의 밴드 포 워리어즈는 ‘한국의 걸 그룹이 자신들의 곡을 리메이크했고, 정말 환상적이었다’라는 글을 SNS에 게재했다. 또한 곡 리메이크 문제 때문에 찾아왔던 남자에 대해서도 언급했는데… ‘한국에서 우리 곡을 표절했다면 대응하기 곤란했을 것이다. 하지만 그는 정직했고, 우리의 곡을 진지하고 깊이 있는 하모니로 만들겠다는 약속을 지켰다’라고 했다.”

유병재는 기사를 읽고 고개를 들었다.

차가희와 김승권이 캬, 하고 탄성을 내뱉었다.

“대박, 대박! 역시 우리 대표님은 짱! 짱!”

“가만있어 보자. 퓨처엔터 스타일리스트라고 하면 맞팔 받아주겠지?”

비록 탄성의 의미는 서로 조금 다르긴 했지만.

"차 팀장."

"예?"

"나라 망신시키지 말자."

비장한 유병재의 제지를 비웃듯, 차가희는 입꼬리를 올렸다.

"지금 〈퍼프의 신 차가희〉 구독자 수가 얼마나 되는 줄 아세요?"

"얼만데?"

"무려, 3천."

유튜브에서 수익을 내기 위해서는 시청 시간 4,000시간 이상, 구독자 천 명 이상이라는 조건을 충족해야 한다.

"그래서 제가 지난달에 얼마나 벌었는 줄 아세요?"

"얼마나요?"

김승권이 눈을 번쩍 뜨고 물었다.

"8만 원."

말이 떨어지기 무섭게 유병재의 입에서 웃음이 새어 나왔다.

"푸흡!"

"지금은 비록 8만 원이지만! 곧 80이 되고, 800이 되고, 8,000이 되는 거예요. 왜 이러셔, 이거?"

"아니, 그럼 조회수는 총 얼마나 되는 거야?"

"지난달에 2만이요."

"푸흡!"

"아, 진짜."

"미안미안, 내가 짜장면 먹는 클립 영상 조회수가 오십만이 훌쩍 넘길래 다들 그 정도는 나오나 했지."

"이, 공중파 기생충 같으니라고!"

늘 그렇듯이 티격태격할 때, 또다시 이현미 감독의 목소리가 튀어나왔다.

"컷, 컷!"

모자 틈으로 집어넣은 손으로 머리를 북북 긁은 그녀가 윤소림에게 다가간다.

"또 뭐가 안 맞나 본데."

"별수 없지."

유병재가 또 카메라 안으로 들어가려고 하자, 이번에는 차가희가 막았다.

"자꾸 거짓말하면 양치기 소년 되는 거 몰라요? 간절히 기도한다고 안 올 사람이 오냐고요."

"아닌데."

"뭐가 아니에요?"

"오늘은 대표님 진짜 오신다고 했어."

유병재는 볼을 긁적이며 윤소림을 바라봤다. 녀석이 이현미 감독의 말에 귀를 기울이다 말고 고개를 든다. 그리고 표정이 밝아진다.

그래서 유병재도 그쪽으로 고개를 돌렸다.

최고남이 머리카락을 휘날리며 걸어온다. 큰 소리와 함께.

"다들 간식 드세요! 퓨처엔터에서 쏩니다!"

[비하인드 Scene]

"작사가님, 얼굴이 왜 이렇게 수척해지셨어요?"

선글라스 속에 감춰져 있던 나지나 작사의 얼굴을 본 협회 직원이 화들짝 놀란다.

"내가 요즘 스트레스받는 일이 많았잖아."

이광배 작곡가의 표절 논란으로 예나 앨범에 협업했던 그녀 역시 도매급으로 묶여 버렸다.

일부 네티즌은 그녀 역시 표절범으로 인식해 비난하기까지 했다.

"하, 내가 진짜……."

두 손에 얼굴을 파묻은 그녀가 한숨을 연거푸 쉬자, 협회 직원이 말했다.

"작사가님, 지금 혼자 일하시죠?"

"작년에 계약만료 돼서 나왔잖아. 이제 회사 안 들어갈 거야. 부딪치는 게 너무 많아서."

"그래도 회사가 있어야 이럴 때 케어해 주는 건데."

"그건 또 그렇지."

다시 한숨.

"성지훈 신곡… 잘나가?"

"엄청나죠. 곡 하나 저작권료로 빌딩 세울 기세예요. 지금 노래방에서 부동의 1위잖아요? 남자는 성지훈 신곡, 여자는 웬디즈 신곡. 작사가님이 그 노래들을 하셨어야 했는데."

그럴 뻔했는데…….

'걷어찼지, 걷어찼어.'

나지나 작사가는 울고 싶은 심정이었다.

“그리고 같이 작업 한번 하면 연줄도 생기고 좋잖아요? 퓨처엔터 연출 잡으면, 나중에 윤소림 곡 낼 때 먼저 의뢰받을 수도 있고.”

“윤소림?”

뜬금없는 이름에 나지나 작사가는 미간을 좁혔다.

“작사가님, 윤소림 노래 못 들으셨어요?”

“걔 배우잖아?”

“아니, 진짜 못 들으셨나 보네. 아, 작가님 해외에 계셨지.”

협회 직원이 박수를 짝 치고, 부산하게 핸드폰을 꺼냈다.

붉은색 손톱으로 화면 톡톡 두드려서 유튜브를 켠 그녀는 조회수 2천만을 넘기고 있는 영상을 재생했다.

[4K직캠] 웬디즈 무대 리허설 + 윤소림?

영상이 재생되고, 잠시 뒤 나지나 작사가의 입이 벌어졌다.

“오… 마이… 갓!”

제7장

전쟁의 서막 I

「윤소림 팬클럽 커뮤니티」

—여러분 한 주가 시작됐습니다! 갤주에게 빠질 시간입니다!

ㄴ이번 주에 갤주 촬영장에 간식차 가죠?

ㄴ운영진 부럽네요. 갤주를 영접할 기회라니. 나도 가고 싶은데.

ㄴ많이 간다고 좋은 거 아닙니다. 촬영장에 민폐 될 수 있어서 운영진도 간식 나눠줄 최소 인력만 갑니다.

ㄴ요즘 우리 갤주 시기하는 사람들이 많습니다. 아직 악플 고소한 거 결과도 안 나왔고. 팬들이 조심할 때예요.

ㄴ시기할 수밖에 없죠. 데뷔 1년 차에 이목이란 이목은 싹쓸이하고 있는데. 어휴, 올해 영화 하나 안 한 게 아쉽네. 했으면 영화제 싹쓸이했을 텐데.

ㄴ그러게요. 우리 갤주랑 함께 데뷔했던 그 뭐야, 그 사람은 얼굴도 안 보이는 걸 보면 진짜 대단한 거예요.

ㄴ배우의 힘도 중요하지만, 회사의 힘도 무시 못 하는 거죠.

ㄴ그러게 걔는 뭐 하나. 그러고 보면 지남철도 사라졌고, 그때 여울인지 여물인지 하는 애도 쏙 사라졌네요.

ㄴ찌리들 얘기는 그만합시다!

*　　　　*　　　　*

늦은 밤 CF 촬영 현장.

전동 퀵보드를 탄 남자가 괴성을 지르며 도로를 질주한다.

"으아! 으아!"

"연우 씨, 지금 아주 리얼해!"

확성기에서 들리는 감독의 목소리에 송연우는 혼신의 힘을 다해 소리를 질렀다.

세상을 향한 억압된 분노를 표출하듯, 한 마리 부엉이에 빙의라도 된 것처럼 무아지경에 빠져 소리를 질렀다.

"으아!"

"좋았어! 더더!"

감정을 잡기 위해 별다른 노력은 필요 없었다. 머릿속 잡념들이 이미 감정을 끌어내 주고 있었으니까.

Q. 지식인 형님들, 장산의 여인 언제 나오나요?

A. 〈장산의 여인〉은 지난 10월에 크랭크인 했습니다. 넷플렉스에서 내년 2월에 방영 예정입니다.

Q. 윤소림을 너무 좋아합니다. 꿈에도 나올 정도예요. 그런데 왜 예능은 안 하나요?

A. 소속사는 〈장산의 여인〉 촬영에 집중할 계획이라고 합니다. 따라서 계획이 없습니다.

Q. 웬디즈 무대 리허설 + 윤소림 직캠 영상을 봤습니다. 보고 또 보다가 마누라한테 맞았습니다. 서러웠습니다. 맞아서가 아니라 너무 짧아서요. 윤소림이 부른 풀버전 Shining Time은 없는 건가요?

A. 없습니다. 퓨처엔터에서도 전혀 언급이 없습니다. 유야무야 넘어갔다는 표현이 맞을 정도입니다. 개인적으로도 아쉽습니다.

Q. 어제 공서 다시 봤네요. 너무 짧았습니다. 메이킹영상 없나요?

A. 투혼 영상이 있습니다. 그것 때문에 윤소림이 확 떴죠.

Q. 공서에서 한이준 역을 했던 남자 배우는 지금 뭘 하나요?

A. 별다른 활동이 없는 걸 보면 집에서 노는 것 같습니다.

ㄴ좋은 정보 알아가요.

ㄴ안타깝다. 누군 지금 저세상 레벨로 올라가고 있는데.

"으아!"

밤하늘에 울려 퍼지는 외침에 감독은 입꼬리를 히죽거리며 아주 흡족해했다.

"오케이! 스톱스톱! 야, 차 세워라!"

카메라가 설치된 차가 서서히 속도를 줄인다. 그런데 송연우의 전동 퀵보드가 멈추질 않았다.

"연우 씨, 이제 그만!"

"으아!"

그렇게 한참을 더 달리던 전동 퀵보드가 멈추고.

헉헉거리며 뒤쫓아 온 매니저가 그의 등에 손을 얹으며 위로했다.

"연우야, 춥지? 수고했어!"

"형."

"어, 말해."

송연우가 고개를 들었다. 가을의 끝자락이라서 바람이 제법 찼을 텐데도 얼굴이 땀에 흠뻑 젖어 있었다. 눈이 이글이글 타오르고 있었다.

"나, 빨리 연기하고 싶어."

"걱정 마. 곧 좋은 소식 있을 거야. 대표님이 대박작 오디션 따려고 노력 중이시니까. 1회 캐스팅고 보셨는데, 장난 아니래."

"대박작?"

"응."

매니저는 회심의 미소를 끄덕였다.

대박작이라니. 어떤 작품인지 감이 오질 않지만, 송연우는 도로를 수놓은 자동차 불빛들을 보며 속삭였다.

"뭐라도, 어떤 역이라도 상관없어. 하고 싶어… 연기."

"그래, 연우야. 동틀 무렵이 가장 어둡다는 말이 있어. 이제 곧, 해가 뜰 거야."

그윽한 시선으로 서로를 마주 본 두 사람.

멀리서, 그런 둘을 바라보며 턱 주름을 모으고 있던 CF 감독은 이마를 긁적이며 난처해 했다.

"에이, 헬멧 안 썼네. 다시 찍어야겠다."

날이 차다.

* * *

「스넥탑 엔터테인먼트」

책상이 다닥다닥 붙어 있는 작은 사무실에서 매니저 실장과 신입 매니저가 소속 배우에 대해 논의하고 있었다.

"시한폭탄이니까, 잘 지켜봐."

"예."

신입 매니저가 고개를 끄덕이자, 삐쩍 마른 실장은 께름칙한 얼굴을 하고 앓는 소리를 했다.

"흠, 걔가 어떤 문제 일으켰는지는 알지?"

"예. 압니다."

데뷔 방송이자, 첫 예능에서 상대 패널과 진짜 연애를…….

"남여울이 우리 회사에 올지는 몰랐는데 말이야."

혼잣말을 속삭이던 매니저 실장은 숱 없는 머리를 쓸어 올리며 한숨을 쉬었다.

작년에 N탑의 자회사가 된 스넥탑 엔터는 N탑 아카데미와 연계해서 신인배우를 육성, 성장시키는 시스템을 구축할 계획이었다.

하지만 인수합병의 주춧돌이나 다름없던 N탑 부문장이 떠나고 계획이 흐지부지해지던 차에 문제아인 남여울이 철새처럼 날아와서 스넥탑 엔터에 둥지를 틀었다.

별수 없이 받기는 했지만 회사에 득 될 일은 아니었다.

"그렇다고 너무 깐깐하게 살피진 말고, 알지? 유도리 있게."

"예. 알겠습니다!"

당차게 대답하고 일어난 신입 매니저는 수첩을 챙기고 회의실로 내려왔다.

문을 열자, 작은 어깨에 웨이브 컬이 들어간 머리카락을 걸치고 있는 여자가 보였다. 분홍빛 입술과 오뚝한 콧날이 살짝 움직이며 그를 반겼다.

"매니저님!"

"죄송해요! 오래 기다렸셨죠?"

"에이, 아니에요!"

남여울은 두 손을 펄럭이면서 자신을 기다리게 한 것이 아무렇지 않은 듯 매니저를 향해 활짝 웃었다.

그 모습이 어찌나 예쁜지.

처음 봤을 때부터 그녀의 이런 모습은 신입 매니저에게 호감으로 비쳤다.

실장이 안 좋은 말을 많이 해서 겁도 났지만.

'사람들이 오해하는 거야. 여울 씨는 이렇게 좋은 사람인걸.'

매니저는 흐뭇하게 미소 짓고 오디션 대본을 그녀에게 건넸다.

"주인공의 친구 역이지만, 3회 차 대본까지 보니까 제법 역할이 있더라고요."

"매니저님……."

대본을 받아든 남여울이 물기 어린 눈망울에 매니저를 가득 담고 속삭였다.

"저, 열심히 할게요."

"그래요, 여울 씨. 우리 잘해보자고요."

"예!"

세상을 다 가진 듯 따뜻한 시선으로 대본을 바라보는 그녀를 흐뭇하게 바라보는 매니저.

남여울이 시선을 느끼고 빙긋 웃으며 물었다.

"근데, 작가님이 누구세요?"

"전유라 작가님이라고 아세요? 공서의……."

순간, 남여울의 얼굴에 먹구름이 끼었다.

*　　　*　　　*

제작비가 빠듯하면 촬영 회차를 줄여야 하기 때문에 그만큼 신경이 곤두설 수밖에 없다.

그래서 NG 한 번에도 민감할 수밖에 없게 된다.

하지만 10회 차에 들어간 장산의 여인 촬영장은 넷플렉스의 묵

직한 투자 덕분에 여유롭게 촬영이 진행되고 있었다.

그래서 NG를 외치는 이현미 감독의 목소리도 부드러웠다.

“컷. 잠깐 멈출게요.”

감독 의자에서 일어난 이현미 감독은 야구 모자를 고쳐 쓰며 배우들에게 다가갔다. 윤소림은 그새 스타일리스트가 붙었지만, 입술은 쉬지 않고 대사를 중얼거리고 있었다. 처음에는 기복이 좀 있어서 조금 실망했는데… 하루가 다르게 역에 몰입하는 모습을 보이고 있었다.

하지만 지금 NG의 문제는 윤소림이 아니라 상대 배우인 윤환.

이현미 감독은 키 181센티미터의 남자 배우를 제대로 보기위해서 턱을 추켜들었다.

극중 캐릭터 이름 역시 윤환인 그는 유복희의 비서이자, 그녀를 사모하는 역할을 소화해야 한다.

그래서 이 감독은 처음 캐릭터를 구상할 때 보디가드처럼 듬직함을, 비서처럼 열정적인 면을, 사모하는 불안한 눈빛을 윤환에게서 기대했다.

하지만 윤환의 연기에서는 아쉬움이 있었다.

블랙커피에 물을 너무 많이 탄 것처럼 밋밋하고 진하지가 않다.

그런 생각이 이 감독의 신경을 계속 거슬리게 만들고 있었다.

“윤환 씨.”

“예, 감독님.”

긴장한 20대 청년이 허리를 어정쩡하게 굽혔다.

이 감독은 찌푸리던 미간을 펴고 그에게 제안했다.

“잠깐 걸을까?”

"예."

주요한 캐릭터기 때문에 초장에 잡아야 했다. 그래서 촬영을 스톱하고 두 사람은 정원을 걸었다.

극중 장산그룹 회장의 거처이기 때문에 촬영 장소는 정원이며 저택의 규모가 상당했다. 정원은 숲이나 다름없었다.

그 길을 윤환이 긴장한 상태로 이현미 감독과 발을 나란히 맞춰 걸었다.

"윤환이라는 캐릭터는 비서지만 보디가드 같은 면이 있잖아?"

"예."

"하지만 그 본질은 직장인이야."

섣불리 움직일 수 없는, 회사에 얽매인 몸.

그렇기에 윤환이 유복희와 같은 공간에 있어도 두 사람 사이에는 엄격한 상하 관계가 있었다.

장산그룹 사모님 유복희는 일개 비서가 범접할 수 없는 위치에 있기 때문이다.

"근데 지금 윤환 씨 어때? 대사 한마디 칠 때마다 폼 잡고 있잖아."

힘이 들어갔다는 말이다.

그 미묘함을 컨트롤하기에는 아직 어린 나이일 수밖에 없으나, 그것 때문에 계속 두 배우 사이에서 호흡이 어긋나고 있었다.

더 큰 문제는 NG가 몇 번 나자 윤소림이 톤을 조금씩 바꿔가면서 윤환에게 맞춰주려고 한다는 점이었다.

"씬 하나를 그렇게 친다고 하자. 그러면 다음은? 우리 영화 씬이 120개야. 겨우 씬 하나 같지? 쌓이고 쌓이면 나중에는 이거 유복희의 스토리가 아니라 격정 멜로 되는 거야. 비서가 웃통 벗고 포스터 한가운데에 서야 할걸?"

"죄송합니다."

"직장 생활 안 해봤다고 그랬지?"

"예."

윤환이 민망한지 뒷머리를 긁적인다.

그래서 저도 모르게 한숨 쉰 이현미 감독은 잠깐 모자를 벗고 머리를 쓸어 올렸다.

늘어진 소나무 사이를 비집고 내려앉은 햇살이 그녀의 머리에 내려앉았다. 잠깐 하늘을 보고 시선을 내리던 그녀의 눈에 한 남자가 비쳤다.

'최고남?'

그가 누군가와 전화 통화를 하고 있었다.

아주 진지한 얼굴로 통화에 집중하더니, 갑자기 살살 웃으면서 어깨까지 숙여가며 보이지 않는 상대방에게 굽신거리고 있었다.

순간 이현미 감독은 윤환의 팔을 툭툭 쳤다.

"저 사람 잘 봐. 저 표정, 저 몸짓."

윤환도 시선을 돌려 최고남을 바라봤다.

통화하던 그가 소나무 밑동을 손바닥으로 탁 친다. 그러더니 고개를 가로저으면서 깊은 숨을 토하고, 한쪽 주머니에 손을 꽂고 제자리를 서성이기 시작했다.

"뭐 하고 있는 것 같아?"

"중요한 대화를 하고 있는 것 같은데, 일이 잘 풀리지 않는 것 같습니다. 그런데……."

"그런데?"

"표정과 행동이 그때그때 바뀌네요."

"그것만 본 거면 실망인데? 잘 봐. 저 사람은 바뀌는 게 아니야."

최고남이 허리를 숙이더니 흙바닥에 떨어진 솔방울을 손에 쥔다.

윤환은 그 장면에 집중했다.

오전 촬영에서 그는 비슷한 장면을 연기했었다.

유복희를 기다리는 중에 정원의 조약돌을 주워 들고 하릴없이 시간을 때우는 비서의 모습을 연출하는 씬이었는데, 그때도 NG가 났었다.

비서가 아니라 유복희의 친구 같다는 이유였다.

저 남자는 과연 어떤 모습을 보일까.

솔방울을 들던 최고남의 얼굴이 갑자기 확 펴졌다. 그러더니 또 다시 보이지 않는 상대를 향해 고개를 굽신거리더니 급기야 솔방울을 떨어뜨리고 두 손을 핸드폰을 쥐면서 밝게 웃는다.

"어때? 알겠어?"

이현미 감독이 물었다. 그제야 윤환은 고개를 끄덕였다.

명확히 설명할 수는 없었지만 지금 당장 촬영에 들어가면 표현할 수 있을 것 같았다.

"저 사람은 필요에 의할 때는 사정없이 자신을 낮추네요. 하지만, 그렇다고 저 사람이 낮아진 것은 아니에요. 필요하기 때문에 저러는 거지."

"그래, 나는 윤환에게서 저런 모습을 원하는 거야."

물론 저런 태도의 사람은 일상에서도 흔히 접할 수 있었다.

하지만 필요한 상황에서 예시에 맞는 상황을 딱 마주했을 때는 확연히 다른 느낌과 깨달음을 가져온다.

윤환이 지금 그러하듯.

"할 수 있겠어?"

"예."

윤환이 고개를 힘차게 끄덕이자, 이현미 감독은 그의 등을 팡 두드리면서 촬영장으로 다시 향했다.

걷는 중에 살짝 고개를 돌렸더니, 유병재가 최고남에게 다가가 무슨 얘기를 하고 있었다.

.

.

.

"누구랑 통화하고 계셨어요?"

나는 한숨을 쉬고 핸드폰을 내려놓았다.

"권박하."

퓨처엔터 미디어 홍보팀 직원.

그런데 아주 기가 막혀서 말이지.

"병재야, 박하 씨 진짜 너무하는 거 아니냐?"

유병재의 눈이 가늘어진다. 또 그 얘기냐는 거겠지.

근데 나한테는 중요한 일이다.

"나도 정당하게 하면 좋지. 근데, 너도 팬들 광클 수준 알잖아?"

콘서트 티켓팅이나 한정판 굿즈 이벤트 같은 온라인 행사는 전쟁이나 다름없다.

팬들은 프로게이머들이나 쓰는 마우스, 키보드, 핸드폰 여러대, 지인 찬스, 하다못해 자동으로 클릭을 하는 매크로 프로그램까지 쓴다.

그걸 나보고 하라는 것은 포기하라는 것과 같다.

나는 유병재의 어깨를 툭 만지며 부탁했다.

"네가 박하 씨한테 잘 좀 말해줘라. 한 세트만 가질게… 윤소림 포토 카드."

성지훈의 굿즈를 제작하면서 윤소림의 포토 카드 3천 세트를 함께 제작했다.

이벤트성이었고, 개인적인 욕심이 살짝 있었다.

그런데 권박하는 포토 카드를 가지려면 팬들과 동등한 절차를 거쳐야 한다는 게 아닌가.

"전, 이 전쟁에서 빠지겠습니다."

"병재야!"

손을 뻗는데, 핸드폰 벨 소리가 울린다.

권박하인가 싶어 서둘러 통화버튼을 누르려다가 반가운 이름에 멈칫했다.

나는 웃으며 전화를 받았다.

"예, 작가님."

—생각해 보셨어요? 오디션 심사 위원.

전유라 작가의 신작이 배우 오디션을 앞두고 있었다.

*　　　　*　　　　*

—생각해 보셨어요? 오디션 심사 위원.

전 작가의 목소리가 빗방울처럼 톡 떨어졌다. 비가 오려나.

나는 잠깐 뜸을 들이고 대답했다.

“미안해요.”

바로 아쉬움이 담긴 한숨 소리가 들렸다.

[해야 하는 거 아니에요? 원망도 업보의 하나입니다.]

옆에서 쪼그려 앉아서 듣던 저승이가 훈수 두듯 말했지만, 나는 고개를 가로저었다.

전 작가의 차기작 〈미래를 갔다 온 여자〉는 원래도 그녀의 운명을 180도 바꾸게 될 작품이다.

물론 그때는 나한테 엄청난 상처를 겪은 상태였지만 말이다.

그렇지만 이번에는 공서도 잘됐고, 내게 원망도 없다.

문제는, 나에 대한 전 작가의 의존도가 높아졌다는 건데.

[오히려 좋은 거 아니에요?]

‘아니. 전 작가 같은 성향의 사람들은 상대에 대한 의존도가 높으면 상처도 쉽게 받아. 나중에는 지나가는 말 한마디에도 상처받아서 업보가 되레 늘걸?’

적당한 거리.

딱 그게 좋다.

뭐, 전 작가와 전속계약을 하게 된다면 얘기는 달라지겠지만.

—제작사에 말해놨는데… 어쩌면 대표님이 참여해 줄 수 있을지 모른다고요.

“작가님도 아시겠지만, 성지훈 선배도 요즘 정신없이 바쁘고, 은별이도 곧 한 살 더 먹을 테고, 그리고 소림이도…….”

—소림 씨는 잘하고 있던데요?

"그렇긴 한데… 소림이는 여전히 저한테 어린애예요. 물가에 내놓은 애 같아서 말이죠."

아직 챙겨야 할 게 많다. 〈장산의 여인〉, 그다음도 준비해야 하고.

"사실, 바쁜 것만이 이유는 아니고요."

—그럼요?

"저희 소속 배우가 작가님 작품에 욕심을 내는 것 같아서요. 그런 상황에서 제가 오디션 심사에 참여하면 안 되죠. 공정하지 못하잖아요."

—소속 배우면…….

퓨처엔터 소속 배우가 몇 명이나 있겠어.

"강주희 선배님이요."

—아, 저도 강주희 씨 좋아하기는 하는데…….

전 작가가 난감해한다.

공서를 통해 배웠기 때문이다. 작가가 입맛대로 원하는 배우를 쓰는 것이 쉽지 않음을. 그리고 자신의 입김이 그만큼 세지 않다는 것을.

물론 다른 배우를 염두하고 있는 걸 수도 있고.

원래의 운명에서도 이 작품의 주연은 강주희가 아니었으니까.

어느 날 미래를 다녀올 수 있게 된 여주인공이 운명의 상대를 찾는 스토리이기 때문에 여주의 배역이 미래와 현재로 나뉜다.

현재 시점의 여주는 배우 김유리.

미래 시점의 여주는 배우 백은새가 열연했다.

"작가님한테 캐스팅 부탁하는 거 아닙니다. 제가 알아서, 내 배우 꽂을 수 있도록 노력해 볼 테니까.”

—얘기는 해볼게요.

“아니요. 작가님은 신경 쓰지 마세요. 우리 관계도 생각하지 마시고요. 작가님은, 배역에 가장 잘 어울리는 배우가 누구일지만 판단하시면 됩니다.”

이런 얘기를 하는 것은 전 작가에게 부담을 주지 않으려는 것도 있지만, 내 배우 강주희에게 자신이 있기 때문이기도 하다.

—알겠어요. 근데, 어디세요?

“촬영장이요. 오늘 소림이 촬영 있어서요. 둘이 자주 연락한다면서요?”

—우리 베프예요.

하하, 웃으면서 전화를 끊은 나는 기지개를 쭉 켰다. 그러고 보니 아까 이 감독이 윤환하고 무슨 얘기를 하는 것 같던데…….

[아저씨 흉보더라고요.]

“뭐라고 했는데?”

[안 알려줌]

“안 알려줌? 또 누구한테 그런 말을 배운 거야?”

[안 알려줌.]

저승이가 어깨를 으쓱하며 걷기 시작하고, 나는 녀석을 뒤쫓는다.

* * *

촬영장에서 배우에게 가장 힘든 일은 자신의 차례가 올 때까지 기다리는 것이다.

그래서 작은 배역의 배우들은 기다리다 지쳐서 내가 뭘 하고 있는 걸까 싶은, 흔히 말하는 현타가 찾아오기도 한다.

하지만 그런 기다림이 마냥 지루한 것은 아니다. 즐거울 때도 있다.

바로 연기 잘하는 배우의 촬영을 지켜볼 때.

"물건은 물건이야."

"난 솔직히 쟤 캐스팅 됐다고 했을 때 별로라고 생각했는데, 500살 마녀 대박 나고, 요즘 쟤 이름 틈만 나면 실검 오르는 걸 보면 역시 제작사가 동태 눈깔일 리가 없지. 드라마 찍는 데 돈이 한두 푼이여?"

"나이도 어린데, 어쩜 저렇게 연기를 잘할까."

촬영장 한편에서 보조출연자들은 윤소림의 촬영을 지켜보며 저마다 한마디씩을 거들었다.

"연기만 잘해? 애가 참 착해. 볼 때마다 먼저 인사하더만. 항상 방실방실 웃는 얼굴이고."

"맞아. 조금 떴다고 동태 눈깔 되는 요즘 애들하고는 차원이 달라. 나 예전에 아이돌 출신 배우하고 촬영한 적 있잖아? 그 자식 그거 뭔 얘기만 하면 아, 그래요? 아, 그래요? 그 지랄 하는데… 아주 스타병 제대로 걸려 가지고 가관도 아니었어."

"지난번에는 나 촬영하는데 윤소림이 옆에서 지켜보더라고. 그러더니 끝나고 다가와서 뭐라는 줄 알아?"

"뭐라는데?"

"앞으로 많이 가르쳐 달라는 거야. 보조출연 10년 하면서 처음

들었다, 그런 소리."

"야야, 슛 들어간다."

보조출연자들이 입을 합 다물기 무섭게 이현미 감독의 슛 사인이 떨어졌다. 현장이 일시에 조용해지고, 장산그룹 핏줄들과 유복희가 한바탕 몰아치는 씬이 이어졌다.

"병신 같은 년이!"

정재계 인사들의 발길이 끊이지 않는 장례식장.

장례식은 전경련에서 사회장을 제안했지만, 유족들의 고집 탓에 가족장으로 치러졌다.

상주인 장산그룹 장남 장도진은 장례식을 통해 자신이 명실공히 그룹 후계자임을 공표할 계획이었기 때문이다.

하지만 문상객들은 그에게는 유감을 전하고, 진짜 인사는 유복희에게 전하고 있었다.

그래서 결국 참다 참다 폭발한 것이다.

"회장님 앞입니다. 돌아가셨어도, 회장님 앞입니다."

유복희의 비서 윤환이 한 발 앞으로 나와 그를 막아선다.

감히, 집 지키는 똥개가 주인 앞에서 고개를 뻗대?

"이런 개같은……."

"오빠 그만해. 윤환 씨 말이 맞아. 아버지 앞이고, 사람들 앞이야. 이빨 감춰."

장주연.

그나마 자식들 중에서 머리가 돌아가는 장산그룹 둘째가 나서서 장도진을 진정시킨다. 그러자 무표정하게 있던 유복희가 느릿하게 창백한 입술을 열며 그에게 다가갔다.

"큰아드님, 쇼를 하려면 집중해. 망치지 말고."

한 발 더 장도진에게 다가간 그녀는 드러날 듯 드러나지 않은 옅은 미소를 짓고 속삭였다.

"회장님이 참 아드님 걱정 많이 했는데."

"뭐?"

"가장… 못난 자식이라고."

"이 개같……."

"그러니까, 하루쯤은 제대로 해봐요. 장산그룹 장남 역할."

유복희의 찌푸려진 콧잔등과 노려보는 시선 앞에서 장도진이 멈칫한 순간.

"컷!"

오케이 사인이 떨어졌다.

보조출연 배우들은 기다렸다는 듯이 참았던 숨을 토하며 막걸리처럼 걸쭉한 소리를 냈다.

"크으, 잘한다, 잘해."

"윤소림 소속사 대표는 좋겠다. 물건 하나 제대로 잡아서 대박 나겠네."

"돈을 뭉텅이로 쓸어 담을걸?"

그러자, 잠자코 듣고만 있던 연차 좀 있는 보조출연자가 눈꼬리를 올리며 속삭였다.

"대박은 윤소림이 난 거지. 저런 사람이 소속사 대푠데."

"에? 무슨 소리예요?"

"지금도 봐. 윤소림이 대사 뱉는 호흡, 표정, 동선에 변화가 있을 때마다 저 사람의 시선도 같이 움직여."

"그래요? 난 잘 모르겠는데."

"잘 봐봐."

다시 슛 사인.

이번에는 다른 각도에서 좀 전의 씬을 촬영하는데, 보조출연 배우들은 윤소림뿐 아니라 최고남까지 같이 지켜봤다.

그러자 정말로, 윤소림의 연기 흐름에 맞춰 최고남의 시선이 그녀를 복기하듯 좇고 있었다.

"진짜네."

"저 사람은 배우의 시선을 잘 아는 거야. 이거… 무섭네."

그건 또 무슨 소리야.

"그게 뭐가 무서워요?"

"저런 사람이 전력으로 키우는 배우하고 오디션장에서 마주친다고 생각해 봐? 소름 돋지 않아?"

가뜩이나 치열한 오디션 전쟁.

같은 역할을 두고 부딪친다면…….

*　　　*　　　*

[제가 심사 위원 자리에 앉아 있지 않아도 작가님 이번 작품 잘 될 겁니다. 파이팅!]

전유라 작가가 화난 복어처럼 빵빵해진 볼을 하고 최고남이 보낸 문자메시지를 읽고 또 읽는다.

막상 거절당하니 괜히 아쉽고 실망스러운 모양이다.

김재하 피디는 핸드폰에서 눈을 떼지 못하는 그녀에게 300원짜리 자판기 커피를 훅 내밀었다.

“자, KIS에서 제일 맛있는 커피.”

“고맙습니다, 잘 마실게요.”

“이제 정말 들어가네, 차기작.”

전유라 작가의 차기작은 외주 프로덕션에서 제작한다.

드라마 연출은 KIS에서 파견하는데, 김 피디의 후배인 노종오 피디가 맡는다.

“노 피디랑 호흡은 어때요? 그 자식 깐죽거리지?”

“아직, 잘 모르겠어요.”

커피가 쓴 건지, 전 작가가 찌푸려 웃는다.

“모르겠지. 나만 한 감독 만나는 게 쉬운 일이 아니라니까?”

김 피디는 낄낄 웃고 나서 다시 말했다.

“그래서, 최고남은 못 한다는 거죠?”

전 작가는 고개를 끄덕였다.

그럴 줄 알았지. 김 피디는 말했다.

“최고남이 관심 가질 만큼의 오디션은 아니지.”

대개 제작사에서 오디션을 통해 수급하는 배우는 스토리에 영향을 주지 않는 단역이다.

주조연급 역할이야 제작사에서 배우에게 직접 컨택을 하고, 엑스트라 같은 경우는 보조출연자 업체를 통해서 수급이 되기 때문에 아이돌 오디션처럼 규모가 클 이유가 없다.

전 작가의 차기작 〈미래를 갔다 온 여자〉도 주요 배우는 이미 프로덕션에서 낙점한 상황.

“하지만 배우들한테는 중요하잖아요, 오디션.”

"뭐, 작은 배역의 오디션이라도 어떤 배우에게는 전쟁터에 뛰어드는 각오로 달려들 만큼 간절하긴 하지."

"그래서 최 대표님이 함께했으면 했어요. 그런 배우들의 마음을 잘 알고 있을 테니까."

전 작가의 속삭임에 김 피디는 심드렁한 투로 말했다.

"그런 마음을 우리가 헤아려 줘야 할 의무는 없어요. 오디션은 꿈과 열정의 장이 아니라, 거래하는 장소니까."

배우는 능력을 보여주고, 제작사는 대가를 지불하고 능력을 산다.

그 과정에서 배우의 사정 같은 것을 감안할 이유가 전혀 없다는 얘기였다.

"아마 최고남이 심사에 참여한다고 해도, 작가님이 기대하는 낭만적인 상황은 절대 오지 않을 겁니다. 오히려 더 냉정하고, 더 날카롭게 쳐내면 쳐냈지."

현실적인 얘기에 전 작가는 작게 한숨 쉬고 속삭였다.

"상상이 안 가요. 제가 본 대표님은… 햇살처럼 따뜻하기만 해서."

순간, 김 피디는 오만상을 찌푸렸다.

"아니, 대체 최고남이 작가님 앞에서 무슨 조화를 부리길래 햇살이라는 단어가 나오지?"

어후, 이 닭살.

"저는 감독님 반응이 더 이해가 안 가는데요?"

"참나."

구시렁대며 커피를 홀짝이려던 김 피디.

하지만 그는 갑자기 종이컵을 탁 내려놓았다.

"에이, 날파리가."

그때, 화장실 다녀오던 방 국장이 갑자기 다가와 김 피디의 커피를 쏙 빼앗아 들었다.

"아, 국장님!"

"당 땡겨서 그래, 한 모금만!"

커피를 홀짝 삼킨 방 국장이 만족한 듯 아랫입술을 핥고 전 작가와 김 피디를 바라본다.

"둘이 무슨 얘기 하고 있었는지 내가 맞혀볼까? 최고남 얘기 하고 있었지?"

"어떻게… 아셨어요?"

전 작가가 왠지 괴로운 표정으로 되묻자, 방 국장은 눈썹을 꿈틀 올리고 말했다.

"최고남 씹으면서 마시는 커피가 세상에서 제일 달거든, 흐흐."

* * *

방 국장은 침을 꿀꺽 삼켰다.

기분 좋은 오후에, 갑자기 들이닥친 불청객 때문이었다.

그 불청객은 구렁이처럼 남의 소파에 똬리를 틀고 앉더니, 어찌나 뜨겁게 쳐다보는지 볼이 따갑다 못해 아릴 정도였다.

꿀꺽.

한 번 더 목울대를 꿈틀한 방 국장은 관자놀이를 긁적이면서 입을 열었다.

"왜 그래? 나 힘없어."

"우리 인연… 참 길고 길어요. 안 그래요?"

사람 속도 모르고, 느긋하게 입을 연 강주희가 과할 정도로 따뜻하게 미소 짓고 그를 바라본다.

『내 S급 연예인』 6권에 계속…